鈴木利定監修
中田　勝編著

注解　書き下し

論　語

全文〈付・原文〉

明治書院

例　言

一　本書は『論語』全文を書き下し、後半にその原文を掲載して大学・短期大学・専門学校の教材として編集した。また高等学校の教材としても役立つように配慮した。

一　どの章句から学んでもよいようにとの配慮から、同じ漢字にたびたび読み仮名をつけた。注はその漢字の解である。

一　而・也・矣などの漢字は、本文中の（　）内に記した。（　）の上の平仮名はその漢字にあたる。これは復文の会得のためである。章句の末尾の（　）内には、その原文の漢字数の計を示した。

一　篇末に練習として、再読文字ならびにレ点・一・二点とその複合〳〵などを、その篇から原文で出してある。これは再読文字と返り点に習熟させるためである。

一　本文の表記は、漢字は原文の通り旧字体に従い、代名詞・副詞は出来るだけ平仮名とした。仮名づかいは、本文とその読み仮名は旧仮名づかい、注は新字体とともに新仮名づかいによった。

一　本書は次の二書を合本にし、監修を鈴木利定先生にお願いしたものである。

石川梅次郎閲・中田勝注

『注解・書き下し　論語・全文』（学友社刊）

昭和四十三年四月十五日　初版発行

昭和五十三年三月十五日　四版発行

（編著者　中田勝　　発行者　中安善也）

漢文学会編

『論語・全文』（学友社刊）

昭和二十八年五月三十日　初版発行

昭和五十一年二月二十日　十四版発行

（編著　漢文学会　　発行者　中安善也）

注解・書き下し論語 全文〈付・原文〉目次

●書き下し編

●原　文　編

論語卷之一

學而第一

一　①子曰《しいは》く、學んで（而）時にこれを習ふ。また②説《よろこ》ばしからずや。③朋《とも》の遠方より來るあり。また樂しからずや。人知らずして（而）④慍《いきどほ》らず。また⑤君子《くんし》ならずや。　（原文　三二字）

①先生（孔子）の言われるには。②うれしい。③友達。④心中に不平の心をおこさない。⑤徳の完成した人。立派な人。

二　①有子《いうし》曰く、その人となりや②孝弟《かうてい》にして、（而）上を犯すことを好む者はすくなし（矣）。上を犯すことを好まずして、（而）亂をなすことを好む者は、いまだこれあらざるなり（也）。君子は③本《もと》を務む。本立ちて（而）④道生《みちしやう》ず。孝弟は、それ仁をなすのもとか。　（原文　四八字）

①姓は有、名は若。字（あざな）は子有。孔子の門人。②父母や年長者に敬いつかえること。③物事の根本。④方法、手段は自然に生まれてくる。

三　子曰く、①巧言令色《かうげんれいしよく》、すくなし（矣）②仁《じん》。　（原文　九字）

①おべんちゃらで人の顔色をうかがう。②いつくしみの心、真心、誠。

四　①曾子《そうし》曰く、われ日にわが身を②三省《さんせい》す。人のために③謀《はか》りて（而）忠ならざるか。④朋友《ほういう》と交りて（而）

信ならざるか。傳へられて習はざるか。（原文　二八字）

①姓は曾、名は参（しん）。孔子の門人。②二度・三度と限らない、多いこと。③相談にのって。④友達。

五　子曰く、①千乗《せんじょう》の國を②道《をさ》むるに、事を敬して（而）信、用を節して（而）人を愛し、民を使ふに時を以てす。（原文　二〇字）

①兵車一乗は、四頭立ての戦車一つと、それに乗る甲士三人、従う歩卒七二人、労務者二五人を合わせた戦力をいい。千乗はその千倍の戦力、兵力をいう。②治（おさむる）と同じ。

六　子曰く、①弟子《ていし》入りては則ち孝。出でては則ち弟。②謹《つつし》みて（而）信。③汎《ひろ》く衆を愛して（而）仁に親しみ、行ひて餘力あれば、則ち以て文を學ぶ。（原文　二七字）

①年少者。②行いが常にかわらない、言葉づかいに気をつけて。③広く、と同じ。

七　①子《し》夏《か》曰く、②賢《けん》を賢として色にかへ、父母につかへてよくその力をつくし、君につかへてよくその身を致し、③朋友《ほういう》と交り、言ひて（而）信あらば、いまだ學ばずといふといへども、われは必ずこれを學びたりといはん（矣）。（原文　三八字）

①姓はト（ぼく）、名は商。字（あざな）は子夏。孔子の門人。②上の賢は賢人の才徳、能力を備えた人。下の賢は賢人として尊敬し愛すること。③友達。

八　子曰く、①君子《くんし》重からざれば則ち威あらず。學も則ちかたからず。②忠信《ちゅうしん》を主とし、己にしかざる者を友とするなかれ。③過《あやま》てば則ち改むるにはばかることなかれ。（原文　二七字）

①徳を以て言う場合と、位を以て言う場合とある。ここは後者の意味。身分の尊い人。地位の高い人。②誠実。③しらずしらず誤ること、過失があれば。

九　①曾子《そうし》曰く、終を愼み遠きを追へば、民の徳・厚きにきす（矣）。　（原文　一二字）

①姓は曾、名は参（しん）。孔子の門人。

一〇　①子禽《しきん》・②子貢《しこう》に問ひて曰く、③夫子《ふうし》のこの④邦《くに》に至るや（也）、必ずその⑤政《まつりごと》を聞く。これを求むるか、そもそもこれを與ふるかと。子貢曰く、夫子は⑥溫良恭儉讓《をんりやうきようけんじやう》、もつてこれを得たり。夫子のこれを求むるや（也）、それこれ人のこれを求むるに異るかと。　（原文　五四字）

①姓は陳、名は亢（こう）。字（あざな）は子禽。②姓は端木、名は賜。字（あざな）は子貢。孔子の門人。③孔子を指す。④国。⑤政治。⑥温は温和。良は平らかにまっすぐで悪気がないこと、善良。恭は丁寧。敬愼なこと。倹は節制。つつましやか。譲はけんそん。

一一　子曰く、父いませばその志をみ、父ぼつすればその行をみる。三年・父の道を改むるなきは孝と①謂《い》ふべし（矣）。　（原文　二四字）

①言える。名づけられる。

一二　①有子《いうし》曰く、禮の用は、和を②貴《たふと》しとなす。先王の道これ美となす。小大これによる。行はれざる所あり。和を知りて（而）和すれども、禮をもつてこれを節せざれば、また行はるべからざるなり（也）。　（原文　三八字）

①姓は有、名は若。字（あざな）は子有。「有子」の子は先生ということ。②貴ぶ。

一三　①有子《いうし》曰く、信・義に近ければ、②言《げん》ふむべきなり。恭・禮に近ければ、③恥辱《ちじょく》に遠ざかる（也）。よることその親を失はざれば、また④宗《そう》とすべきなり(也)。（原文　二八字）

①前述「一二の①」に同じ。②言ったこと。③自ら恥じるを恥、他人より恥ずかしめられるを辱という。④祖先を同じくするを宗族というが、ここは尊敬の意。

一四　子曰く、君子は①食《しょく》・②飽《あ》くを求むるなく、③居《きょ》・安きを求むるなく、事に敏にして（而）④言《げん》に愼み、⑤有道《いうだう》につきて（而）正す。學を好むと謂ふべきのみ。（原文　三一字）

①食べ物。②腹いっぱいの意。③住居。④言葉。⑤道徳ある人の意。

一五　①子《し》貢《こう》曰く、貧にして(而)②諂《へつら》ふなく、富みて(而)③驕《おご》るなきは、いかんと。子曰く、可なり（也）。いまだ貧にして（而）樂み、富みて（而）禮を好む者にしかざるなり（也）と。子貢曰く、詩に云ふ、切るが如く④磋《みが》くが如く、⑤琢《う》つが如く⑥磨《と》ぐが如しとは、それこれこれを⑦謂《い》ふかと。子曰く、⑧賜《し》や（也）、始めてともに詩を言ふべきのみ（矣）。これに⑨往《わう》を告げて（而）⑩來《らい》を知る者なりと。（原文　六四字）

①姓は端木、名は賜。字（あざな）は子貢。孔子の門人。②態度とか言葉を卑屈にして、人のきげんを取ること。③態度とか言葉のおごりたかぶって無礼なこと。④「やすり」でみがくこと。⑤⑥玉や石を「のみ」でうち、「沙石」でみがくこと。「切磋琢磨」で、精神・身体を鍛錬する意。⑦説明の意。⑧子貢の名。⑨⑩往は過去。来は未来。一を聞いて二を知ると同様の意。

一六　子曰く、人の己を知らざるを①患《うれ》へず。人を知らざるを患ふるなり（也）。　（原文　一四字）

①心配しない。

練　習

1　未ダル㆓之レ有ラ㆒也。

2　雖モ㆑曰フト㆑未ダト㆑學バ。

3　未ダル㆑若カ㆓貧ニシテ而樂ミ、富ミテ而好ム㆑禮ヲ者ニ㆒也。

爲政第二

一　子曰く、①政《まつりごと》をなすに徳をもつてすれば、②譬《たと》へば③北辰《ほくしん》のその所に居て、（而）④衆星《しゅうせい》のこれにむかふがごとし。　（原文　一八字）

①字の本義は「正」で、人の正しからざる所を正すこと。②例えばの意。③北極星。④たくさんの星。

二　子曰く、①詩三百《しさんびゃく》、②一言《いちげん》もつてこれを③蔽《おほ》へば、曰く、思・よこしまなし。　（原文　一四字）

①詩経にのせた詩の数は三一一篇で、三百と言うのは大数をあげていう。②ひとこと。③言いあらわすと、の意。

三　子曰く、これをみちびくに①政《まつりごと》をもつてし、これを②齊《ととの》ふるに刑をもつてすれば、③民《たみ》免れて（而）

耻づるなし。これをみちびくに德をもつてし、これを齊ふるに禮をもつてすれば、耻づるありてかついたる。　（原文　二七字）

①法制禁令をいう。②一にすること。万民を一斉に善に帰一させること。③人々。

四　子曰く、われ①十有五《じふいうご》にして（而）學に志す。三十にして（而）立つ。四十にして（而）惑はず。五十にして（而）②天命《てんめい》を知る。六十にして（而）③耳《みみ》したがふ。七十にして（而）心の欲する所に従へども、のりを④踰《こ》えず。　（原文　四〇字）

①有は又（いう）と同じ音で、十また五ということ。②天からの使命。③そしりとか、ほまれとかを耳に受けてもさからわないこと。④はずれない。

五　①孟懿《まうい》子《し》・孝を問ふ。子曰く、②違《たが》ふことなしと。③樊遲《はんち》④御《ぎょ》たり。⑤子《し》これに告げて曰く、孟孫・孝をわれに問ふ。われこたへて曰く、違ふことなしと。樊遲曰く、何の謂ぞや（也）と。子曰く、生けるにはこれに⑥事《つか》ふるに禮をもつてし、死すればこれを⑦葬《はうむ》るに禮をもつてし、これを⑧祭《まつ》るに禮をもつてすと。　（原文　四九字）

①仲孫氏また孟孫氏という。魯の三大夫の一人。名は何忌（かき）。懿子はその謚（おくりな）。②礼にそむくこと。③姓は樊、名は須。字（あざな）は遲。魯の国の人。孔子の門人。④車を御すること。当時の車の御者は主人の右に居たので、車の上で互に談話することができた。⑤孔子（先生）。⑥仕える。⑦埋葬。葬儀。⑧祖先の霊を祭ること。

六　①孟武《まうぶ》伯《はく》・孝を問ふ。子曰く、父母はただその②疾《やまひ》をこれ憂ふと。　（原文　一四字）

①名は㒸（てい）。諡（おくりな）は武。懿子（いし）の長子なので、伯といった。伯仲叔季の伯。②病気。

七　①子《し》游《いう》・孝を問ふ。子曰く、今の孝は、これよく養ふを謂ふ。②犬馬《けんば》に至るまで、皆よく養ふあり。敬せずんば何をもつて別たんやと。（原文　二八字）

①姓は言（げん）、名は偃（えん）。字（あざな）は子游。呉の国の人。孔子の門人。②犬や馬。

八　①子《し》夏《か》・孝を問ふ。子曰く、②色難《いろかた》し。事あれば、③弟子《ていし》その勞に服し、④酒食《しゆし》あれば、先生に⑤饌《せん》す。かつてこれをもつて孝となすかと。（原文　二七字）

①姓は卜（ぼく）、名は商。字（あざな）は子夏。孔子の門人。②やさしい表情（顔色）で接することがむずかしい。③門人。④ごちそう。⑤飲食すること。

九　子曰く、われ①回《くわい》と言ふこと終日す。違はざること愚なるがごとし。退きて（而）その私を②省《み》れば、またもつて發するに足る。回や（也）愚ならず。（原文　二五字）

①姓は顔（がん）、名は回。字（あざな）は子淵。魯の国の人。孔子の門人。②見れば。

一〇　子曰く、そのもつてする所をみ、そのよる所をみ、その安ずる所を察すれば、人いづくんぞかくさんや。人いづくんぞかくさんや。（原文　二二字）

一一　子曰く、①故《ふるき》を②溫《たづ》ねて（而）新しきを知るは、もつて師となるべし（矣）。（原文　一二字）

①故事。②たずね学習すること。

一二　子曰く、君子は①器《き》ならず。（原文　六字）

①器物。器物は各々一つの用をなすもの。一芸一能しか出来ない人に喩（たと）える。

一三　①子《し》貢《こう》・君子を問ふ。子曰く、先づその言を行ひて、②而《しか》る後にこれに従ふと。（原文　一五字）

①姓は端木、名は賜。字（あざな）は子貢。孔子の門人。②その後。

一四　子曰く、君子は①周《しう》して（而）②比《ひ》せず。小人は比して（而）周せず。（原文　一四字）

①あまねく。②かたよること。

一五　子曰く、學んで（而）思はざれば①則《すなは》ち②罔《くら》し。思うて（而）學ばざれば則ちあやふし。（原文　一四字）

①そのときは。②昏（こん）。愚（ぐ）。くらい。

一六　子曰く、①異《い》端《たん》を②攻《をさ》むるは、これ③害《がい》（也）のみ。（原文　一〇字）

①わが道でない。異種の学説をいう。②研究する。③さまたげ。わざわいの意。

一七　子曰く、①由《いう》、②女《なんぢ》にこれを知るををしへんか。これを知るをこれを知るとなし、知らざるを知らずとなす。これ知れるなり（也）。（原文　二一字）

①姓は仲（ちゅう）、名は由、字（あざな）は子路、また、季路ともいう。孔子の門人。②汝。

一八　①子張《しちやう》・②祿《ろく》をもとめんことを學ぶ。子曰く、多く聞きて疑はしきを③闕《か》き、愼んでその④餘《よ》を言へば、則ち⑤尤《とがめ》すくなし。多く見てあやふきを闕き、愼んでその餘を行へば、則ち⑥悔《くい》すくなし。⑦言《げん》・尤すくなく⑧行《おこなひ》・悔すくなければ、祿・その中にあり（矣）と。（原文　四〇字）

①姓は顓孫(せんそん)、名は師。字（あざな）は子張。陳の国の人。孔子の門人。②禄仕。俸禄、俸給の意。③へらす。さしおく。④あまり。のこり。⑤罪の外より来るもの。⑥心にその非を知ってなやむこと。⑦ことば。⑧ふるまい。

一九　①哀公《あいこう》・問ひて曰く、何をなしてか則ち民《たみ》・②服《ふく》せんと。③孔子《こうし》④對《こた》へて曰く、⑤直《なほ》きを擧げて⑥諸《もろもろ》の⑦枉《まが》れるを⑧錯《お》けば、則ち民・服す。枉れるを擧げて諸の直きを錯けば、則ち民・服せずと。（原文　三〇字）

①魯国の君。名は蔣（しょう）。哀公はその諡（おくりな）。②服従。③子曰く、と書かないで、とくに孔子と称したのは、朱子は「国君に対する辞なので、故に君を尊びてこれをつまびらかにする」と、いっている。④目上の人に答える意。⑤正しい人の意。⑥多くの。⑦木の反張（そり）てまつすぐでないものを言う。間違っているもの。⑧置く。捨てておく意。

二〇　①季康子《きかうし》・問ふ、民をして②敬忠《けいちゆう》にしてもつて③勸《すす》ましめんには、これをいかんせんと。子曰く、これに臨むに④莊《さう》をもつてすれば則ち敬。⑤孝慈《かうじ》なれば則ち忠。善を擧げて（而）⑥不能《ふのう》を敎ふれば則ち勸むと。（原文　三三字）

①魯国の大夫、季孫氏。名は肥。康子はその諡（おくりな）。魯の国の上卿で、その国の政をなした人。②尊敬。忠誠。③奮励の意。④容貌端正で、威厳がそなわったこと。⑤親に孝行し、子供を慈愛すること。⑥善をなすことが出来ない者の意。

二一　あるひと孔子に①謂《い》ひて曰く、子なんぞ②政《まつりごと》をなさざると。子曰く、③書《しよ》に孝を④云《い》へり。これ孝に⑤兄《けい》弟《てい》に⑥友《いう》に、政あるに施すと。これもまた政をなすなり。なんぞそれ政をなすをなさんと。

①言って。②政治。③書経。④いっている。⑤兄弟のこと。⑥兄弟に善いこと。　（原文　三五字）

二二　子曰く、人にして（而）信なくんば、その可なるを知らざるなり（也）。①大車《たいしゃ》・②輗《げい》なく、③小車《せうしゃ》・④軏《げつ》なくんば、それ⑤何《なに》をもつてこれをやらんや。　（原文　二五字）

①牛車。②牛車の牛をつなぐ横木。③馬車。④馬車の馬をつなぐ長柄の先の曲ったところ。⑤どうして。

二三　①子張《しちやう》・問ふ、十世知るべきか（也）と。子曰く、②殷《いん》は③夏《か》の禮に因る。損益するところ知るべきなり（也）。④周《しう》は殷の禮に因る。損益するところ知るべきなり（也）。それあるひは周に⑤繼《つ》ぐ者は、百世といえども知るべきなり（也）と。　（原文　四三字）

①姓は顓孫（せんそん）、名は師。字（あざな）は子張。孔子の門人。②王朝名。周の前代、湯王より始まる。③王朝名。殷の前代、禹王より始まる。④王朝名。殷の後代、武王が殷の紂（ちゅう）王を滅ぼして建てた国。⑤周についで起きる国。

二四　子曰く、その①鬼《き》にあらずして（而）これを祭るは、へつらひなり（也）。義を見てせざるは、勇なきなり（也）。　（原文　一七字）

①鬼神。先祖の霊魂。

練　習

1　如シ下北辰ノ居テ二其ノ所ニ一、而衆星ノ共フガ上之ニ。

2 七十《ニシテ》而従《ヘドモ》二心《ノ》所《ニ》レ欲《スル》、不レ踰《エ》レ矩《ヲ》。

3 視二其《ノ》所《ヲ》レ以《テスル》、観二其《ノ》所《ヲ》レ由《ル》、察《スレバ》二其《ノ》所《ヲ》レ安《ズル》、人焉《ゾ》廋《サンヤ》哉。人焉《ゾ》廋《サンヤ》哉。

4 誨《ヘン》二女《ニ》知《ルヲ》レ之《ヲ》乎《カ》。

5 惟《レ》孝《ニ》友《ニ》二于兄弟《ニ》一、施《スト》二於有《ルニ》レ政。

論語巻之二

八佾《いつ》第三

一　①孔子《こうし》・②季氏《きし》を謂ふ。③八佾《はちいつ》・庭に舞はす。これをも忍ぶべくんば（也）、いづれをか忍ぶべからざらんや（也）と。　（原文　一九字）

①孔夫子、名は丘。字（あざな）は仲尼。②魯の大夫、三家の一。③佾は舞列のこと。八佾は天子の舞列、八人ずつ六四人で舞う。

二　①三家《さんか》の者・②雍《よう》をもつて③徹《てつ》す。子曰く、たすくるはこれ④辟公《へきこう》。天子⑤穆穆《ぼくぼく》たりと。なんぞ三家の堂に取らん。　（原文　二三字）

①魯の三家老の孟孫・叔孫・季孫をいう。②詩経の篇名。天子の宗廟の祭にこの詩を歌って供物を下げる。③供物を下げること。④諸侯の意。⑤深遠の様子。天子は慎んでいるをいう、奥ゆかしいこと。

三　子曰く、人にして（而）①不仁《ふじん》ならば、禮をいかんせん。人にして（而）不仁ならば、②樂《がく》をいかんせん。　（原文　一六字）

①いつくしみ、おもいやり、などのないこと。②音楽。

四　①林放《りんぽう》・禮の②本《もと》を問ふ。子曰く、大なるかな問ふこと。禮はその③奢《おご》らんよりは（也）、むしろ④儉《けん》せ

よ。喪はその⑤易《おさ》めんよりは（也）、むしろ⑥戚《いた》めと。　（原文　二五字）

①姓は林。名は放。魯の国の人。②根本。③ぜいたくの意。④倹約。⑤手落ちがないこと。⑥かなしむこと。

五　子曰く、①夷《い》狄《てき》の君ある、②諸夏《しょか》のなきが如くならざるなり（也）。　（原文　一四字）

①東夷南蛮北狄西戎の略で、四方の蛮族。②自国を誇りをもって「夏」と称した。「諸」は多数の意。

六　季子・①泰山《たいざん》に（於）②旅《りょ》す。子・③冉有《ぜんいう》に謂ひて曰く、④女《なんぢ》・救ふ能はざるかと。⑤對《こた》へて曰く、能はずと。子曰く、⑥嗚呼《ああ》、かつて泰山は林放にしかずとおもへるかと。　（原文　三三字）

①斉と魯の国境にある山の名。②山を祭る祭の名。③姓は冉、名は求。字（あざな）は子有。魯の国の人。孔子の門人。季氏に奉公してその宰（さい）となった。④汝。⑤目上の人に答えるとき、対の字をつかう。⑥歎息のことば。

七　子曰く、君子は爭ふ所なし。必ずや（也）①射《しゃ》か。②揖讓《いふじやう》して（而）③升《のぼ》り、下りて（而）飲む。その爭や（也）君子なり。　（原文　二三字）

①射術。②互に譲り合い、あえて人に先だたないこと。③堂に昇ること。

八　子夏・問ひて曰く、①巧笑《かうせう》②倩《せん》たり（兮）、③美《び》目《もく》④盼《へん》たり（兮）、⑤素《そ》もつて⑥絢《あや》をなすとは（兮）、何の謂ぞや（也）と。子曰く、⑦繪《ゑ》の事は⑧素《しろき》を後にすと。曰く、禮は後かと。子曰く、⑨予《よ》を起す者は商なり（也）。始めてともに詩を言ふべきのみ（矣）と。　（原文　四四字）

①にっこり笑う。②えくぼがあって、口頬の辺が美しくして愛らしいこと。③きれいな目。④白目と黒目の

はっきりしていること。⑤素地（そじ）。⑥色取りの美麗なこと。⑦絵画。⑧胡粉（白い粉）。ここは前の素地を絵のことでいう。⑨余と同じ。

九　子曰く、夏の禮はわれよくこれを言へども、①杞《き》・②徵《ちょう》するに足らざるなり（也）。③殷《いん》の禮はわれよくこれを言へども、④宋《そう》・徵するに足らざるなり（也）。⑤文獻《ぶんけん》・足らざるが故なり（也）。足らば則ちわれよくこれを徵せん（矣）。　（原文　三七字）

①夏の国の後で、周の時の諸侯。②証。あかしをたてること。証明する。③国の名。④国の名。殷の子孫の国。⑤書籍と賢者。

一〇　子曰く、①禘《てい》はすでに②灌《くわん》してより（而）のちは、われこれを③觀《み》るを欲せず（矣）。　（原文　一五字）

①祭の名。②禘祭を行なうとき、酒を地にそそいで降神式を行なうをいう。③禘の祭典をみること。

一一　あるひと禘の說を問ふ。子曰く、知らざるなり（也）。その說を知る者の天下におけるや（也）、それこれをここにみるがごときかと。その①掌《たなごころ》を指す。　（原文　二八字）

①てのひら。

一二　祭るにはいますがごとくす。神を祭るには神いますがごとくす。子曰く、われ祭にあづからざれば、祭らざるがごとしと。　（原文　一七字）

一三　①王孫賈《わうそんか》・問ひて曰く、その②奧《あう》に③媚《こ》びんよりは、むしろ④竈《さう》に媚びよとは、何の謂ぞや（也）と。子曰く、然らず。⑤罪《つみ》を天に（於）⑥獲《う》れば、⑦禱《いの》る所なきなり（也）と。　（原文　二九字）

①衛の国の大夫。賈はその名。②室の西南隅をいう。一家中の最も貴い処。③親しくして気に入られるようにすること。④五祀の一。かまどの神。孟春に戸、孟夏に竈、中央に中霤（ちゅうりゅう）、孟秋に門（かど）、孟冬に行（こう）を祀（まつ）る。⑤刑罰。⑥得る。この場合、罰を天から得ること。⑦祈る。

一四　子曰く、周は二代に①監《かんが》みて、②郁郁乎《いくいくこ》として③文《ぶん》なるかな。われは周に従はん。（原文　一五字）

①照らしてみる。②文物の盛んな形容。③礼楽制度の整っていることを賛嘆して文といった。

一五　子・①大廟《たいべう》に入りて、事毎に問ふ。あるひと曰く、たれか②鄹人《しうひと》の子を禮を知ると謂ふか。大廟に入りて、事毎に問ふと。子これを聞きて曰く、これ禮なり（也）と。（原文　三一字）

①魯の周公の廟。②魯の国の鄹という村の人の意で、孔子を軽蔑（けいべつ）して鄹の人の子といった。

一六　子曰く、①射《しゃ》は②皮《ひ》を主とせず、③力《ちから》の④科《しな》を同じくせざるためなり。⑤古《いにしへ》の道なり（也）。（原文　一五字）

①六芸の一。射術。②的（まと）。③力量。④等級。強弱。⑤昔のやり方。

一七　子貢・①告朔《こくさく》の②餼羊《きやう》を去らんと欲す。子曰く、③賜《し》や（也）④爾《なんぢ》はその羊を⑤愛《をし》む。われはその禮を愛むと。（原文　二一字）

①毎月朔（ついたち）に羊を供えて廟に告げる祭。国中に農時を知らしめた古礼である。②いけにえの羊。③子貢の名。④汝と同じ。二人称人称代名詞。⑤惜しむ。（愛するの意でない）

一八　子曰く、君に①事《つか》へて禮を②盡《つく》せば、人もつて③諂《へつら》ふとなすなり（也）。（原文　一一字）

①仕えて。②限りを致すこと。③こびる。

一九　①定公《ていこう》問ふ、君・臣を使ひ、臣・君に事ふること、これをいかんせんと。孔子こたへて曰く、君・臣を使ふに禮をもつてし、臣・君に事ふるに忠をもつてすと。　（原文　二六字）

①魯の国の君。名は宋。定公は謚（おくりな）。

二〇　子曰く、①關雎《くわんしょ》は樂みて（而）②淫《いん》せず。③哀《かなし》みて（而）④傷《やぶ》らず。　（原文　一二字）

①詩経の首篇の名。②楽しみがすぎてその正しさを失うこと。③悲しんで。④悲しみすぎて、和を害すること。

二一　①哀公《あいこう》・②社《しゃ》を③宰我《さいが》に問ふ。宰我こたへて曰く、④夏后氏《かこうし》は⑤松《しょう》をもつてし、⑥殷人《いんびと》は⑦柏《はく》をもつてし、⑧周人《しゅうひと》は⑨栗《りつ》をもつてすと、曰く、民をして⑩戰栗《せんりつ》せしむと。子これを聞きて曰く、成事は説かず、⑪遂事《すゐじ》は諫めず、⑫既往《きわう》は⑬咎《とが》めずと。　（原文　四五字）

①魯の国の君。②土地の神。木を植えて神主とする。（わが国の神社の神木の如きもの）③姓は宰、名は予（よ）。字（あざな）は子我。魯の国の人。孔子の門人。④夏の国のこと。⑤夏の時代の土地の神の御神体をいう。⑥殷の国の人。殷ではという意。⑦殷の時代の土地の神の御神体をいう。⑧周の国の人。⑨周の時代の土地の神の御神体をいう。⑩おそれおののかせる。⑪やってしまったこと。⑫過ぎてしまったこと。⑬とがめ。

二二　子曰く、①管仲《くわんちゅう》の器・小なるかと。あるひと曰く、管仲は倹なるかと。曰く、管氏に②三歸《さんき》あり。官事は③攝《せつ》せず。いづくんぞ倹を得んと。然らば則ち管仲は禮を知るかと。曰く、④邦君《はうくん》⑤樹《じゅ》して門を⑥塞《ふさ》ぐ。管氏もまた樹して門を塞ぐ。邦君・兩君の⑦好《よしみ》をなすに、⑧反坫《はんてん》あり。管氏もまた反坫あり。管

氏にして（而）禮を知らば、たれか禮を知らざらんと。（原文　七一字）

①姓は管、名は夷吾。字（あざな）は仲。斉の国の大夫。②三帰台（さんきだい）という台(うてな)の名。③代摂。兼職しない。④斉の桓公をさしていう。⑤屏(へい)をたてて。⑥おおうこと。⑦親しみ交わる。⑧坫は杯を置く台。酒を飲むと主客各々杯を坫上に反（か）えす。

一三　子・魯の大師に①樂《がく》を②語《つ》げて曰く、樂はそれ知るべきなり（也）。始めて③作《おこ》すに、④翕如《きふじょ》たり（也）。これをはなつに、⑤純如《じゅんじょ》たり（也）。⑥皦如《けうじょ》たり（也）。⑦繹如《えきじょ》たり（也）。もつて成ると。（原文　三〇字）

①音楽。②告げる。③音楽を奏し始めるのに。④衆音が皆そなわること。⑤衆音がよく和合すること。⑥各音が明瞭に聞えること。⑦連続してたえないこと。

一四　①儀《ぎ》の②封人《ほうじん》・③見《まみ》えんことを請ひて曰く、君子のこれに至るや（也）、われいまだかつて見るを得ずんばあらざるなり（也）と。④従者《じゅうしゃ》これを見えしむ。出でて曰く、⑤二《に》三子《さんし》何ぞ⑥喪《うしな》ふを⑦患《うれ》へんや。天下の道なきこと久し（矣）。天まさに⑧夫子《ふうし》をもつて⑨木鐸《ぼくたく》となさんとすと。（原文　五〇字）

①衛の国の邑（むら）の名。②国境を守る役人。賢者で卑官に安んじている人。③目通りしたい。④お供の門人。⑤孔子に随行している二三の門人をさす、⑥位を失って国を去ること。⑦心配する必要があろうか⑧大夫、あるいは大夫であった人に対する敬語の人称代名詞。⑨鐸は鈴のこと。指導者をいう。

一五　子・①韶《せう》を謂ふ。美を②盡《つく》せり（矣）。また善を盡せり（也）と。武を謂ふ。美を盡せり（矣）。いまだ善を盡さざるなり（也）と。（原文　一九字）

①舜の音楽。②きわまる。

二六 子曰く、①上《かみ》に②居《ゐ》て③寛《くわん》ならず、禮をなして敬せず、喪に臨みて④哀《かなし》まずんば、われ何をもってこれを⑤觀《み》んや。 （原文 二〇字）

①②人の上に立って。③寛大。度量のひろいこと。④かなしむ。⑤観察が出来ようか。

練習

1 曾テ謂ヘル二泰山ハ不トレ如カ二林放ニ一乎カ。
2 始メテ可キ二與ニ言フレ詩ヲ已ノミ矣。
3 孰カ謂フ二鄹人之子ヲ知ルトレ禮ヲ乎。
4 爲ナリ二力ノ不ルレ同ジクセレ科ヲ。
5 未ダル二嘗テ不ンバアラレ得レ見ルヲ也。
6 天將ニ下以テ二夫子ヲ一爲サント中木鐸ト上。
7 未ダルレ盡サレ善ヲ也。

里仁第四

一 子曰く、①里《り》は仁を美となす。②擇《えら》びて仁にをらずんば、いづくんぞ知を得ん。 （原文 一三字）

①邑里（ゆうり）。むらざと。②選択して。

二 子曰く、①不仁者《ふじんしゃ》はもつて久しく②約《やく》にをるべからず。もつて長く③樂《らく》にをるべからず。仁者は仁に安んじ、知者は仁を利す。（原文 二五字）

①仁者の反対。人道に反するようなことでも平気でやるような人をいう。②貧賤。困窮。③富貴安楽。

三 子曰く、ただ①仁者《じんしゃ》のみよく人を②好《よみ》しよく人を③惡《にく》む。（原文 一一字）

①人間らしい生き方をする人。仁に安住出来る人。②好きになる。愛する。③憎む。

四 子曰く、まことに仁に志せば（矣）、①惡《あく》なきなり（也）。（原文 一〇字）

①心があって義にもとるのを悪といい、心がなくて理に違うのを過ちという。

五 子曰く、①富《とみ》と②貴《たふとき》とは、これ人の欲する所なり（也）。その道をもつてせずしてこれを得れば、をらざるなり（也）。③貧《まづしき》と④賤《いやしき》とは、これ人の⑤惡《にく》む所なり（也）。その道をもつてせずしてこれを⑥得《う》れば、去らざるなり（也）。君子・仁を去りて、いづくにか名を成さん。君子は食を⑦終《を》ふるの間も仁に⑧違《たが》ふなし。⑨造次《ざうじ》にも必ずここに於てし、⑩顚沛《てんぱい》にも必ずここに於てす。（原文 六五字）

①利禄を得て多く蓄積したもの。②高位高官をいう。③利禄を得ないで財産がないこと。貧乏。④位と官がないのをいう。身分のいやしいこと。⑤憎む。⑥貧賤を得たならば。⑦食べおわる。⑧はずれる。そむく

⑨火急の場合。⑩失敗の場合。

六 子曰く、われいまだ①仁《じん》を好む者、②不仁《ふじん》を③惡《にく》む者を見ず。仁を好む者はもつてこれにくはふるなし。不仁を惡む者もそれ仁をなす（矣）。不仁者をしてその身に加へしめず。よく一日その力を仁

に用ふるあらん（矣）か、われいまだ力の足らざる者を見ず。けだしこれあらん（矣）。われいまだこれを見ざるなり（也）。（原文　六三字）

①誠の道。②誠の道でない。③憎む。

七　子曰く、人の過《あやまち》や（也）、各〻《おのおの》その黨《たう》に於てす。過を観てここに仁を知る（矣）。（原文　一六字）

①過失。②それぞれ。③同類。

八　子曰く、朝《あした》に道を聞かば、夕《ゆうべ》に死すとも可なり（矣）。（原文　九字）

①あさ。②夕方。

九　子曰く、士・道に志して、（而）悪衣悪食《あくいあくしょく》を恥づる者は、いまだともにはかるに足らざるなり（也）。（原文　一八字）

①卿・大夫の下、庶民の上に位置し、官吏またその官吏となるのにふさわしい教養の持主。②衣食の粗末なこと。

一〇　子曰く、君子の天下に於けるや（也）、適《てき》もなきなり（也）。莫《ばく》もなきなり（也）。義《ぎ》にこれとも にしたがふ。（原文　一九字）

①可。よろしい。そうしようと心に決めること。②不可とすること。しまいと心に決めること。③人の履み行なうべき正しい条理。

一一　子曰く、君子は徳を懐《おも》ひ、小人《せうじん》は土《ど》を懐ふ。君子は刑を懐ひ、小人は恵を懐ふ。（原文　一八字）

①おもう。②徳のない凡人。③土地。安楽なところ。

一二　子曰く、利によりて（而）行へば、①怨多《うらみおほ》し。　（原文　九字）

①人にうらまれることが多い。

一三　子曰く、よく①禮讓《れいじやう》をもつて國ををさめんか、何かあらん。禮讓をもつて國ををさむる②能《あた》はずんば、禮をいかんせん。　（原文　二一字）

①讓は礼の実で、しきたりを尊重し、人に讓ること。②できない。

一四　子曰く、①位《くらゐ》なきを患へず、立つ②所以《ゆゑん》を患う。己を知るなきを患へず、知らるべきをなすを求むなり（也）。　（原文　二〇字）

①官位。②わけとか理由の意。

一五　子曰く、①參《しん》や、わが道一もつてこれを貫くと。②曾子《そうし》曰く、③唯《ゐ》と。子出づ。門人問ひて曰く、何の④謂《いひ》ぞや（也）と。曾子曰く、夫子の道は、⑤忠恕《ちゆうじよ》のみ（矣）と。　（原文　三五字）

①曾子の名。②姓は曾、名は參。字（あざな）は子輿。孔子の門人。③応ずる声で、「ハイ」というに同じ。すみやかに答えること。④わけ。⑤忠はおのれの誠心を尽すこと。恕はおのれの心を推して他に及ぼすこと。

一六　子曰く、①君子《くんし》は義にさとり、小人は利にさとる。　（原文　一二字）

①人格が高く、教養がある人。

一七　子曰く、①賢《けん》を見ては②齊《ひと》しからんを思ひ、③不賢《ふけん》を見ては（而）内に自ら④省《かへり》みる（也）。

①判断力あり、教養の高い人。②見ならう。③徳のない人。④反省する。（原文　一五字）

一八　子曰く、父母に①事《つか》へては②幾諫《きかん》す。志の従はざるを見れば、また敬して違はず、労して（而）③怨《うら》みず。（原文　一九字）

①仕えること。②幾は微（び）ということで、遠まわしにいさめる。直諫の反対。③うらまない。

一九　子曰く、父母いませば、遠く遊ばず。遊ぶに必ず①方《はう》あり。（原文　一二字）

①方角。

二〇　子曰く、三年・父の道を改むるなきは、①孝《かう》と②謂《い》ふべし（矣）。（原文　一四字）

①孝行。②説明・批評の語。言うと同じ。

二一　子曰く、父母の年は、知らざるべからざるなり（也）。①一《いつ》は則ちもつて喜び、一は則ちもつて②懼《おそ》る。（原文　一九字）

①一方。②心配する。

二二　子曰く、①古《いにしへ》は②言《げん》をこれ出さざるは、③躬《み》の④逮《およ》ばざるを恥づればなり（也）。（原文　一四字）

①昔。②言葉。③身。身の行い。④及と同じ。実行が伴なわない意。

二三　子曰く、約をもつてこれを失ふ者は①鮮《すくな》し（矣）。（原文　九字）

①少ない。殆んどない。

二四　子曰く、君子は言に①訥《とつ》にして（而）行に②敏《びん》ならんことを欲す。　（原文　一二字）

①言葉のおそいこと。②すばやい。敏速。

二五　子曰く、徳・①孤《こ》ならず。必ず②鄰《となり》あり。　（原文　八字）

①独りぼっち。②家に隣家があるように、同類相したしむの意。

二六　①子《し》游《いう》曰く、君に②事《つか》へてしばしばすればここに③辱《はづかし》めらる（矣）。④朋友《ほういう》にしばしばすれば、ここにうとんぜらる（矣）。　（原文　一五字）

①姓は言、名は偃（えん）。字（あざな）は子游。孔子の門人。②仕えて。③退け、恥ずかしめられる。侮辱（ぶじょく）される。④友達。

練　習

1　不レ可カラ二以テ久シク處ル一レ約ニ。不レ可カラ二以テ長ク處ル一レ樂ニ。

2　我未ダレ見下好ムレ仁ヲ者、惡ム二不仁ヲ一者ヲ上。

3　未ダレ足ラ二與ニ議スルニ一也。

4　不ルンバレ能ハ下以テ二禮讓ヲ一爲ムルヲ上レ國ヲ、如レ禮ヲ何セン。

5　見レバ二志ノ不ルヲ一レ從ハ、又敬シテ不レ違ハ、勞シテ而不レ怨ミ。

6　古者言ヲ之レ不ルハレ出サ、恥ツレバ二躬之不ルヲ一レ逮バ也。

7　君子ハ欲ス下訥ニシテ二於言ニ一而敏ナランコトヲ中於行ニ上。

論語巻之三

公冶《や》長第五

一　子・①公冶長《こうやちやう》を謂ふ。めあはすべきなり（也）。②縲絏《るゐせつ》の中にありといへども、その罪にあらざるなり（也）と、その子をもつてこれにめあはす。子・③南容《なんよう》を謂ふ。④邦《くに》・道あるときはすてられず。邦・道なきときは⑤刑戮《けいりく》に免れんと。その兄の子をもつてこれにめあはす。（原文　四六字）

①姓は公冶、名は長。字（あざな）は子長。魯の人。孔子の門人。②縲は黒い縄。絏はつなぐこと。昔は黒色の縄にて獄中の罪人をつないだ。③字（あざな）は子容。南宮に居る、よって氏（うじ）とした。魯の人。④国。⑤刑法により罪人を罰すること。

二　子・①子賤《しせん》を謂ふ。君子なるかなかくのごとき人。②魯《ろ》に③君子者《くんししや》なかりせば、これいづくにこれをとらんと。（原文　一八字）

①姓は宓（ひつ）、名は不斉。字（あざな）は子賤。魯の人。孔子の門人。②国名。③君子といぅ者。

三　①子貢《しこう》問ひて曰く、②賜《し》や（也）いかんと。子曰く、なんぢは③器《き》なり（也）と。曰く、④何《なん》の器ぞや（也）と。曰く、⑤瑚璉《これん》なり（也）と。（原文　二一字）

①姓は端木、名は賜。字（あざな）は子貢、孔子の門人。②子貢の名。③器物は人に必要で役に立つもので

はあるが、ただ一つの用に適するばかりである。④どのような。⑤夏には璉といい、商には瑚といい、周には簠簋（ほき）という。珠玉をもって飾り、宗廟の祭りに黍稷（しょしょく）をもって神に供する貴重な器。

四　あるひと曰く、①雍《よう》や（也）仁にして（而）②佞《ねい》ならずと。子曰く、いづくんぞ佞を用ひん。人にあたるに③口給《こうきふ》をもつてすれば、しばしば人に④憎《にく》まる。その仁を知らず。いづくんぞ佞を用ひんと。

（原文　二九字）

①姓は冉。名は雍。字（あざな）は仲弓。魯の人。孔子の門人。②口達者をいう。③給は弁。弁舌だけが達者で実がないこと。④きらわれる。

五　子・①漆雕開《しつてうかい》をしてつかへしむ。こたへて曰く、われこれこれをいまだ信ずる②能《あた》はずと。子よろこぶ。

（原文　一六字）

①姓は漆雕、名は開。字（あざな）は子若。蔡（さい）の人。孔子の門人。②出来ない。

六　子曰く、道行はれず、①桴《いかだ》に乗りて海に浮ばん。われに従はん者はそれ②由《いう》かと。③子路《しろ》これを聞きて喜ぶ。子曰く、由や（也）勇を好むことわれに過ぎたり。取りはかる所なしと。

（原文　三三字）

①桴（いかだ）。②子路の名。③姓は仲、名は由。字（あざな）は子路、また季路ともいう。孔子の門人。

七　①孟武《まうぶ》伯《はく》・問ふ、子路は仁なるかと。子曰く、知らざるなり（也）と。また問ふ。子曰く、由や（也）、②千乗《せんじよう》の國、その③賦《ふ》を治めしむべきなり（也）。その仁を知らざるなり（也）と。④求《きう》や（也）いかんと。子曰く、求や（也）、千室の⑤邑《いふ》、⑥百乗《ひやくじよう》の家、これが⑦宰《さい》たらしむべきなり（也）。その仁を知らざるなり（也）と。⑧赤《せき》や（也）いかんと。子曰く、赤や（也）、⑨束帯《そくたい》して⑩朝《てう》に立ち、⑪賓客《ひんかく》と言はしむべきなり（也）。その仁を知らざるなり（也）と。

（原文　八六字）

①姓は孟、名は懿（い）。諡（おくりな）は武伯。魯の三家の一。②兵車・千乗を出せる大諸侯をいう。③軍兵のこと。④冉有の名。孔子の門人。⑤村。⑥百乗の地は卿大夫の受けるところで、兵車百乗の兵力が出来る。⑦邑の長のことで、家臣の長、家老のこと。⑧姓は公西。字（あざな）は子華。魯の人。孔子の門人。⑨朝服を整えること。⑩朝廷。⑪他の諸侯または卿大夫の客として来るもの。

八　子・①子《し》貢《こう》に②謂《い》ひて曰く、なんぢと回と（也）いづれかまされると。こたへて曰く、③賜《し》や（也）何ぞ④敢《あへ》て⑤回《くわい》を望まん。回や（也）一を聞いてもつて十を知る。賜や（也）一を聞いてもつて二を知ると。子曰く、しかざるなり（也）。われなんぢのしかざるをゆるさん（也）と。

（原文　四四字）

①姓は端木、名は賜。字（あざな）は子貢。孔子の門人。②向っていう。③子貢の名。④どうして。⑤顔淵の名。

九　①宰予《さいよ》・昼・寝ねたり。子曰く、②朽木《きうぼく》は③雕《ゑ》るべからざるなり（也）。④糞土《ふんど》の牆《しやう》は、ぬるべからざるなり（也）。⑤予《よ》に於てか何ぞせめんと。子曰く、始めわれ人に於てや（也）、その⑥言《げん》を⑦聴《き》きて（而）その行を信ず。今われ人に於てや（也）、その言を聴きて（而）その行を観る。予に於てかこれを改むと。

（原文　五六字）

①姓は宰、名は予。字（あざな）は子我。孔子の門人。②朽ちた木。③彫り物をほること。④糞土は土に水分のなくなったぼろぼろのもの。牆は土塀のこと。⑤子我の名。⑥言葉。⑦聞いて。

一〇 子曰く、われいまだ①剛者《がうしや》を見ずと。あるひとこたへて曰く、②申棖《しんたう》ありと。子曰く、棖や（也）慾あり。いづくんぞ剛を得んと。 （原文 二〇字）

①剛は堅強で屈しないこと。②姓は申、名は棖。魯の人。

一一 子貢曰く、われ人のこれをわれに加ふるを欲せざることは（也）、われもまたこれを人に加ふるなからんを欲すと。子曰く、賜や（也）①爾《なんぢ》の及ぶ所にあらざるなり（也）と。 （原文 二八字）

①汝。お前。

一二 子貢曰く、①夫子《ふうし》の文章は、得て（而）聞くべきなり（也）。夫子の②性《せい》と天道《てんだう》とを言ふは、得て（而）聞くべからざるなり（也）。 （原文 二七字）

①大夫以上の地位についた人に対する敬称で、ここでは孔子をさす。②性とは人の禀けて生きる所のもの、生まれつき。天道とは天の道、自然の本体、人智で測り知ることが出来ない奥深いものをいう。

一三 子路・聞くありていまだこれを行ふ能はざれば、ただ聞くあらんを恐る。 （原文 一二字）

一四 子貢・問ひて曰く、①孔文子《こうぶんし》は何をもつてこれを文と謂ふか（也）と。子曰く、敏にして（而）學を好み、②下問《かもん》を恥ぢず。ここをもつてこれを文と謂ふ（也）と。 （原文 二九字）

①姓は孔、名は圉（ぎょ）。謚（おくりな）は文子。衛の大夫。②自分の目下の者に問うこと。

一五 子・子産を謂ふ。君子の道①四《よ》つあり。その己を行ふや（也）②恭《きよう》。その③上《かみ》に④事《つか》ふるや（也）敬。その⑤民《たみ》を養ふや（也）惠。その民を使ふや（也）義と。 （原文 三一字）

①四通り。②慎み深いこと。③目上。④仕える。⑤人民。

一六　子曰く、①晏平仲《あんぺいちゆう》よく人と交る。久しくして（而）これを敬す。　（原文　一三字）

①姓は晏、名は嬰。字（あざな）は仲。諡（おくりな）は平。斉の大夫で、景公に仕えた。

一七　子曰く、①臧文仲《ざうぶんちゆう》・②蔡《さい》ををき、③節《せつ》に山《やま》し④梲《せつ》に藻《さう》す。いかんぞそれ知ならんや（也）。（原文　一六字）

①臧孫氏、名は辰。諡（おくりな）は文。魯の大夫。②地名。昔この地から大亀を出した。天子諸侯の守亀とした。そこで、大亀の名を蔡とした。③柱頭の斗栱（ますがた）に、山の形を彫刻すること。④梁上の短柱に藻（も）の彫刻をすること。

一八　①子張《しちやう》・問ひて曰く、②令尹子《れいゐんし》文《ぶん》、三たびつかへて令尹となるも、喜べる色なし。三たびこれをやめらるるも、いかれる色なし。③舊令尹《きうれいゐん》の④政《まつりごと》は必ずもつて新令尹に告ぐ。いかんと。子曰く、忠なり（矣）と。曰く、仁なる（矣）かと。曰く、いまだ知らず。いづくんぞ仁なるを得んと。⑤崔子《さいし》・⑥齊《せい》君《くん》を⑦弑《しい》す。⑧陳文子《ちんぶんし》・⑨馬十乗《うまじふじよう》あり。⑩棄《す》てて（而）これをさる。⑪他《た》邦《はう》に至りて、則ち曰く、なほわが大夫・崔子のごときなり（也）と。これをさる。一邦にゆきて、則ちまた曰く、なほわが大夫・崔子のごときなり（也）と。これをさる。いかんと。子曰く、⑫清《せい》なり（矣）と。曰く、仁なる（矣）かと。曰く、いまだ知らず。いづくんぞ⑬仁《じん》なるを得んと。　（原文　一一一字）

①姓は顓孫、名は師。字（あざな）は子張。孔子の門人。②令尹とは楚の国の官名。上卿の政を執る者をいう。子文とは、姓は鬪（とう）、名は穀於菟（こうおと）のこと。子文はその字（あざな）。③もとの令

尹。④政務。⑤姓は崔、名は杼（じょ）。斉の大夫。⑥荘公をさす。斉の君主。⑦身分の下のものが上のものを殺すこと。⑧斉の大夫、名は須無。⑨大いに富めることをいう。一車に馬四頭をつけるから四〇頭の馬。⑩捨てて。⑪他の国。⑫潔白。⑬仁といえない。

一九　①季《き》文子《ぶんし》・三たび思ひて而して後に行ふ。子これを聞きて曰く、再せばこれ可なり（矣）と。（原文　一六字）

①季孫氏、名は行父（こうほ）。文はその謚（おくりな）。魯の大夫。

二〇　子曰く、①甯武子《ねいぶし》、②邦《くに》・道あれば則ち知。邦・道なければ則ち愚。その知は及ぶべきなり（也）。その愚は及ぶべからざるなり（也）。（原文　二六字）

①姓は甯。名は俞。謚（おくりな）は武。衛の大夫。②国。

二一　①子《し》・②陳《ちん》にありて曰く、帰らんか帰らんか。わが③黨《たう》の④小子《せうし》、⑤狂簡《きやうかん》にして、⑥斐然《ひぜん》として章をなす。これを⑦裁《さい》するゆえんを知らずと。（原文　二五字）

①孔子のこと。先生の意。②国の名。③門人の魯にある者を指す。④少年。⑤志す所は高大であるが、世事には簡略である。志は大きいが実行がともなわないこと。⑥文彩あるかたち。⑦断ち切って程よく制すること。

二二　子曰く、①伯夷《はくい》・②叔齊《しゆくせい》は、③舊惡《きうあく》をおもはず。④怨《うらみ》ここをもつてまれなり。（原文　一四字）

①②孤竹君の二子。兄の伯夷は名は元。字（あざな）は公信。弟の叔斉は名は致。字（あざな）は公遠。国を譲りあって共に周に行ったが、後、武王が紂を討とうとしていたので、これをいさめたが、聴かれず、周はついに殷を滅してしまったので、二人は周の粟を食べるのを恥じて、首陽山に入り餓死した「采薇歌」を伝える。③既往の悪事をいう。④他人に怨まれること。

二三　子曰く、たれか①微生高《びせいかう》を②直《ちょく》と③謂《い》ふ。あるひと④醯《す》を⑤乞《こ》ふ。これをその⑥鄰《となり》に乞ひて（而）これを与ふ。（原文　一九字）

①姓は微生、名は高。魯の人。②正直。③言うの意。④酢（す）・食品。⑤借りること。⑥隣。

二四　子曰く、①巧言《かうげん》　②令色《れいしょく》　③足恭《すうきやう》なるは、④左《さ》丘明《きうめい》これを恥づ。⑤丘《きう》もまたこれを恥づ。怨をかくして（而）その人を友とするは、左丘明これを恥づ。丘もまたこれを恥づ。（原文　三二字）

①言葉巧みなこと。②顔色をよくすること。③分を過ぎて、うやうやしくすること。④魯の大史。春秋伝を著わしたといわれている。⑤孔子の名。

二五　①顔淵《がんえん》・②季路《きろ》・侍す。子曰く、なんぞ各〻③爾《なんぢ》の志を言はざると。子路曰く、願はくは④車馬《しゃば》衣《い》軽裘《けいきう》、⑤朋《ほう》友《いう》と共にしこれをやぶりて（而）⑥憾《うら》むことなからんと。顔淵曰く、願はくは善にほこるなく、⑦労《らう》を⑧施《ほどこ》すなけんと。子路曰く、願はくは子の志を聞かんと。子曰く、⑨老者《らうしゃ》はこれを安んじ、朋友はこれを信じ、⑩少者《せうしゃ》はこれをなづけんと。（原文　六二字）

①姓は顔（がん）、名は回。字（あざな）は子淵。孔子の門人。②姓は仲、名は由。字（あざな）は子路、あるいは季路という。孔子の門人。③汝と同じ。おまえ達の意。④車馬や絹布、毛布でつくった美服。⑤友達。⑥遺憾に思うこと。⑦労事。功労。⑧おしつける。⑨年よった人。老人。⑩若い人。

二六　子曰く、①已《や》んぬる（矣）かな。われいまだよくその②過《あやまち》を見て（而）内に自ら③訟《せ》むる者を見ざるなり（也）。（原文　一八字）

①絶望の余りに発した歎息の辞。②自分のあやまちの意。③責める。自責の念にかられること。

二七 子曰く、十室の邑《いふ》①、必ず忠信・丘のごとき者あらん。丘の學を好むにしかざるなり（也）。

①村。 （原文 二一字）

練習

1 吾斯之《レヲ》未《ダ》レ能《ハ》レ信《ズル》。

2 可《キ》レ使《ム》下與二賓客一言《ハ》上也。

3 吾與《ゆるサン》二女《ノ》弗《ルヲ》一レ如《カ》也。

4 未《ダ》レ見二剛者一。

5 夫子之言《フハ》三性《ト》與《ヲ》二天道一、不《ル》レ可《カラ》二得《テ》而聞《ク》一也。

6 有《リテ》レ聞《ク》未《ダ》《レバ》二之《ヲ》能《ハ》一レ行《フ》、唯恐《ル》レ有《ランヲ》レ聞《ク》。

7 至《リテ》二於他邦《ニ》一、則《チ》曰《ク》、猶《キ》二吾大夫崔子一也《ト》。

8 不レ知《ラ》レ所二以《ヲ》裁《スル》一レ之《ヲ》。

9 子曰《ク》、盍《ゾ》《ルト》三各ゝ言《ハ》二爾《ノ》志《ヲ》一。

10 吾未《ダ》《ル》レ見下能《ク》見《テ》二其《ノ》過《ヲ》一而内《ニ》自《ラ》訟《ムル》者《ヲ》上也。

11 不《ル》レ如《カ》二丘之好《ムニ》一レ學《ヲ》也。

雍也第六

一　子曰く、①雍《よう》や（也）、②南面《なんめん》せしむべしと。③仲弓《ちゆうきゆう》・④子桑伯子《しさうはくし》を問ふ。子曰く、可なり（也）。⑤簡《かん》と。仲弓曰く、敬に居て（而）簡を行ひ、もつてその民に臨まば、また可ならずや。簡に⑥居《ゐ》て、（而）簡を行はば、⑦乃《すなは》ち⑧大簡《たいかん》なるなからんやと。子曰く、雍の⑨言《げん》然りと。

（原文　五二字）

①姓は冉（ぜん）、名は雍。字（あざな）は仲弓。孔子の門人。魯の人。②君は南面し臣は北面することが礼である。③冉雍の字（あざな）。④魯の人。⑤下に臨むに簡略をもってすること。大まかの意。⑥日常生活の意。⑦すなわち。⑧大まかがはなはだしい意。⑨言うこと。

二　①哀公《あいこう》・問ふ、②弟子《ていし》たれか學を好むとなすと。孔子こたへて曰く、③顔回《がんくわい》といふ者あり。學を好み、④怒《いかり》を⑤遷《うつ》さず、⑥過《あやまち》をふたたびせず。⑦不幸短命《ふかうたんめい》にして死せり（矣）。今や則ちなし。いまだ學を好む者を聞かざるなり（也）と。

（原文　四一字）

①魯の君主。②門人。③字（あざな）は子淵。孔子の門人。④⑤感情に走り、他人にまで当たり散らさないこと。⑥過失。⑦顔回が三二歳で死んだことをいう。

三　①子華《しくわ》・②齊《せい》に使す。③冉子《ぜんし》その母のために④粟《ぞく》を請ふ。子曰く、これに⑤釜《ふ》を與へよと。まさんことを請ふ。曰く、これに⑥庾《ゆ》を與へよと。冉子これに粟⑦五秉《ごへい》を與ふ。子曰く、赤の齊にゆくや（也）、⑧肥馬《ひば》に乗り、⑨輕裘《けいきう》をきたり。われこれを聞けり（也）。君子は急にあまねくして富めるに⑩繼《つ》がずと。⑪原《げん》思《し》これが⑫宰《さい》となる。これに粟九百を与ふ。⑬辞《じ》す。子曰く、なかれ。もつて⑭爾《なんぢ》の⑮鄰里郷黨《りんりきやうたう》に与へんかと。

（原文　七六字）

①姓は公西、名は赤。字（あざな）は子華。孔子の門人。②国の名。③姓は冉、名は求。字（あざな）は子有。孔子の門人。④五穀の甲あるもの。即ち籾のこと。⑤当時の一升（〇・一九四リットル、〇・一五三五キログラム）で、六斗四升。現在の一升（一・八〇三九リットル、一・四二八キログラム）で、五升七合余（一〇・二八二二三リットル。八・一三九六キログラム）。⑥当時の一升（〇・一九四リットル、〇・一五三五キログラム）で、一六斗。現在の一升（一・八〇三九リットル、一・四二八キログラム）で、一斗四升三合余（三〇・九六六三リットル、二〇・四二〇四キログラム）。⑦当時の一升で、一六斛（こく）を一秉。五秉は八〇斛（こく）。現在の一升で五秉は、七石一斗八升五合九勺（一七〇・三八二〇五一リットル、一〇二六・一四六五二キログラム）。⑧肥えた馬。⑨高価な軽い皮ごろも。⑩余った上に更にふやさない。⑪姓は原、名は憲。字（あざな）は子思。宋の人。孔子の門人。⑫邑の長のことで、家臣の長、家老のこと。⑬辞退。⑭汝。おまえ。二人称代名詞。⑮五家を鄰。二五家を里。五〇〇家を党。一二・五〇〇家を郷という。

四　子・①仲弓《ちゆうきゆう》を謂ひて曰く、②犂《り》牛《ぎう》の子、あかくして③且《かつ》④角《つの》あらば、用ふることなからんと欲すといへども、⑤山川《さんせん》それこれをすてんやと。

（原文　二一字）

①姓は冉、名は雍。字（あざな）は仲弓。孔子の門人。②毛色のまだらな牛。耕作用の牛の意。③その上。並列接続詞。④両角が完全で端正である意。このような牛は、犠牲に供えられる。⑤山川の神の意。

五　子曰く、①回《くわい》や（也）、その心②三月《さんげつ》・仁にたがはず。その餘は則ち日に月に至るのみ（矣）。

（原文　二一字）

①姓は顔、名は回。字（あざな）は子淵。孔子の門人。②三月は実数の三ヵ月の意でなく、久しい事をいう。

六 ①季《き》康子《かうし》・問ふ、②仲由《ちゆういう》は ③政《まつりごと》に従はしむべき（也）かと。子曰く、由や（也）④果《くわ》。政に従ふに於て何かあらんと。曰く、⑤賜《し》や（也）政に従はしむべき（也）かと。曰く、賜や（也）⑥達《たつ》。政に従ふに於て何かあらんと。曰く、⑦求《きう》や（也）政に従はしむべき（也）かと。曰く、求や（也）⑧藝《げい》。政に従ふに於て何かあらんと。

（原文 六一字）

①魯の大夫で三家の一。季孫氏。②姓は仲、名は由。字（あざな）は子路。また、季路。孔子の門人。③政治。ここは大夫として政治をとらせること。④勇断果決。決断力の意。⑤姓は端木、名は賜。字（あざな）は子貢。孔子の門人。⑥事務に通達すること。⑦姓は冉、名は求。字(あざな)は子有。孔子の門人。⑧才能の多い意。

七 ①季《き》氏《し》・②閔子《びんし》騫《けん》をして③費《ひ》の宰たらしむ。閔子騫曰く、よくわがために辭せよ。もしわれを④復《ふたたび》することあらば、則ちわれは必ず⑤汶《ぶん》のほとりにあらん（矣）と。

（原文 三〇字）

①魯国の大夫。権力のある三家の一人。②姓は閔、名は損。字（あざな）は子騫。魯の人。孔子の門人。③季氏の支配するむら。④再び、重ねて頼みに来たならば。⑤斉の南、魯の北の方の国境にある川の名。

八 ①伯牛《はくぎう》・②疾《やまひ》あり。子これを問ふ。③牖《まど》よりその手をとりて曰く、これをうしなはん。命なる（矣）かな。この人にして（也）、（而）この疾あるか（也）。この人にして（也）。（而）この疾あるか(也)と。

（原文 三四字）

①姓は冉、名は耕。字（あざな）は伯牛。魯の人。孔子の門人。②病気。③窓。

九 子曰く、賢なるかな回や（也）。①一簞《いつたん》の食《し》、②一瓢《いつぺう》の飲《いん》、③陋巷《ろうかう》にあり。人はその④憂《うれひ》に⑤堪《た》へず。回や

（也）そのたのしみを改めず。賢なるかな回や（也）。（原文　三〇字）

①箪は食物を入れる竹器。わずかな食べ物。②ひさご一杯の飲み物。③曲れるを巷。すなわち、横町のこと。④気苦労。⑤堪えられない。

一〇　①冉求《ぜんきう》曰く、②子《し》の道をよろこばざるにあらず。力・足らざればなり（也）と。子曰く、力・足らざる者は、③中道《ちゆうだう》にして（而）④廃《はい》す。今なんぢはかぎれりと。（原文　二六字）

①姓は冉、名は求。字（あざな）は子有。孔子の門人。②先生の教え。③途中半途の意。④だめになる。

一一　①子《し》・②子夏《しか》に謂ひて曰く、なんぢ③君子《くんし》儒《じゅ》となれ。④小人儒《せうじんじゅ》となるなかれと。（原文　一五字）

①先生の意。（孔子のこと）。②姓はト、名は商。字（あざな）は子夏。孔子の門人。③修己治人の学問をする人。自己完成を目的とする孔子の学問の流れを汲む学者。④文芸をもって有司の役に供するような学者。

一二　①子《し》游《いう》・②武城《ぶじやう》の③宰《さい》となる。子曰く、なんぢ人を得たるかと。曰く、④澹臺滅明《たんだいめつめい》といふ者あり。行くにこみちによらず。⑤公事《こうじ》にあらざれば、いまだかつて⑥偃《えん》の室《しつ》に至らざるなり（也）と。（原文　三六字）

①姓は言、名は偃。字（あざな）は子游。孔子の門人。②魯のむらの名。③邑（むら）の長。代官。④姓は澹台、名は滅明。字（あざな）は子羽。武城の人。⑤職務上のこと。⑥私の室。偃は子游の名。自称には名を用いるのが礼である。

一三　子曰く、①孟之《まうし》反《はん》ほこらず。はしりて（而）②殿《しんがり》たり。まさに門に入らんとす、その馬にむちうち

て曰く、あへて後れたるにあらざるなり（也）。馬・進まざるなり（也）と。（原文　二五字）

①姓は孟、名は之側。字（あざな）は之反。魯の大夫。②軍の前は啓と言い、後は殿という。

一四　子曰く、①祝鮀《しゅくだ》の②佞《ねい》ありて、（而）③宋朝《そうてう》の美あらざれば、④難《かた》いかな今の世に免れんこと（矣）。（原文　二三字）

①祝とは宋廟の祭を掌る神官。鮀は衛の大夫、子魚の名。②口才。口達者。③宋国の公子。朝は名。④むずかしい。

一五　子曰く、誰かよく出づるに①戸《こ》によらざらん。何ぞこの道によるなきや（也）。（原文　一四字）

①戸口。出入口。

一六　子曰く、①質《しつ》・文に勝てば則ち②野《や》。③文《ぶん》・質に勝てば則ち④史《し》。⑤文質彬彬《ひんぴん》として、然る後に君子なり。（原文　二〇字）

①実質。素質。②野鄙。粗野。③礼文。文飾。かざり。言語や動作の美しいこと。④国家の礼式や書きものを司さどる役人。ここはその役人的であるということで、ハイカラ。もの知りという程の意。⑤文質相まってひとしいかたち。

一七　子曰く、人の生くるや（也）①直《なほ》し。これなくして生くるは（也）、②幸《さいはひ》にして（而）免るるなり。（原文　一四字）

①正直。②幸運。僥倖。まぐれ、さいわい。

一八　子曰く、これを知る者は、これを好む者にしかず。これを好む者は、これを①樂《たのし》む者にしかず。（原文　一八字）

①楽しんで実行する意。

一九　子曰く、①中人以上《ちゅうじんいじゃう》には、もつて②上《かみ》をつぐべきなり（也）。中人③以下《いか》には、もつて上をつぐべからざるなり（也）。（原文　二一字）

①人格、智能が中程度より上の人。②高度の学問。高遠な道理。③それより下。

二〇　①樊遅《はんち》・知を問ふ。子曰く、民の義を務め、②鬼神《きしん》を敬して（而）これを遠ざく。知と謂ふべし（矣）と。仁を問ふ。曰く、仁者は難きを先にして（而）③獲《う》ることを後にす。仁と謂ふべし（矣）と。（原文　三四字）

①姓は樊、名は須。字（あざな）は子遅。孔子の門人。②鬼や神。先祖の神や天地の神。神仏。③利益を得ることと。

二一　子曰く、①知者《ちしゃ》は水を樂み、②仁者《じんしゃ》は山を樂む。知者は動き、仁者は静かなり。知者は樂み、仁者はいのちながし。（原文　二三字）

①智慧のすぐれている者。②犠牲的、献身的な人間愛の精神を持つ者。

二二　子曰く、①齊《せい》②一變《いっぺん》せば、③魯《ろ》に至らん。魯一變せば、④道《みち》に至らん。（原文　一四字）

①国の名。②改革する。改める。③国の名。④王道を指す。

二三　子曰く、①觚《こ》・觚ならず。觚ならんや。觚ならんや。（原文　九字）

①杯（さかずき）の一種で、觚（かど）があるもの。二升（三・六リットル）を觚という。

二四　①宰我《さいが》・問ひて曰く、仁者はこれに告げて②井《ゐ》に仁ありと曰ふといへども(焉)、それこれに従はんか(也)と。子曰く、なんすれぞそれ③然《しか》らんや(也)。君子はゆかしむべきなり(也)。④陥《おと》しいるべからざるなり(也)。欺くべきなり(也)。しふべからざるなり(也)と。　(原文　四一字)

①姓は宰、名は予。字(あざな)は子我。孔子の門人。②井戸。③するだろうか、いや、しまいの意。④井戸の中へ落ち込ませること。

二五　子曰く、君子・①博《ひろ》く文を學び、これを約するに禮をもつてせば、またもつてそむかざるべき(矣)か。　(原文　一九字)

①広く。

二六　子・①南子《なんし》を見る。②子路《しろ》よろこばず。③夫子《ふうし》これにちかつて曰く、④予《よ》の否なる所の者は、天これをたたん。天これをたたんと。　(原文　二三字)

①衛の霊公の夫人。品行が悪かった。②姓は仲、名は由。字(あざな)は子路、また季路という。孔子の門人。③先生。孔子を指す。④私

二七　子曰く、①中庸《ちゅうよう》の徳たるや(也)、それ至れる(矣)かな。民すくなきこと久し(矣)。　(原文　一六字)

①中は過ぎる事もなく、及ばないこともないこと。庸は平常の意。

二八　①子《し》貢《こう》曰く、もし博く民に施して、(而)よく②衆《しゅう》をすくふあらば、いかん。③仁《じん》と④謂《い》ふべきかと。子

曰く、なんぞ仁を事とせん。必ずや（也）⑤聖《せい》か。⑥尭舜《げうしゆん》もそれなほこれを⑦病《や》めり。それ仁者は、己・立たんと欲して（而）人を立て、己・達せんと欲して（而）人を達す。よく近く⑧譬《たとへ》を取る、仁の⑨方《はう》と謂ふべき（也）のみと。

（原文　六一字）

①姓は端木、名は賜。字（あざな）は子貢。孔子の門人。②多数の人人。③仁者。④説明。いう。⑤聖人。⑥堯帝と舜帝。聖人である。⑦心を悩ますこと。⑧身近かにひき比べる。⑨術。方法。

練　習

1　未ダル㆔嘗テ至ラ㆓於偃之室㆒ニ也。

2　不㆘有リテ㆓祝鮀之佞㆒、而有ラ㆗宋朝之美㆖。

3　如シ有ラバ㆘博ク施シテ㆓於民㆒ニ、而能ク済《すく》フ㆖ツ衆、何如ン。

論語巻之四

述而《じゅつじ》第七

一　子曰く、①述《の》べて（而）作らず。信じて（而）②古《いにしへ》を好む。ひそかにわが③老彭《らうはう》に④比《ひ》す。　（原文　一六字）

①敷衍して伝える。次の「作」は創作。②昔。古代。③商の賢大夫。④比べる。比すとは老彭を尊んでこのようにいった。

二　子曰く、黙して（而）これをしるし、學んで（而）①厭《いと》はず、人を②誨《をし》へて③倦《う》まず。なにかわれにあらんや。　（原文　一九字）

①飽（あ）きない。②教えて。③途中でいやにならない。根気よく。

三　子曰く、徳の①脩《をさ》まらざる、學の②講《かう》ぜざる、義を聞きて③徙《うつ》るあたはざる、不善・改むるあたはざる、これわが憂なり（也）。　（原文　二四字）

①修と同じ、治めること。治めて完全にすることが出来ない。②窮められない。わからないところを解明することが出来ない。③移る。

四　子の①燕居《えんきょ》、②申申如《しんしんじょ》たり（也）。③天天如《えうえうじょ》たり（也）。　（原文　一二字）

①朝廷を退いて家にくつろいでいるとき。②伸び伸びとしてくつろいでいる様子。③その顔色の和らぐこと。にこやかなこと。

五 子曰く、①甚《はなはだ》しい（矣）かなわが衰へたるや（也）。久しい（矣）かな、われまた夢に②周公《しうこう》を見ざること。 （原文 一六字）

①ずいぶんの意。②名は旦、武王の弟。武王を助けて紂を討った。周室八〇〇年の基礎を確立した。魯の国の始祖で、孔子が最も敬服した古代聖人の一人である。

六 子曰く、道に志し、徳に①據《よ》り、仁に②依《よ》り、③藝《げい》に④游《あそ》ぶ。 （原文 一四字）

①依る。たよる。②拠と同じ、やはりよりどころ。違わないこと。③六芸。④もてあそび楽しむこと。

七 子曰く、①束脩《そくしう》を行ふより以上は、われいまだかつて②誨《をし》ふることなくんばあらず。 （原文 一四字）

①脩は肉の「ヒモノ」で、古は始めて会うときは進物を持って行くのを礼とした。②教える。

八 子曰く、①憤《ふん》せずんば②啓《けい》せず。③悱《ひ》せずんば發せず。④一隅《いちぐう》を擧げて三隅をもつて⑤反《かへ》さずんば、則ちふたたびせざるなり（也）。 （原文 二三字）

①知ろうとして知ることが出来ずに困っている。②その意を開きわかるようにしてやる。③口で説明しようと望んで、説明出来ず苦しむこと。④四すみあるものの一つのすみ。一例。⑤反応を示さなければ答えない。

九 子・喪ある者の①側《かたはら》に②食《しょく》すれば、いまだかつて③飽《あ》かざるなり（也）。子この日に於て④哭《こく》すれば、則ち歌はず。 （原文 二〇字）

①そばの意。②食事。③腹いっぱい食べない。④死者を弔うに、声をあげて泣き叫ぶこと。

一〇 子・①顔淵《がんえん》に②謂《い》ひて曰く、これを用ふれば則ち行ひ、これをすつれば則ちかくる。ただわれと③爾《なんぢ》とこれあるかなと。④子路《しろ》曰く、子・⑤三軍《さんぐん》をやらば、則ち誰とともにせんと。子曰く、⑥暴虎《ばうこ》馮河《ひょうが》、死して（而）悔なき者は、われはともにせざるなり（也）。必ずや（也）事に臨みて（而）⑦懼《おそ》れ、⑧謀《はかりごと》を好みて（而）成さん者なり（也）と。　（原文　五七字）

①姓は顔、名は回。字（あざな）は子淵。孔子の門人。②言って。説明して。③おまえ、二人称、人称代名詞。④姓は仲、名は由。字(あざな)は子路、あるいは季路。孔子の門人。⑤大国は三軍を持つ。一二・五〇〇人を一軍とする。諸侯の軍隊の意。⑥暴虎は素手（すで）にて虎を撃つこと。馮河は徒歩にて黄河を渡ること。無謀なことをいう。⑦臆病な程、慎重にことを運ぶこと。⑧周到な計画。

一一 子曰く、富にして（而）求むべくんば（也）、①執鞭《しつべん》の士といへども、われまたこれをなさん。もし求むべからずんば、わが好む所に従はん。　（原文　二四字）

①君の出入に当って、道路の人々を避けさせる賤しい役。

一二 子の愼む所は、①齊《さい》・戰《せん》・疾《しつ》。　（原文　七字）

①斉は斎のこと。斎戒すなわちものいみ。戦は戦争。疾は病気。

一三 子・①齊《せい》にありて、②韶《せう》を聞く三月。肉の味を知らず。曰く、③圖《はか》らざりき④樂《がく》をなすのこれに⑤至《いた》らん（也）とはと。　（原文　二一字）

①国の名。②舜の音楽。③思いも寄らなかった。④音楽。⑤至ろう。（至りうる意）

一四　①冉有《ぜんいう》・曰く、②夫子《ふうし》・③衞君《ゑいくん》のためにせんやと。子貢・曰く、④諾《だく》、われまさにこれを問はんとすと。入りて曰く、⑤伯夷《はくい》・⑥叔齊《しゆくせい》は⑦何人《なんぴと》ぞや（也）と。曰く、古の賢人なり（也）と。曰く、⑧怨《うら》みたるかと。曰く、仁を求めて（而）仁を得たり。また何ぞ怨みんと。出でて曰く、夫子は⑨爲《ため》にせざるなり（也）と。　（原文　五一字）

①姓は冉、名は求。字（あざな）は子有。孔子の門人。②先生の意。孔子を指す。③衛国の君、出公輒（しゅっこうちょう）のこと。④返事のことば、承知したということ。⑤⑥孤竹君の二子。兄の伯夷は名は元。字（あざな）は公信。弟の叔斉は名は致、字（あざな）は公遠。国を譲りあって共に周に行ったが後、武王が紂を討とうとしていたので、これをいさめたが聴かれず、周はついに殷を滅してしまったので、二人は周の粟を食べるを恥じて、首陽山に入り餓死した。「采薇歌」を伝える。⑦どういう人物。⑧後悔の意。（国を譲り合ったことを指す）⑨助けない意。

一五　子曰く、①疏食《そし》をくらひ水を飲み、②肱《ひぢ》をまげて（而）これを③枕《まくら》とす。④樂《たのしみ》またその⑤中《うち》にあり（矣）。不義にして（而）富みかつ⑥貴《たふと》きは、われに於て⑦浮雲《ふうん》のごとし。　（原文　二七字）

①そまつな飯。②ひじ。③枕にして眠る意。④たのしみ。（道を楽しむこと）。⑤そういう貧しい生活の中ということ。⑥地位の高いこと。⑦空に浮び、風のまにまに漂う一片の雲。はかなく、たよりないことをたとえる。

一六　子曰く、われに數年をかし、五十もつて①易《えき》を學ばしめば、もつて②大過《たいくわ》なかるべし（矣）。　（原文　一七字）

①易経。②重大なあやまち。

一七　子・つねに言ふ所は、①詩《し》・書《しよ》・執禮《しつれい》。皆つねに言ふなり（也）。（原文　一二字）

①詩経。書経。礼記。

一八　①葉公《せふこう》・②孔子《こうし》を子路に問ふ。子路こたへず。子曰く、なんぢなんぞ曰はざる、その人となりや（也）、憤を發して食を忘れ、樂みてもつて憂を忘れ、③老《おい》のまさに至らんとするを知らず。しかいふと。（原文　三八字）

①名は諸梁。楚の大夫で僭（せん）して公と称した。②名は丘、字（あざな）は仲尼。③老境の意。

一九　子曰く、われ生れながらにして（而）これを知る者にあらず。古を好みて、敏にしてもつてこれを求めたる者なり（也）。（原文　一七字）

二〇　①子《し》・②怪《くわい》・③力《りよく》・④亂《らん》・⑤神《しん》を語らず。（原文　七字）

①先生。（孔子の意。）②怪異。③勇力。暴力。④臣または子が、君あるいは父にそむく類をいう。⑤鬼神。幽元にして測ることができないもの。

二一　子曰く、三人行へば、必ずわが師あり。その①善《よ》き者《もの》を②擇《えら》びて（而）これに從ひ、その善からざる者は（而）これを改む。（原文　二四字）

①その人の長所。②選んで。

二二　子曰く、天・徳を①予《われ》に②生《しやう》ぜり。③桓魋《くわんたい》それ予をいかにせん。（原文　一三字）

①私。②授ける意。③宋の司馬向魋（しょうたい）のことで、桓公より出たる故に、また、桓氏と称した。

二三　子曰く、二三子・我をもって隠すとなすか。われ①爾《なんぢ》に隠すなし。われ行ふとして（而）二三子とともにせざる者なし。これ②丘《きう》なり（也）。　（原文　二八字）

①おまえ。二人称、人称代名詞。②孔子の名。

二四　子①四《よ》つをもって教ふ。②文《ぶん》・行《かう》・忠《ちゅう》・信《しん》。　（原文　八字）

①四つ。②学問。実行。誠意。信義。

二五　子曰く、聖人はわれ得て（而）これを見ず（矣）。①君子者《くんししや》を見るを得ば、これ可なり（矣）。子曰く、②善人《ぜんにん》はわれ得て（而）これを見ず（矣）。③恒《つね》ある者を見るを得ば、これ可なり（矣）。なけれども（而）ありとなし、むなしけれども（而）④盈《み》てりとなし、⑤約《やく》なれども（而）⑥泰《たい》なりとなす。難いかな恒ある（矣）こと。　（原文　五五字）

①才徳、衆にこえた立派な人。②生まれつき誠実なよい人。③一定して変わらないこと。④あふれるほど、充実していること。⑤貧乏なこと。⑥余裕があってゆったりすること。

二六　子①釣《つり》すれども（而）②網《あみ》せず。③弋《よく》すれどもねとりを射ず。　（原文　九字）

①つり糸をたれて釣ること。②延縄（はえなわ）縄に鈎（かぎ）のついた糸を沢山結びつけ、鈎に餌をつけて一ぺんに沢山の魚を釣りあげるに用いる。③生糸をもって矢につないで射る。いぐるみ。

二七　子曰く、けだし知らずして（而）これを作る者あらん。我はこれなきなり（也）。多く聞きてその善き者を①擇《えら》びて（而）これに從ひ、多く見て（而）これをしるすは、知るの②次《つぎ》なり（也）。

①選んで。②次に位する意。 （原文　三二字）

二八　①互郷《ごきやう》ともに言ひ難し。②童子《どうし》③見《まみ》ゆ。門人④惑《まど》ふ。子曰く、その進むをゆるすなり（也）。その⑤退《しりぞ》くをゆるさざるなり（也）。ただ何ぞ⑥甚《はなはだ》しくせん。人・己を⑦潔《いさぎよ》くしてもつて進まば、その潔きをゆるすなり（也）。その⑧往《わう》を⑨保《ほ》せざるなり（也）と。 （原文　三九字）

①むらざとの名。②少年。③先生に面会すること。④面会を許した先生の真意がわからずとまどった。⑤退歩。⑥ひどいしうちの意。⑦修治の意。堕落と縁を切ること。⑧過去。⑨いつまでも問題にしないこと。

二九　子曰く、仁遠からんや。われ仁を欲すれば、ここに仁至る（矣）。 （原文　一三字）

三〇　①陳《ちん》の②司敗《しはい》・問ふ、③昭公《せうこう》は禮を知れるかと。孔子曰く、禮を知れりと。孔子退く。④巫馬期《ふばき》を⑤揖《いふ》して（而）これを進めて曰く、われ聞く、君子は⑥黨《たう》せずと。君子もまた黨するか。君・⑦呉《ご》よりめとる。⑧同姓《どうせい》なり、これを⑨呉孟子《ごまうし》と謂ふ。君にして（而）禮を知らば、たれか禮を知らざらんと。巫馬期もつて告ぐ。子曰く、丘や（也）幸なり。⑩苟《いやしく》も過あれば、人必ずこれを知ると。 （原文　七三字）

①国の名。②官名、陳の大夫のこと。③魯の昭公、名は稠（ちゅう）のこと。④陳の人で、字（あざな）は子期。⑤手を胸前に合わせて、これを上下して挨拶をすること。⑥相助けて非をかくすのを党という。⑦国の名。⑧魯・呉ともに姫姓（きせい）であることをいう。⑨礼に、同じ姓の者は結婚しないとある。で

あるのに、君、これをめとった。だから呉姫子と呼ばなければいけないのに呉孟子といったことをいう。⑩かりそめにも。もしも。

三一　子・人と歌ひて（而）善ければ、必ずこれを①反《かへ》さしめて、②而《しか》る後《のち》にこれに和す。（原文　一四字）

①反復させて。②その上で。

三二　子曰く、①文《ぶん》はわれなほ人のごときことなからんや（也）。②躬《み》・君子を行ふは、則ちわれいまだこれを得る有らず。（原文　一八字）

①学問、勉強の意。②みずから。

三三　子曰く、聖と仁とのごときは、則ちわれ①豈《あに》②敢《あへ》てせんや。そもそもこれをなして③厭《いと》はず、人を④誨《をし》へて⑤倦《う》まず。則ちしかいふと謂ふべきのみ（矣）と。⑥公西華《こうせいくわ》・曰く、⑦正《まさ》にただ⑧弟子《ていし》學ぶあたはざるなり（也）と。（原文　三九字）

①反語を示す陳述の副詞。②押し切って「……する」という意味の詞。ここでは自分でそれを認めることはとんでもないとの意。③いとわない。④教えて。⑤飽きない。⑥姓は公西、名は赤。字(あざな)は子華。孔子の門人。⑦まさしく。⑧門人。私達の意。

三四　子の①疾《やまひ》②病《へい》なり。子路③禱《いの》らんと請ふ。子曰く、これありやと。子路こたへて曰く、これあり。④誄《るゐ》に曰く、爾を⑤上下《しやうか》の⑥神祇《しんぎ》に禱ると。子曰く、丘の禱る久し（矣）と。（原文　三三字）

①病気。②疾（やまい）の重いことをいう。③鬼神に禱り請うこと。④死を悲しんで、その行いを述べるこ

とばをいう。⑤天地をいう。⑥神は天の神。祇は地の神をいう。

三五　子曰く、①奢《おご》れば則ち②不孫《ふそん》。③倹《けん》なれば則ち④固《こ》なり。その不孫ならんよりは（也）、むしろ固なれ。（原文　一六字）

①ぜいたくであれば。②孫は順ということで、不遜に同じ。いばること。譲らないこと。③倹約。④頑固。固陋。（かたくなで見聞がせまいこと。）

三六　子曰く、君子はたひらかに①蕩蕩《たうたう》たり。②小人《せうじん》はとこしなへに③戚戚《せきせき》たり。（原文　一二字）

①ひろびろとしているさま。自由で伸び伸びしていること。②教養のない人。③びくびくと恐れ、くよくよと憂えていること。

三七　子①溫《をん》にして（而）はげしく、②威《ゐ》ありて（而）たけからず、③恭《うやうや》しくして（而）④安《やす》し。（原文　一一字）

①温和。やさしいこと。②威厳。いかめしいこと。③うやうやしい。④窮屈な所のないこと。

練　習

1　吾未ダ㆓嘗テ無クンバアラ㆒㆑誨フルコト　焉。

2　擧ゲテ㆓一隅ヲ㆒不ンバ㆘以テ㆓三隅ヲ㆒反サ㆖、則チ不ル㆑復セ也。

3　惟我ト與㆑爾有ル㆑是レ夫。

4　不㆑知ラ㆓老之將ニルヲ㆒㆑至ラント。

5 桓魋其如《レ》レ予《ヲ》何《ニセン》。

6 吾無《シ》下行《フトシテ》而不《ル》レ與《ニセ》二三子《ト》一者上。

7 子曰《ク》、若《キハ》二聖《ト》與《ノ》レ仁、則《チ》吾豈敢《テセンヤ》。抑《ゝ》爲《シテ》レ之《ヲ》不《ハ》レ厭、誨《ヘテ》レ人《ヲ》不《マ》レ倦。則《チ》可《キ》レ謂《フ》二云爾《ト》一已矣《ノミト》。

泰伯第八

一　子曰く、①泰伯《たいはく》はそれ②至徳《しとく》と謂ふべきのみ（矣）。三たび天下をもつて譲る。民・得て（而）稱するなし。（原文　二三字）

①周の大王の長子。②徳の至極にして、この上にないことをいう。

二　子曰く、恭にして（而）禮なければ則ち勞す。愼みて（而）禮なければ則ちおそる。勇にして（而）禮なければ則ち亂る。①直《ちよく》にして（而）禮なければ則ち②絞《かう》す。君子・③親《しん》に④篤《あつ》ければ、則ち民・仁に興る。⑤故舊《こきう》わすれざれば、則ち民うすからず。（原文　四四字）

①正直。②きびしいこと。容赦しないこと。③親族。近親。④手厚い。⑤昔からの友達。ふるなじみ。

三　①曾子《そうし》・②疾《やまひ》あり。③門弟子《もんていし》を召して曰く、わが足をひらけ。わが手をひらけ。④詩《し》に云ふ、⑤戰戰兢兢《せんせんきようきよう》として、⑥深淵《しんえん》に臨むがごとく、薄氷を⑦履《ふ》むがごとしと。（而）今にして（而）後、われ⑧免《まぬか》るるを知るかな。⑨小子《せうし》。（原文　三九字）

①姓は曾、名は參（しん）。字（あざな）は子輿。孔子の門人。②病気。③門人たち。④詩経の小雅、小旻（しょうびん）の篇。⑤戦々はびくびくと恐れること。兢々は心を戒めること。⑥深い淵。⑦ふみ歩く。⑧のがれる。身体をそこなうことを免がれる。⑨年少のものに対する親しみをこめた呼びかけ。

四　曾子・疾あり。①孟敬子《まうけいし》これを問ふ。曾子言ひて曰く、鳥のまさに死なんとする、その鳴くや（也）かなし。人のまさに死なんとする、その言ふや（也）よし。君子・道に②貴《たふと》ぶ所の者三つ。③容貌《ようばう》を動かして、ここに④暴慢《ばうまん》に遠かる（矣）。⑤顔色《がんしよく》を正しうして、ここに信に近づく（矣）。⑥辭氣《じき》を出して、ここに⑦鄙倍《ひばい》に遠かる（矣）。⑧籩豆《へんとう》の事は、則ち⑨有司《いうし》・存せりと。（原文　六八字）

①魯の大夫。仲孫捷のこと。敬はその謚（おくりな）。②重んずる。大切にする意。③態度のこと。④暴は粗厲。慢は放肆、粗暴。無礼の意。⑤表情。⑥辞は言語。気は声気のこと。言葉遣いの意。⑦野卑なこと。⑧籩は竹で造り、豆は木で造る。祭器。⑨係りの役人。

五　曾子曰く、①能《のう》をもつて②不能《ふのう》に問ひ、多きをもつて③寡《すくな》きに問ひ、あれどもなきがごとく、實つれどもむなしきがごとく、④犯《おか》せども（而）⑤校《かう》せず。むかしわが友かつてこれに從事せり（矣）。（原文　三四字）

①才能。②才能のない意。③学識の乏しい意。④相手の立場を無視して欺くこと。人から無理をされること。⑤仕返しをしたりなどしないこと。

六　曾子曰く、もつて①六尺《りくせき》の②孤《こ》を託すべく、もつて百里の命を寄すべし。③大節《たいせつ》に臨みて（而）奪ふべからざるは（也）、君子人か、君子人なり（也）。（原文　三三字）

①年、一五以下をいう。当時の一尺は二二・五センチである。②幼少の意。孤児になった幼君を指す。③（幼君と国家の運命がかけられた）重大な時機の意。

七 曾子曰く、士はもつて①弘毅《こうき》ならざるべからず。任重くして（而）道遠し。仁もつて己が任となす。また重からずや。死して（而）後に②已《や》む。また遠からずや。（原文 三三字）

①弘は大の意で、度量の広いこと。毅は強の意で、決断すること。意志の強いことをいう。②任務が終る意。

八 子曰く、詩に①興《おこ》り、禮に立ち、②樂《がく》に③成《な》る。（原文 一一字）

①感情が高められること。感情を豊にすること。②音楽。③音楽で両者を調和させること。音楽によって始めて、情緒の安定がもたらされるをいう。

九 子曰く、民はこれに由らしむべし。これを知らしむべからず。（原文 一三字）

一〇 子曰く、勇を好みて貧をにくむは①亂《みだ》るるなり（也）。人にして（而）②不仁《ふじん》なるを、これをにくむことはなはだしければ、亂るるなり（也）。（原文 一八字）

①秩序を乱すこと。②道にはずれた人の意。

一一 子曰く、もし①周公《しうこう》の才の美ありとも、②驕《おご》りかつやぶさかならしめば、その③餘《よ》は④觀《み》るに足らざる（也）のみ。（原文 二一字）

①周公旦、周の文王の子。武王の弟。後、魯に封ぜられた。礼楽制度を定め、文物始めて大いに盛んとなった。②優越感を誇示すること。③それ以外。④観察する。

一二　子曰く、三年學んで、①穀に至らざるは、②得《え》・③易《やす》からざるなり（也）。（原文　一三字）

①禄の意。②③めったにいない意。

一三　子曰く、①篤《あつ》く信じて學を好み、死を守りて道を善くす。②危邦《きはう》には入らず、③亂邦《らんばう》には居らず。天下道あれば則ちあらはれ、道なければ則ち④隠《かく》る。⑤邦《くに》・道あるに、貧しくしてかつ⑥賤《いや》しきは、⑦恥《はぢ》なり（也）。邦・道なきに、富みかつ貴きは、恥なり（也）。（原文　四六字）

①厚くして、力むる意。②危険な国。③危の極りの意。すなわち法律・制度の紊乱（びんらん）した国。④仕えないこと。⑤国。⑥地位もない意。⑦恥辱。

一四　子曰く、その①位《くらゐ》にあらざれば、その②政《まつりごと》を③謀《はか》らず。（原文　一〇字）

①地位。②政務。③口出しはしない。

一五　子曰く、①師摯《しし》の始、②關雎《くわんしよ》のをはり、③洋洋乎《やうやうこ》として耳に④盈《み》てるかな。（原文　一六字）

①魯の音楽の長官の名。②詩経の篇の名。周南の首章。③美しく盛んなことの形容。④満つる。一ぱいになる。

一六　子曰く、①狂《きやう》にして（而）直ならず、②侗《どう》にして（而）③愿《げん》ならず、④悾悾《こうこう》として（而）信ならずんば、われこれを知らず（矣）。（原文　二〇字）

①志、大にして行の伴なわないこと。②無知のこと。③まじめで慎み深いこと。④無能の形容。

一七　子曰く、學は及ばざるがごとくするも、なほこれを失はんを恐る。（原文　一〇字）

一八　子曰く、①巍巍乎《ぎぎこ》たり、②舜《しゅん》・③禹《う》の天下をたもつや（也）。而してあづからず。（原文　一六字）

①高く大きい形容。偉大なさまをいう。②③中国古代の聖天子。

一九　子曰く、①大《だい》なるかな、②堯《げう》の君たるや（也）。巍巍乎たり、ただ天を大なりとなす。ただ堯これにのつとる。③蕩蕩乎《たうたうこ》たり、民よく名づくるなし。巍巍乎たり、その成功あるや（也）。④煥乎《くわんこ》たり、その文章あること。（原文　四二字）

①偉大。②中国古代の聖天子。③広遠の形容。広々として果てしないさま。④煥は明らかなこと。輝かしい意。

二〇　①舜《しゅん》・臣・五人ありて（而）天下治まる。②武王《ぶわう》曰く、われ③亂臣《らんしん》十人ありと。孔子曰く、④才難《さいかた》しと。それ然らずや。⑤唐虞《たうぐ》の際、これより盛なりとなす。婦人あり。九人のみ。天下を三分してその二をたもつて、もつて⑥殷《いん》に服事す。⑦周《しう》の徳は、それ⑧至徳《しとく》と⑨謂《い》ふべき（也）のみ（矣）と。（原文　六五字）

①中国古代の聖天子。②周の天子。ここの言葉は書経の泰誓（たいせい）篇に見えている。③乱は治の意味で使った。いにしえの治の古字である。④「才難し」という古語に基き、孔子これを然りとした。人材は得難い意。⑤唐は堯の国号。虞は舜の国号。⑥国名。⑦国名。ここは周の文王をさす。⑧最上の徳をいう。⑨言う。「謂ふ」は説明の語。

二一　子曰く、①禹《う》はわれ②間然《かんぜん》するなし（矣）。飲食をうすくして（而）③孝《かう》を④鬼神《きしん》に致し、衣服を悪しくして（而）美を⑤黻冕《ふつべん》に致し、宮室を⑥卑《ひ》くして（而）力を⑦溝洫《こうきよく》に盡せり。禹はわれ⑧間然《かんぜん》するなし（矣）。

（原文　四一字）

①中国古代の聖天子。②非の打ち所がない意。然は焉と通ずる。③ここの孝は、先祖の霊を立派に祭る意。④先祖の霊の意。⑤黻は祭服のひざがけ。冕は冠。⑥質素にして。⑦田間の水道の意。彊界（きょうかい）を正し。旱魃（かんばつ）に備える。⑧欠点を指摘すること。

練習

1　鳥之將《ニ》レ死《ナント》、其《ノ》鳴《ク》也哀《シ》。

2　人之將《ニ》レ死《ナント》、其《ノ》言《フ》也善《シ》。

3　可《ク》三以《テ》託《ス》二六尺之孤《ヲ》一、可《シ》三以《テ》寄《ス》二百里之命《ヲ》一。

4　士《ハ》不レ可《カラ》三以《テ》不《ル》二弘毅《ナラ》一。

5　不《レバ》レ在《ラ》二其《ノ》位《ニ》一、不レ謀《ラ》二其《ノ》政《ヲ》一。

6　大《ナル》哉、堯之爲《ル》レ君也。巍巍乎《タリ》、唯天《ヲ》爲《ス》レ大《ナリト》。唯堯則《ル》レ之《ニ》。

7　煥乎《タリ》、其《ノ》有《ルコト》二文章一。

8　周之德《ハ》、其《レ》可《キ》レ謂《フ》二至德《ト》一也已矣。

9　惡《シクシテ》二 衣服《ヲ》一而致《シ》二美《ヲ》乎黻冕《ニ》一、卑《クシテ》二 宮室《ヲ》一而盡《セリ》二力《ヲ》乎溝洫《ニ》一。

論語巻之五

子罕《かん》第九

一　子まれに利と①命《めい》と仁とを言ふ。　（原文　八字）

①天命。

二　①達巷黨《たつこうとう》の人曰く、大なるかな孔子。博く學んで（而）名を成す所なしと。子これを聞き、②門弟子《もんていし》に謂ひて曰く、われ何をか③執《と》らん。④御《ぎょ》を執らんか。射を執らんか。われは御を執らん（矣）と。　（原文　三七字）

①達という村。達巷は党の名、五〇〇家を党とした。②門人たち。③力を専らにすること。④御者。

三　子曰く、①麻冕《まべん》は禮なり（也）。今や（也）純なるは倹なり。われは衆に従はん。②下《しも》に拝するは禮なり（也）。今③上《かみ》に拝するは④泰《たい》なり（也）。衆に⑤違《たが》ふといえども、われは下に従はん。　（原文　二九字）

①冕は黒布のかぶりもので、純は絹糸である。②堂下。③堂上。④おごりたかぶること。⑤皆のやり方に従わない意。

四　子・四つを①絶《た》つ。②意《い》なく、③必《ひつ》なく、④固《こ》なく、⑤我《が》なし。　（原文　一一字）

①絶滅。②私意。③必ず期すること。④我意を執って動かない意。⑤私。己の意。

五　子・①匡《きやう》に②畏《ゐ》す。曰く、文王既に没したれども、文ここにあらずや。天のまさにこの文を③喪《ほろぼ》さんとするや（也）、④後死《こうし》の者この文にあづかるを得ざるなり（也）。天のいまだこの文を喪さざるや（也）、⑤匡人《きやうひと》それわれをいかにせんと。（原文　四四字）

①地名。宋にある。②兵難の意。③滅ぼさん。④後人という意。自分に遅れて死ぬ者を指す。⑤匡の住民の意。

六　①大宰《たいさい》・子貢に問ひて曰く、夫子は聖者か、何ぞそれ②多能《たのう》なるや（也）と。子貢曰く、もとより天これをゆるして、ほとんど聖にして、また多能なり（也）と。子これを聞きて曰く、大宰われを知れるか。われわかくして（也）③賤《いや》し、故に④鄙事《ひじ》に多能なり。君子は多ならんや、多ならざるなり（也）と。⑤牢《らう》曰く、子云ふ、われもちひられず、故に⑥藝《げい》ありと。（原文　六五字）

①官名。②多才・多芸のこと。③身分の低いこと。④つまらぬこと。微細なこと。⑤姓は琴、名は牢。字（あざな）は子開、あるいは子張。衛の人。孔子の門人。⑥多芸の意。多能と同じ。

七　子曰く、われ知るあらんや、知るなきなり（也）。①鄙夫《ひふ》ありわれに問ふ、空空如たり（也）。われその両端を②叩《たた》きて（而）つくせり（焉）。（原文　二八字）

①いなか者。②検討する意。

八　子曰く、①鳳鳥《ほうてう》至らず。②河《か》・③圖《と》を出さず。われやんぬる（矣）かな。（原文　一四字）

①鳳は霊鳥で舜の時に舞い降り、文王の時に岐山で鳴いたという。②③伏羲の時に竜馬が、河中から図を負うて出て来たといわれている。王者の出る瑞兆である。

九 子・①齊衰者《しさいしゃ》と、②冕衣裳者《べんいしやうしゃ》と、③瞽者《こしゃ》とを見れば、これを見てわかしといへども必ずたつ。これを過ぐれば必ずはしる。

（原文 二三字）

①斉衰（喪服）を着ている喪中の人。②冕（冕冠）、衣（上服）、裳（下服）。貴者の盛服で、礼服を身につけた貴人の意。③盲者。

一〇 顔淵①喟然《きぜん》として歎じて曰く、これを仰げば②彌《いよいよ》ゝ高く、これをきれば彌ゝ堅し。これをみるに前にあれば、③忽焉《こつえん》として④後《しり》へにあり。⑤夫子《ふうし》⑥循循然《じゅんじゅんぜん》としてよく人をいざなふ。われを博むるに文をもつてし、われを⑦約《やく》するに禮をもつてす。やめんと欲すれども能はず。既にわが才をつくす。立つ所ありて⑧卓爾《たくじ》たるがごとし。これに従はんと欲すといへども、⑨由《よし》なき（也）のみと。

（原文 六二字）

①ああ（歎声）。②ますます。③たちまち。あっという間に。④うしろ。⑤先生。⑥手際よく。⑦しめくくりをつける。⑧立つかたち。⑨よる所の意。通る。通路。手段の意。

一一 子の疾・①病《へい》なり。子路・門人をして臣たらしむ。②病間に曰く、久しい（矣）かな、③由《いう》の④詐《いつはり》を行ふこと（也）。臣なきに（而）臣ありとなす。われ誰をか⑤欺《あざむ》かん。天を欺かんや。かつわれその臣の手に死なんよりは（也）、むしろ⑥二三子《にさんし》の手に死なんか。かつわれたとひ⑦大葬《たいさう》を⑧得《え》ずとも、われ道路に死せんやと。

（原文 六六字）

①疾（やまい）のはなはだしいことを病（へい）という。②病気。③姓は仲、名は由。字（あざな）は子路、また季路という。孔子の門人。④こしらえごと。⑤いつわり欺く。⑥おまえたち（門人の意）。⑦立派な葬式。⑧出来ない。

一二　子貢曰く、ここに①美玉《びぎょく》あり。②匵《とく》にをさめて（而）これを藏せんか。③善賈《ぜんか》を求めて（而）これをうらんかと。子曰く、これをうらんかな、これをうらんかな。われはあたひを待つ者なり（也）。

（原文　三二字）

①宝石（すぐれた人格や才能の比喩である）。②箱。③価。値段。賈（こ）と読むときはよい商人の意。（すぐれた人格や才能のある人を理解して用いる君子の比喩）

一三　子・①九夷《きうい》に居らんと欲す。あるひと曰く、いやしきことこれをいかにせんと。子曰く、君子これに居らば、何のいやしきことかこれあらんと。

（原文　二一字）

①東方の夷（えびす）に九種あるから、九夷という。

一四　子曰く、われ①衞《えい》より②魯《ろ》にかへり、然る後に樂正しく、③雅頌《がしょう》各〻その所を得たり。

（原文　一八字）

①②国の名。③詩経の大雅・小雅及び頌をいう。

一五　子曰く、出でては則ち①公卿《こうけい》に②事《つか》へ、入りては則ち父兄に事ふ。喪の事は敢て勉めずんばあらず。③酒困《しゅこん》をなさず。何かわれにあらんや。

（原文　二七字）

①三公九卿。②仕え。③酒のくるしむ所となること。

一六　子・①川《かは》のほとりにありて曰く、②逝《ゆ》く者はかくの如きか。③晝夜《ちうや》をやめずと。　(原文　一四字)

①河川。②往くに同じ。去り行くこと。③昼となく夜となく過ぎ去って行く。

一七　子曰く、われいまだ徳を好むこと色を好むがごとき者を見ざるなり(也)。　(原文　一二字)

一八　子曰く、①譬《たと》へば山をつくるがごとし。いまだ②一簣《いつき》をなさず、③止《や》むは、わが止むなり(也)。譬へば地を平かにするがごとし。一簣を④覆《くつがへ》すといへども、進むは、わが⑤往《ゆ》くなり(也)。　(原文　二六字)

①たとえると。②簣は土かご。一もつこ。③やめる。④土をあける意。⑤進歩の意。

一九　子曰く、これにつげて(而)①惰《おこた》らざる者は、それ②回《くわい》なる(也)か。　(原文　一二字)

①なまける。②姓は顔、名は回。字(あざな)は子淵。孔子の門人。

二〇　子・顔淵を謂ひて曰く、①惜《を》しいかな。われその進むを見るなり(也)。いまだその②止《とど》まるを見ざるなり(也)。　(原文　一七字)

①残念に思う。②なまけて同じ所に停滞すること。

二一　子曰く、①苗《なへ》にして(而)②秀《ひい》でざる者ある(矣)かな。秀でて(而)實らざる者ある(矣)かな。　(原文　一八字)

①種子(穀物)から始めて生じたもの。②華(はな)が咲く。

二二　子曰く、①後生《こうせい》おそるべし。いづくんぞ②來者《らいしや》の今にしかざるを知らんや（也）。四十五十にして（而）聞ゆるなきは（焉）、これまたおそるるに足らざる（也）のみ。　（原文　三〇字）

①年の若い人をいう。②後生の将来。

二三　子曰く、①法語《はふご》の言は、よく従ふことなからんや。これを改むるを②貴《たふと》しとなす。③巽與《そんよ》の言は、よくよろこぶことなからんや。これをたづぬるを貴しとなす。よろこんで（而）たづねず、従ひて（而）改めずんば、われこれをいかんともするなき（也）のみ（矣）。　（原文　四二字）

①先王の正しい言葉（筋・道理の通ったことば）。②たいせつの意。③巽は、したがうとか、譲る意。与は、くみすとか、ゆるす意。相手の気持に逆らわない婉曲な言葉のこと。

二四　子曰く、①忠信《ちゆうしん》を主とし、己にしかざる者を友とするなかれ。過てば則ち改むるに②憚《はばか》ることなかれ。　（原文　一六字）

①誠実。②他人のおもわくを気にすること。

二五　子曰く、三軍も①帥《すゐ》を奪ふべきなり（也）。②匹夫《ひつぷ》も志を奪ふべからざるなり（也）。　（原文　一五字）

①司令官。②身分の賤しい男。庶人。

二六　子曰く、やぶれたる①縕袍《をんぱう》をきて、②狐貉《こかく》をきたる者と立ちて、（而）恥ぢざる者は、それ③由《いう》なる（也）か。④忮《そこな》はず求めず、何をもつてよからざらんと。子路・終身これを⑤誦《しよう》す。子曰く、この道や（也）、何ぞもつてよしとするに足らんと。　（原文　四三字）

①どてら（綿入れの粗末な着物）。②狐や、むじなの皮を用いて作ったかわごろも。裘（かわごろも）の貴いもの。③姓は仲、名は由。字（あざな）は子路。また季路。孔子の門人。④危害を与えない。⑤くちずさむこと。

二七 子曰く、①歳寒《としさむ》くして、然る後に②松柏《しょうはく》の③彫《しぼ》むに後るるを知るなり（也）。（原文 一三字）

①寒い季節。②松や柏。柏は日本の「かしわ」ではなく、檜に似た常緑樹。③凋落（ちょうらく）、しぼむ。

二八 子曰く、知者は惑はず。仁者は憂へず。勇者は①懼《おそ》れず。（原文 一四字）

①恐れ。

二九 子曰く、ともにともに學ぶべし、いまだともに①道《みち》にゆくべからず。ともに道にゆくべし、いまだともに立つべからず。ともに立つべし、いまだともにはかるべからず。（原文 二六字）

①正道。

三〇 ①唐棣《たうてい》の華《はな》、偏としてそれ反せり（而）。あに爾を思はざらんや。②室《しつ》これ遠ければなり（而）。子曰く、いまだこれを思はざるなり（也）。それ何の遠きことかこれあらんと。（原文 二七字）

①唐棣は郁李、一名は雀梅。本邦にては庭梅（にわうめ）という。華は花。②部屋。家。

練習

1 天之將ニレ喪サントニ斯ノ文ヲ一也、後死ノ者不ルレ得レ與ルツ二於斯ノ文ニ一也。

2 未ダレ成サル二一簣ヲ一。

3　未ダルレ見二其ノ止マルヲ一也。
4　吾末キ二如レ之ヲ何トモスル一也已矣。
5　衣テ二敝レタル縕袍ヲ一、與下衣タル二狐貉ヲ一者上立チテ、而不ル レ恥ヂハ者、其レ由也與。
6　未ダル二之ヲ思ハ一也。

郷黨第十

一　孔子・①郷黨《きやうたう》に於て、②恂恂如《じゆんじゆんじよ》たり（也）。言ふ能はざる者に似たり。その③宗廟《そうべう》・④朝廷《てうてい》にありては、⑤便便《べんべん》として言ふ。ただ⑥謹《つつし》むのみ。　（原文　二六字）

①郷里。②恭謹で朴実なかたち。うやうやしくてまめなこと。③天子の祖廟。④政事を行うところ。⑤明らかに弁ずるかたち。⑥敬謹の意。

二　朝にて①下大夫《かたいふ》と言へば、②侃侃如《かんかんじよ》たり（也）。③上大夫《じやうたいふ》と言へば、④誾誾如《ぎんぎんじよ》たり（也）。君いませば、⑤踧《しゆく》踖如《せきじよ》たり（也）。⑥與與如《よよじよ》たり（也）。　（原文　二九字）

①目下の大夫。②和楽のかたち。③目上の大夫。④中正のかたち。⑤恭敬のかたち。⑥舒緩（じよかん）のかたち。

三　君召して①擯《ひん》せしむれば、色②勃如《ぼつじよ》たり（也）。足③躩如《くわくじよ》たり（也）。ともに立つ所を④揖《いふ》すれば、手を左右にす、衣の前後、⑤襜如《せんじょ》たり（也）。⑥趨《はし》り進めば、⑦翼如《よくじょ》たり（也）。⑧賓《ひん》退けば、必ず⑨復命《ふくめい》して曰く、賓顧みず（矣）と。

（原文　四〇字）

①来賓の接待役。②色を変ずるかたち。③進むことが出来ない様子。④身をかがめ、胸で組み合わせた手を上下させる挨拶。⑤整うかたち。⑥小走りに歩くことで、慎みの気持を表わす作法である。⑦走りて進むとき、手をこまねき端正なこと。鳥のつばさを張ったような形。⑧国賓。⑨命じられた仕事の結果を報告すること。

四　①公門《こうもん》に入るには、②鞠躬如《きくきゅうじょ》たり（也）。いれられざるがごとし。立つに門に③中《ちゅう》せず。行くに④閾《しきみ》を履まず。⑤位《くらゐ》を過ぐれば、色⑥勃如《ぼつじょ》たり（也）。足躩如たり（也）。その言・足らざる者に似たり。⑦齊《もすそ》を⑧攝《かか》げて堂に⑨升《のぼ》るに、⑩鞠躬如《きくきゅうじょ》たり（也）。氣をさめていきせざる者に似たり。出でて一等を降れば、顔色をはなちて、⑪怡怡如《いいじょ》たり（也）。⑫階《かい》をつくして趨り進めば、翼如たり（也）。その位に⑬復《かへ》れば、踧踖如たり（也）。

（原文　七三字）

①宮廷の門。②身をかがめるさま。③中央をいう。④敷居。⑤門内にあって君が立つ場所。⑥顔色を変え、緊張すること。⑦裳裾（もすそ）のこと。⑧衣をかかげること。⑨上る。⑩身をかがめるさま。⑪和悦のさま。⑫階段。⑬もとの位置に帰ると。

五　①圭《けい》を執れば、鞠躬如たり（也）。②勝《た》へざるがごとし。③上《あ》ぐるには揖するがごとく、④下《さ》ぐるには授くるがごとし。勃如として戰色あり。足⑤蹜蹜《しゅくしゅく》として⑥循《したが》ふあるがごとし。⑦享禮《きゃうれい》には容色あり。⑧私覿《してき》には⑨愉愉如《ゆゆじょ》たり（也）。

（原文　三六字）

①使者のしるしの玉。②重くて力が堪えない。③高くもちあげる。④低くさげる。⑤こきざみにの意。⑥小またに歩き、足が地を離れず、物によりそうようにして進むこと。⑦自国の君が、隣国の君に贈り物を献ずる礼。⑧使者が自分の土産物を隣国の君に献上して謁見すること。⑨顔色をやわらげ、欣快なさまをいう。

六　君子は①紺緅《かんしう》をもつて飾らず。紅紫はもつて②褻服《せつぷく》をつくらず。暑にあたつては③袗《ひとへ》の④絺《ち》綌《げき》、必ず表して（而）これを出す。⑤緇《し》衣には⑥羔裘《こうきう》、素衣には⑦麑裘《げいきう》、黄衣には狐裘。褻裘は長し、右の⑧袂《たもと》を短くす。必ず⑨寝衣《しんい》あり。たけ一身有半。⑩狐《こ》貉《かく》の厚きもつて居る。喪を去れば⑪佩《お》びざる所なし。⑫帷裳《いしやう》にあらざれば、必ずこれを⑬殺《さい》す。羔裘⑭玄冠《げんくわん》しては、もつて⑮弔《てう》せず。吉月には必ず⑯朝服《てうふく》して（而）朝す。

（原文　八三字）

①紺は赤を深青に浮した色。緅は浅い赤色。②ふだん着。③単衣（ひとえ）。④帷衣（かたびら）。葛（かつ）のことで、葛織はすき通って肌が見える。⑤黒衣。⑥黒い小羊の皮衣。⑦麑は鹿の子で、鹿の子は色が白い。⑧袖の下方の袋のようになっている部分。⑨寝間着。⑩毛深く温厚な小動物をいう（狐。むじな）。⑪身につける。⑫朝服や祭服につける袴。⑬布地の巾を落すこと。⑭黒い冠。⑮弔問。⑯朝廷に出るときの礼服。

七　①齊《さい》するときは必ず明衣あり、布もてす。齊するときは必ず食を變じ、②居《きよ》は必ず坐を③遷《うつ》す。

（原文　一四字）

①「モノイミ」のことで、神を祭る前に心身を清潔にすること。②居り場所。③常処をかえること。

八　①食《し》は精を厭はず。②膾《なます》は細を厭はず。食の③饐《い》して（而）④餲《あい》し、魚の⑤餒《たい》して（而）肉の敗れたるは、食はず。色の悪しきは食はず。⑥臭《にほひ》の悪しきは食はず。⑦飪《じん》を失へるは食はず。時ならざるは食はず。⑧割正《きりめ》しからざるは食はず。その⑨醬《しやう》を得ざるは食はず。肉多しといへども、⑩食氣《しき》に勝たしめず。ただ酒は量なし。亂に及ばず。⑪沽酒《こしゆ》・⑫市脯《しほ》は、食はず。⑬薑《はじかみ》を⑭撤《てつ》せずして食ふ。多くは食はず。公に祭れば、肉を⑮宿《しゆく》せず。祭肉は三日を出さず。三日を出づれば、これを食はず（矣）。食ふに語らず。⑯寢《い》ぬるに言はず。⑰疏食《そし》・菜羹《さいかう》といへども、かならず祭る。必ず⑱齊如《さいじよ》たり（也）。　（原文　一一〇字）

①飯。②牛と羊、または魚の「なます」で、肉を細く切って酢に和した料理。③すえること。④味が変わること。⑤腐敗。⑥臭気。⑦煮加減の適度なこと。⑧肉などの切り方。⑨肉にかける汁。⑩食は穀を以て主となす。すなわち、主食の飯より多くは食べない。⑪沽は買う売るということで、市販の酒。⑫市は沽と同じ意。市販の乾肉。何の肉であるかわからないから。⑬生姜（しょうが）。⑭去（きょ）の意。捨てない。⑮翌日へ持ち越さない。⑯床に入ること。⑰粗末な御飯や野菜汁のこと。⑱斉は厳敬のかたちで、敬虔（けいけん）なさまをいう。

九　①席《せき》正しからずんば坐せず。　（原文　五字）

①敷き物の意。

一〇　①鄉人《きやうじん》の飲酒に、②杖者《ちやうしや》出づればここに出づ（矣）。鄉人のおにやらひには、③朝服《てうふく》して（而）④阼階《そかい》に立つ。　（原文　二〇字）

①村人。②老人のこと。③礼服。④東の階段。主人の升降（しょうこう）する階（きざはし）である。

一一　人を①他邦《たはう》に問はしむれば、②再拝《さいはい》して（而）これを送る。③康子《かうし》・藥をおくれり。拜して（而）これ

を受く。曰く、④丘《きう》いまだ達せず。⑤敢《あへ》てなめず。　（原文　二五字）

①他国。②二度拝する意。③魯の大夫の季康子。④孔子の名。⑤おしきって、ここは今すぐにの意。

一二　①廐《うまや》②焚《や》けたり。子・朝より退く。曰く、人をそこなへりやと。馬を問はず。　（原文　一二字）

①廐舎。②焼ける。

一三　君・①食《し》を賜へば、必ず席を正して先づこれをなむ。君・②腥《せい》を賜へば、必ず熟して（而）これを③薦《すす》む。君・生を賜へば、必ずこれを④畜《やしな》ふ。君に⑤侍食《じしょく》するに、君祭れば先づ⑥飯《はん》す。⑦疾《や》むとき、君これを視れば、東首し朝服を加へ、⑧紳《しん》を⑨拖《ひ》く。君命じて召せば、⑩駕《が》を⑪俟《ま》たずして行く（矣）。　（原文　五〇字）

①既に烹（に）てあるもの。すぐ食べることが出来るもの。②生肉のこと。③祖先の霊に供える。④飼う。⑤陪食（ばいしょく）。⑥食（くら）う。（毒味のために）⑦病気。⑧大帯。（礼服の時に用いる）⑨引くと同じ。加えること。⑩車に馬をつなぐこと。⑪待たず。

一四　①太廟《たいべう》に入りては、事毎に問ふ。　（原文　六字）

①周公の廟のこと。

一五　①朋友《ほういう》死して、帰する所なし。曰く、我に於て②殯《ひん》せよと。朋友の③饋《おくりもの》は、車馬といへども、祭肉にあらざれば④拝《はい》せず。　（原文　二三字）

①友人。②仮に埋葬すること。（死者を棺に納め、葬り日まで安置すること。）③贈と同意。④目上の人から

の贈り物は、拝してから受けるのが礼儀であったとする。友人の贈り物へはその礼をとらない。

一六　寝ぬるに①尸《し》せず。居るにかたちつくらず。②齊衰《しさい》の者を見れば、③狎《な》るといへども必ず④變《へん》ず。⑤冕者《べんしゃ》と⑥瞽者《こしゃ》とを見れば、⑦褻《せつ》といへども必ず⑧貌《ばう》をもつてす。⑨凶服《きょうふく》の者にはこれにしよくす、⑩負版《ふはん》の者にしよくす。⑪盛饌《せいせん》あれば、必ず色を變じて（而）作つ。⑫迅雷風烈《じんらいふうれつ》には、必ず變ず。

（原文　四八字）

①かたしろ。屍と同じ。死人のような形をすること。②喪服のこと。③俗語の呢懇（じっこん）の意と同じ。④容色を変え、敬意を表し哀しむ。⑤冠をかぶっている高官の人。⑥盲人。⑦私居の意。（公所に対する）ふだんの出会い。⑧顔色に尊敬もしくは哀れみの意を表わすこと。⑨喪服。⑩地図や戸籍を背負う（運搬する）こと。⑪立派なごちそうの意。⑫迅・烈、ともにはげしいこと。はげしい雷や暴風の意。

一七　車に①升《のぼ》るときは、必ず正しく立ちて②綏《すゐ》を執る。車中にては③内顧《ないこ》せず。④疾言《しつげん》せず。⑤親指《しんし》せず。

（原文　一八字）

①乗る。②車に乗る時、つかまえるひものこと。③車の中を見回わすこと。④早口にものを言うこと。⑤親（みずか）ら指ざすこと。自分で指でさし示すこと。

一八　色みてここに擧がり（矣）。①翔《かけ》りて（而）後にとどまる。曰く、②山梁《さんりよう》の③雌雉《しち》、時なるかな時なるかなと。子路これを④共《きよう》す。三たび⑤嗅《か》いで（而）⑥作《た》つ。

（原文　二五字）

①空中を旋回して。②山間のかけ橋。③雌きじのこと。④向って行ったこと。また雌の料理を孔子にさしあげる、とする説もある。⑤においをかぐこと。⑥起（た）つと同じ。

練習

1 君子ハ不下以テ二紺緅ヲ一飾ヲ上。

2 見レバ三冕者ト與ヲ二瞽者一、雖モレ褻ト必ズ以テスレ貌ヲ。

論語巻之六

先進第十一

一 子曰く、先進の①禮樂《れいがく》におけるは、②野人《やじん》なり（也）。後進の禮樂に於けるは、君子なり（也）。もしこれを用ひば、則ちわれは③先進《せんしん》に従はん。 （原文 二六字）

①礼儀、音楽。②郊外を野という。いなかもの。素朴で洗練されてはいないが、気骨のある人のことをいう。③先輩の意。

二 子曰く、われに①陳《ちん》・②蔡《さい》に従ふ者は、皆・門に及ばざるなり（也）。③徳行《とくかう》には、顔淵・④閔子騫《びんしけん》・⑤冉《ぜん》伯牛《はくぎう》・仲弓。言語には、⑥宰我《さいが》・子貢。政事には、⑦冉有《ぜんいう》・季路。文學には、⑧子《し》游《いう》・⑨子《し》夏《か》。 （原文 四三字）

①②国の名。③善行をいう。④姓は閔、名は損。字（あざな）は子騫。孔子の門人。⑤姓は冉、名は耕。字（あざな）は伯牛。孔子の門人。⑥姓は宰、名は予。字（あざな）は子我。孔子の門人。⑦姓は冉。名は求、字（あざな）は子有。孔子の門人。⑧姓は言、名は偃。字（あざな）は子游。孔子の門人。⑨姓は卜、名は商。字（あざな）は子夏。孔子の門人。

三 子曰く、①回《くわい》や（也）。われを助くる者にあらざるなり（也）。わが②言《げん》に於て③説《よろこ》ばざる所なし。

①顔回。②言うこと。③悦に同じ。　（原文　一六字）

四　子曰く、①孝《かう》なるかな閔子騫。人その父母②昆弟《こんてい》の言を③間《かん》せず。　（原文　一八字）

①孝行。②昆は兄、兄弟。③誤りを指摘する。

五　①南容《なんよう》・②白圭《はくけい》を③三復《さんぷく》す。④孔子《こうし》その兄の子をもつてこれにめあはす。　（原文　一五字）

①姓は南、名は宮适。字（あざな）は子容。孔子の門人。②詩経にある「白圭の玷（か）けたるは、なお磨くべし、斯の言の玷けたるは為（おさ）むべからず」という詩を、指している。③復誦することが一再でないこと。三たびと限らない。しばしばの意。④孔丘、字（あざな）は仲尼。

六　①季康子《きかうし》・問ふ、②弟子《ていし》たれか學を好むとなすと。孔子こたへて曰く、③顔回《がんくわい》といふ者あり、學を好む。④不幸《ふかう》⑤短命《たんめい》にして死せり（矣）。今や（也）則ちなし。　（原文　三〇字）

①魯の大夫。②門人の意。③姓は顔、名は回。字（あざな）は子淵。孔子の門人。④ふしあわせ。⑤若死にの意。

七　①顔淵《がんえん》死す。②顔路《がんろ》・子の車もつてこれが③椁《くわく》をつくらんと請ふ。子曰く、才も④不才《ふさい》も、また各〻その⑤子《こ》と言ふなり（也）。鯉や（也）死せしとき、⑥棺《くわん》ありて（而）椁なし。われ⑦徒行《とかう》してもつてこれが椁をつくらざりき。わが⑧大夫《たいふ》の⑨後《しりへ》に従へるをもつて、徒行すべからざればなり（也）と。　（原文　五二字）

①顔回、字（あざな）は子淵。②淵の父。名は無繇（むよう）。孔子に学んだ。③外棺（がいかん）。④才能のないこと。⑤子ども。⑥内棺。⑦歩く。⑧職名。⑨末席の意。

八　顔淵死す。子曰く、ああ、①天《てん》われを②喪《ほろぼ》せり。天われを喪せり。　（原文　一二字）

①最高主宰者。主宰神の意。②見放すこと。亡失。滅亡。

九　顔淵死す。①子《し》これを②哭《こく》して③慟《どう》す。従者曰く、子慟せり（矣）と。曰く、慟するありしか。かの人のために慟するにあらずして（而）たれが④為《ため》にせんと。　（原文　二六字）

①孔子。②声をあげて泣くこと。③哀の過ぎること。儀礼的に声を出して泣く（哭）のでなく、悲しみの余り、「身をふるわせ、声も途切れる程泣く。」ことをいう。④ために。

一〇　顔淵死す。門人・厚くこれを葬らんと欲す。子曰く、①不可《ふか》なりと。②門人《もんじん》厚くこれを葬る。子曰く、回や（也）われを③視《み》ることなほ父のごときなり（也）。われ視ることなほ④子《こ》のごときを⑤得《え》ざるなり（也）。われにあらざるなり（也）。かの⑥二《に》三子《さんし》なり（也）と。　（原文　四二字）

①家が貧しくて、而（しか）も厚くこれを葬ろうと希望する気持をさしていった。よくないの意。②門生とか門弟の意。③扱う意。④子ども。⑤できない。⑥数名の門人達。

一一　①季路《きろ》・②鬼神《きしん》に③事《つか》へんことを問ふ。子曰く、いまだ人に事ふるあたはず、いづくんぞよく④鬼《き》に事へんと。⑤敢《あへ》て死を問ふ。曰く、いまだ⑥生《せい》を知らず、いづくんぞ死を知らんと。　（原文　二六字）

①子路の別の字（あざな）である。②天地の神。祖先の霊。③奉ずる意。④前の鬼神の意。⑤敬語の副詞。失礼ですが。あるいは。思いきっての意。⑥生きることの意。

一二　①閔子《びんし》・②側《かたはら》に侍す。③誾誾如《ぎんぎんじよ》たり（也）。子路・④行行如《かうかうじよ》たり（也）。冉有・子貢・⑤侃侃如《かんかんじよ》たり（也）。⑥子樂《したのし》む。由（也）のごときはその死を得ざらんと。　（原文　三二字）

①姓は閔、名は損。字（あざな）は子騫。孔子の門人。②そば。③中正のかたち。④剛強のかたち。⑤和楽のかたち。⑥先生は楽しそうであるの意。

一三　①魯《ろ》人《ひと》・②長府《ちやうふ》をつくる。閔子騫曰く、③舊貫《きうくわん》によらばこれをいかん。何ぞ必ずしも改め作らんと。子曰く、かの人言はず。言へば必ずあたるありと。　（原文　二九字）

①魯の人。②蔵の名。貨をおさめるを府という。③貫は事。もとのこしらえに従うこと。

一四　子曰く、①由《いう》の②瑟《しつ》、なんすれぞ丘の門に於てすると。門人・子路を敬せず。子曰く、由や（也）③堂《だう》に④升《のぼ》れり（矣）。いまだ⑤室《しつ》に入らざるなり（也）と。　（原文　二九字）

①姓は仲、名は由。字（あざな）は子路。また季路という。孔子の門人。②楽器の名。二五絃の琴のこと。③表座敷。④のぼること。⑤堂の後にある奥座敷のこと。

一五　子貢問ふ、①師《し》と②商《しやう》とは（也）いづれか③賢《まさ》れると。子曰く、師や（也）過ぎたり。商や（也）及ばずと。曰く、④然《しか》らば則ち師は⑤愈《まさ》れるかと。子曰く、⑥過《す》ぎたるはなほ⑦及《およ》ばざるがごとしと。　（原文　三〇字）

①姓は顓孫（せんそん）、名は師。字（あざな）は子張。孔子の門人。②姓は卜（ぼく）、名は商。字（あざな）は子夏。孔子の門人。③すぐれているとか、かしこいという意。④それではの意。⑤勝る。⑥中を得ないで行き過ぎること。⑦足りない。

一六　季氏・①周公《しゅうこう》より富めり。而るに求や（也）これがために②聚斂《しゅうれん》して（而）これに③附益《ふえき》す。子曰く、わが④徒《と》にあらざるなり（也）。⑤小子《せうし》・鼓を鳴らして（而）これを⑥攻《せ》めて可なり（也）と。

（原文　三二字）

①名は旦（たん）。周の武王の弟。成王の叔父で周室に大功があった。魯侯の先祖である。②収で、租税をとりたてること。③附はつく。益は加える意。④仲間。⑤おまえ達。門人の意。⑥攻は責むる意。罪をせめる。

一七　①柴《さい》や（也）愚《ぐ》。②参《しん》や（也）魯《ろ》。師や（也）③辟《へき》。由や（也）④喭《がん》。

（原文　一二字）

①高柴は斉の人で、愚は愚直のこと。②参は曾子の名。魯は魯鈍のこと。③誠実さが少ないことをいう。④剛猛。

一八　子曰く、回や（也）それちかいか。しばしば①空《むな》し。②賜《し》は③命《めい》を受けずして（而）④貨殖《くわしょく》す。おもんぱかれば⑤則《すなは》ちしばしばあたる。

（原文　二三字）

①空乏。衣食が足らないことをいう。②子貢の名。③天命のこと。④貨財と生殖のこと。⑤そこでとか。然るときはの意。

一九　①子張《しちやう》・②善人《ぜんにん》の道を問ふ。子曰く、③迹《あと》をふまず。また④室《しつ》に入らずと。

（原文　一七字）

①姓は顓孫（せんそん）、名は師。字（あざな）は子張。孔子の門人。②学問はしないが性質のよい人。常に道徳的な判断を誤らない。③先輩の生き方や仕事。前の人の足あとの意。④堂には升（のぼ）るが室には入らぬの意。

二〇　子曰く、論の篤《あつ》きにこれくみせば、①君子者《くんししや》か、②色荘者《しよくさうしや》か。③　（原文　一四字）

①立派、あるいはしっかりしている意。②君子かの意。③色は表情や態度。荘は堂々としていること。見かけだおしの偽善者のこと。

二一　子路《しろ》①・問ふ、聞くままにここにこれを行はんかと。子曰く、父兄いますあり。これをいかんぞ、それ聞くままにここにこれを行はんかと。②冉有《ぜんいう》問ふ、聞くままにここにこれを行はんかと。子曰く、聞くままにここにこれを行へと。③公西華《こうせいくわ》曰く、④由《いう》や（也）問ふ、聞くままにここにこれを行はんかと。子曰く、父兄いますありと。⑤求《きう》や（也）問ふ、聞くままにここにこれを行はんかと。子曰く、聞くままにここにこれを行へと。⑥赤《せき》や（也）⑦惑《まど》へり。あへて問ふと。子曰く、求や（也）退く。故にこれを進む。由や（也）人を⑧兼《か》ぬ。故にこれを退くと。　（原文　八四字）

①姓は仲、名は由。字（あざな）は子路、また季路。孔子の門人。②姓は冉、名は求。字（あざな）は子有。孔子の門人。③姓は公西、名は赤。字（あざな）は子華。孔子の門人。④子路の名。⑤冉有の名。⑥公西華の名。⑦訳がわからなくなる意。⑧出しやばりの意。

二二　子・①匡《きやう》に②畏《ゐ》す。顔淵後れたり。子曰く、われなんぢをもつて死せりとなせり（矣）と。曰く、子います、③回《くわい》何ぞ敢て死せんと。　（原文　二二字）

①宋国の地名。②戒心のことがあった。ここでは拘禁されること。遭難である。③姓は顔、名は回。字（あざな）は子淵。孔子の門人。

二三　①季子然《きしぜん》・問ふ、仲由・②冉求《ぜんきう》は、大臣と謂ふべきかと。子曰く、われ子をもつて異なるをこれ問ふとなす。すなはち由と求とをこれ問ふ。いはゆる大臣は、道をもつて君に③事《つか》へ、不可なれば則ち止む。今・由と求とは（也）、④具臣《ぐしん》と謂ふべし（矣）と。曰く、然らば則ちこれに従はん者かと。子曰く、父と君とを⑤弑《しい》せんには、また従はざるなり（也）と。

（原文　五八字）

①子然は、季氏の子弟。季氏の一族。②姓は冉、名は求。字（あざな）は子有。魯の人。孔子の門人。季氏に仕える。③仕えること。④具は備で、役人の数に加わり、役人として具（備）わっているだけの臣。⑤臣が君を、子が親を殺すこと。

二四　子路・①子《し》羔《かう》をして費の②宰《さい》たらしむ。子曰く、かの人の子を③賊《そこな》ふと。子路曰く、④民人《みんじん》あり、⑤社稷《しやしよく》あり。何ぞ必ずしも書を讀みて、然る後に學となさんと。子曰く、この⑥故《ゆゑ》にかの⑦佞者《ねいしや》をにくむと。

（原文　四二字）

①姓は高、名は柴。字（あざな）は子羔。孔子の門人。②代官の意。③害（そこな）う意。④人民。⑤社は土地の神。稷は穀物の神。⑥理由。わけ。⑦口達者。

二五　子路・①曾皙《そうせき》・冉有・公西華・②侍坐《じざ》す。子曰く、われ一日・③爾《なんぢ》に長ずるをもつて、われをもつてするなかれ（也）。④居《を》れば則ち曰く、われを知らざるなり（也）と。もしあるひは爾を知らば、則ち何をもつてせんやと。子路・⑤率爾《そつじ》として（而）こたへて曰く、千乗の國、大國の間にはさまり、これに加ふるに⑥師旅《しりよ》をもつてし、これによるに⑦饑饉《ききん》をもつてす。由や（也）これををさめば、三年に及ぶころ、勇ありてかつ・⑧方《はう》を知らしむべきなり(也)と。夫子これをわらふ。求・爾はいかんと。こたへて曰く、方六七十、もしくは五六十。求や（也）これををさめば、三年に及ぶころ、民を足らしむべし。その⑨禮樂《れいがく》のごときは、もつて君子をまたんと。赤・爾はいかんと。こたへて曰く、これをよくすと曰ふにはあらず、願はくは學ばん。⑩宗廟《そうべう》の事、もしくは會同に、⑪端章甫《たんしやうほ》して、願はくは⑫小相《せうしやう》とならんと。點・爾はいかんと。⑬瑟《しつ》を鼓すること⑭希《まれ》なり。⑮鏗爾《かうじ》として瑟をおきて(而)たち、こたへて曰く、三子者の撰に異なりと。子曰く、何ぞ⑯傷《いた》まんや。また各〻その志を言ふなり（也）と。曰く、⑰莫春《ぼしゆん》には、春服すでに成り、⑱冠者《くわんじや》五六人、童子六七人、⑲沂《き》に浴し、⑳舞雩《ぶう》に風し、詠じて（而）歸らんと。夫子㉑喟然《きぜん》として歎じて曰く、われは點にくみせん（也）と。三子者出づ。㉒曾皙《そうせき》後る。曾皙曰く、かの三子者の言はいかんと。子曰く、また各〻その志を言ふ（也）のみ（矣）と。曰く、夫子何ぞ由を㉓哂《わら》ふや（也）と。曰く、國ををさむるに禮をもつてす。その言・讓らず。この故にこれを哂ふと。ただ㉔求《きう》は則ち邦にあらず（也）やと。いづくんぞ㉕方《はう》六七十、もしくは五六十にして、（而）邦にあらざる（也）者を見んと。ただ赤は則ち邦にあらず（也）やと。㉖宗廟會同《そうべうくわいどう》、諸侯にあらずして（而）何ぞ。赤や（也）これが小たらば、たれかよくこれが大たらん。

（原文　三一七字）

①曾点は曾参の父。字（あざな）は子皙。②目上の人のおそばにはべること。③汝。四子を指す。④暇で家

に居ること。（……だからの謂である）。⑤三人に先んじてこたえること。また、礼儀のないことをいう。また、急遽のかたちにもいう。いきなり答えること。⑥二・五〇〇人を師とし、五〇〇人を旅となしている。⑦穀物の熟さないのを饑といい、蔬菜の熟さないのを饉という。⑧向かうこと。義に向かうをいう。民が義に向かえば、よくその上を親しんで、その長に死ぬという。道のこと。方向。⑨礼と楽。⑩祭祀をいう。⑪玄端（げんたん）をきて、章甫を冠すること。諸侯、日に朝を視るの服である。礼服、礼帽のこと。⑫君の礼を助くる者をいう。小というもまた謙辞である。⑬弦楽器で琴の一種。初め五〇弦、のち二五弦になった。⑭音が途切れがちなこと。⑮瑟を投ずる声。瑟を下に置く時たてる、「コトリ」という音の形容である。⑯害のないこと。妨げないこと。⑰季春三月。晩春。旧暦の三月である。⑱成人して加冠の式をあげた若者をいう。⑲川の名。沂水。⑳沂水の畔にあった、天を祭って雨請いをする壇のこと。㉑歎息のかたち。㉒姓は曾、名は点、字（あざな）は子皙。曾参、字（あざな）は子輿の父である。㉓笑う。㉔姓は冉、名は求。字（あざな）は子有。孔子の門人。㉕四方の意。㉖宗廟の祭りや、諸侯の会合。

練習

1 視ルコトレ予ヲ猶キレ父ノ也。
2 未ダレ入ラ二於室ニ一也。
3 過ギタルハ猶シレ不ルガレ及バ。

顔淵第十二

一 ①顔淵《がんえん》・仁を問ふ。子曰く、己にかちて禮にかへるを仁となす。一日・己にかちて禮にかへれば、天下・仁に歸す。仁をなすは己による。②而《しか》して人によらんやと。顔淵曰く、その③目《もく》を請ひ問ふと。子曰く、④非禮《ひれい》・⑤視《み》ることなかれ、非禮・⑥聽《き》くことなかれ、非禮・言ふことなかれ、非禮・動くことなかれと。顔淵曰く、回・⑦不敏《ふびん》といへども、請ふこの語を事とせん（矣）と。　（原文　六九字）

①姓は顔、名は回。字（あざな）は子淵。孔子の門人。②そうして。しこうして。③実践に当たって従うべき具体的な条目のこと。④礼でないこと。礼にはずれること。⑤見る。⑥聞く。⑦ふつつか。おろか。

二　①仲弓《ちゆうきゆう》・仁を問ふ。子曰く、門を出でては②大賓《たいひん》を見るがごとく、民を使ふは③大祭《たいさい》をうくるがごとくす。己の欲せざる所は、人に施すことなかれ。④邦《くに》にありても⑤怨《うら》みなく、家にありても怨みなしと。仲弓曰く、⑥雍《よう》・不敏といへども、請ふこの語を⑦事《こと》とせん（矣）と。　（原文　四六字）

①姓は冉、名は雍。字（あざな）は仲弓。孔子の門人。②身分の高いお客様の意。③宗廟の祭りのような、大切な祭。④国。⑤うらまれること。⑥仲弓の名。⑦仕事とする。実践。しっかり守る意。

三　①司馬牛《しばぎゆう》・仁を問ふ。子曰く、仁者はその言や（也）かたくすと。曰く、その言や（也）かたくす。これこれを仁と謂ふ（矣）かと。子曰く、これをなすこと難し。これを言ふことかたきなきを得んやと。　（原文　三五字）

①姓は司馬、名は耕。字（あざな）は子牛。孔子の門人。

四　司馬牛・君子を問ふ。子曰く、君子は憂へず①懼《おそ》れずと。曰く、憂へず懼れざる、これこれを君子と謂ふ（矣）かと。子曰く、内に省みてやましからずんば、それ何をか憂へ何をか懼れんと。

①不安をいだかないこと。（原文　三七字）

五　司馬牛・憂へて曰く、人皆①兄弟《けいてい》あり。われ②獨《ひと》りなしと。③子夏《しか》曰く、④商《しやう》これを聞けり（矣）。⑤死《し》生《せい》・命あり、⑥富貴《ふうき》・天にありと。君子敬して（而）失ふことなく、人と⑦恭《うやうや》しくして（而）禮あらば、⑧四海《しかい》の内、皆兄弟なり（也）。君子何ぞ兄弟なきを⑨患《うれ》へんや（也）と。（原文　五七字）

①兄。弟。②自分自身だけの意。孤独。③姓は卜、名は商。字（あざな）は子夏。孔子の門人。④子夏の名。⑤死とか生とか。⑥富と、貴いと。⑦慎み深くて。⑧天下の意。⑨思い悩む。心に苦しむ。

六　①子張《しちやう》・明を問ふ。子曰く、②浸潤《しんじゆん》のそしり、③膚受《ふじゆ》のうつたへ、行はれざるを（焉）、④明《めい》と謂ふべき（也）のみ（矣）。浸潤のそしり、膚受のうつたへ、行はれざるを、遠しと⑤謂《い》ふべき（也）のみ（矣）と。（原文　五〇字）

①姓は顓孫（せんそん）、名は師。字（あざな）は子張。孔子の門人。②しみこむこと。次第々々に人の信じ傾くようにする讒訴。③肌に受ける訴え。傷口に触れられた時のような切迫感をもって訴えること。④目のよく見えるを転じて、心のよく是非を知ることをいう。⑤いえる。

七　①子貢《しこう》・政を問ふ。子曰く、②食《しよく》を足し、兵を足し、民これを信ず（矣）と。子貢曰く、必ず③已《や》むを得《え》ずして（而）去らば、この④三者《さんしや》に於て何を先にせんと。曰く、兵を去らんと。子貢曰く、必ず已むを得ずして（而）去らば、この二者に於て何を先にせんと。曰く、食を去らん。⑤古《いにしへ》より皆・死

あり。⑥民《たみ》・⑦信《しん》なくんば立たずと。　　　　（原文　六〇字）

①姓は端木、名は賜。字（あざな）は子貢。孔子の門人。②食糧。③致しかたなく。どうしようもなくの意。④三つのうち。⑤昔。⑥人民。国民。⑦信用。

八　①棘子成《きょくしせい》曰く、君子は質のみ（而已矣）。何ぞ②文《ぶん》をもつてなさんと。子貢曰く、惜しいかな、夫子の説は、君子なるも（也）、③駟《し》も④舌《した》に及ばず。⑤文《ぶん》はなほ⑥質《しつ》のごときなり（也）。質はなほ文のごときなり（也）。⑦虎豹《こへう》のかはは、なほ⑧犬羊《けんやう》のかはのごとしと。　　　　（原文　四七字）

①衛の大夫。②飾り、外観の意。③④四頭立ての馬車で速力が早い。その早い馬車で追っかけても、失言を取り消すことは出来ない、ということ。⑤⑥外観と実質上は同じようなものであるということ。⑦虎や豹。⑧犬や羊。

九　哀公・①有若《いうじやく》に問ひて曰く、②年《とし》③饑《う》ゑて、用足らず。これをいかにせんと。有若こたへて曰く、なんぞ④徹《てつ》せざるやと。曰く、二にして、われなほ足らず。これをいかんぞそれ徹せんや（也）と。こたへて曰く、⑤百姓《ひやくせい》足らば、君たれとともにか⑥足《た》らざらん。百姓足らずんば、君たれとともにか足らんと。　　　　（原文　五二字）

①姓は有、名は若。字（あざな）は子有。魯の人。孔子の門人。②今年。③穀物の不作であること。④一割の税のことを徹という(収穫の十分の一を徴収する税法)。徹しないのかの意。⑤人民。国民。⑥満足しよう。

一〇　子張・徳をたかくし①惑《まどひ》を②辨《べん》ぜんことを問ふ。子曰く、忠信を主とし、義に③徙《うつ》るは、徳をたかくするなり（也）。これを愛してその生を欲し、これを④悪《にく》みてその死を欲す。既にその生を欲し、またその死を欲するは、これ惑なり（也）。誠に富をもつてせず、またまさにもつて異なりと。

（原文　四六字）

①迷いのこと。理性が感情に支配された状態をいう。②弁別。道徳をたっとび、事の是非を分別して、疑惑を除くこと。③移る。④憎んで。

二　齊の景公・①政《まつりごと》を孔子に問ふ。孔子こたへて曰く、②君《きみ》・君たり、臣・臣たり、父・父たり、子・子たりと。③公《こう》曰く、よいかな。まことにもし君・君たらず、臣・臣たらず、父・父たらず、子・子たらずば、④粟《ぞく》ありといへども、われ⑤得《え》て（而）これを⑥食《くら》はんやと。

（原文　四六字）

①政治。②上の「君臣父子」は主語。名詞。③景公のこと。④食糧。⑤出来る。⑥食べる意。

三　子曰く、①片言《へんげん》もつて②獄《ごく》をさむべき者は、それ③由《いう》（也）か。子路・諾をとどむるなし。

（原文　一八字）

①半言の意。子路、忠信明決、言を出して、人信服する。その言葉の終るを待たない有様をいう。②訴訟のこと。③姓は仲、名は由。字（あざな）は子路、また季路。孔子の門人。

三　子曰く、うつたへを①聴《き》くことわれなほ人のごときなり（也）。必ずや（也）うつたへなからしめんか。

（原文　一四字）

①つまびらかに聞くこと。

一四　①子張《しちやう》・政を問ふ。子曰く、これに②居《ゐ》て③倦《う》むことなく、これを行ふに④忠《ちゆう》をもつてす。（原文　一四字）

①姓は顓孫、名は師。字（あざな）は子張。孔子の門人。②従事する意。③懈（おこた）ること。④誠実の意。

一五　子曰く、①博《ひろ》く②文《ぶん》を學び、これを約するに禮をもつてせば、またもつてそむかざるべき（矣）か。（原文　一七字）

①広く。②詩書を初めとして、いろいろの書物からの知識のこと。

一六　子曰く、君子は①人《ひと》の美《び》を成して、人の悪をなさず。②小人《せうじん》はこれに反す。（原文　一七字）

①人の美点。善をさしていう。②知識・教養（学問）などのとぼしい人。

一七　①季康子《きかうし》・政を孔子に問ふ。孔子こたへて曰く、②政《せい》は③正《せい》なり（也）。子ひきゐるに正しきをもつてせば、たれか④敢《あへ》て正しからざらんと。（原文　二四字）

①魯の大夫で上郷（じょうけい）であった。②政治の政の字はの意。③正しい。④しいての意。

一八　季康子・①盗《たう》を②患《うれ》へて、孔子に問ふ。孔子こたへて曰く、③苟《いやしく》も子の④不欲《ふよく》ならば、これを⑤賞《しやう》すといへどもぬすまずと。（原文　二三字）

①盗賊。②心配して。③かりそめにも。かりにも。④自分の欲を押さえることをいう。⑤賞金つきの意。

一九　季康子・政を孔子に問うて曰く、もし①無道《むだう》を殺して、もつて②有道《いうだう》につかば、いかんと。孔子こたへて曰く、子・政をなすに、いづくんぞ③殺《さつ》を用ひん。子・善を欲すれば（而）民善ならん（矣）。

君子の徳は④風《ふう》。小人の徳は⑤草《さう》。⑥草《くさ》これに⑦風《かぜ》をくはふれば必ずふすと。　（原文　五二字）

①不道徳な人間の道。②道徳のある善い人の道。③殺すこと。④⑤支配者の人格を風に、被支配者の人格を草にたとえた。⑥⑦「風が吹けば、草は必ずなびく。」と、上の徳に人民の従うことをたとえた。

二〇　子張問ふ、①士《し》はいかなるこれこれを達と②謂《い》ふべき（矣）と。子曰く、何ぞや、③爾《なんぢ》のいはゆる達とはと。子張こたへて曰く、④邦《くに》にありても必ず聞え、家に在りても必ず聞ゆと。子曰く、これ⑤聞《ぶん》なり（也）、達にあらざるなり（也）。それ達（也）とは、⑥質直《しつちょく》にして（而）義を好み、⑦言《げん》を察して（而）色を⑧観《み》、⑨慮《おもんぱか》りてもつて人に下る。邦にありても必ず達し、家にありても必ず達す。それ聞（也）とは、⑩色《いろ》・仁を取りて（而）行は⑪違《たが》ふ。これに居りて疑はず。邦にありても必ず聞え、家にありても必ず聞ゆと。　（原文　八九字）

①学に志すもの。②いう。説明の意。③おまえの意。④諸侯の国のこと。⑤有名になること。⑥質は飾りけがないこと。直は正直なこと。⑦他人の言葉。⑧観察する。⑨思慮して。⑩自分の顔色。外面だけ人格者を装うこと。⑪異る。

二一　①樊遅《はんち》・従ひて②舞雩《ぶう》の下に遊ぶ。曰く、敢て徳を③崇《たか》くし④慝《とく》を脩め惑を辨ぜんことを問ふと。子曰く、よいかな問ふこと。⑤事《こと》を先にして⑥得《う》るを後にするは、徳を崇くするにあらずや。その⑦悪《あく》を⑧攻《せ》めて、人の悪を攻むるなきは、慝を⑨脩《をさ》むるにあらずや。⑩一朝《いつてう》の⑪忿《いかり》に、その身を忘れて、もつてその⑫親《しん》に及ぼすは、惑にあらずやと。　（原文　五七字）

①姓は樊、名は須。字(あざな)は子遅。孔子の門人。②雨を祈る所で、樊遅、孔子に随従して、舞雩のもとに遊ぶをいう。③高めること。④悪の意。行為として表われる以前の、心のなかにかくされた悪をいう。⑤勤労の事をいう。難きを先にすることをいう。⑥得られる利益。⑦欠点の意。⑧批判の意。⑨治と同じ　⑩一時。⑪腹立ち。⑫近親。

二一　①樊遅《はんち》・仁を問ふ。子曰く、人を②愛《あい》すと。知を問ふ。子曰く、人を知ると。樊遅いまだ達せず。子曰く、③直《なほ》きを擧げて諸の④枉《まが》れるをおき、よく枉れる者をして直からしむと。樊遅⑤退《しりぞ》く。子夏を見て曰く、さきに（也）われ⑥夫子《ふうし》に⑦見《まみ》えて（而）知を問へり。子曰く、直きを擧げて諸の枉れるをおき、よく枉れる者をして直からしむと。何の謂ぞや（也）と。子夏曰く、富めるかな言や。⑧舜《しゅん》・天下をたもちて、衆に選びて、⑨皐陶《かうえう》を擧げて、⑩不仁者《ふじんしゃ》遠ざかれり（矣）。⑪湯《たう》・天下をたもちて、衆に⑫選《えら》びて、⑬伊尹《いゐん》を擧げて、不仁者遠ざかれり（矣）と。

（原文　九九字）

①姓は樊、名は須。字（あざな）は子遅。孔子の門人。②いつくしむと同じ。③まっすぐなものをいう。④まがったものをいう。⑤室を出ること。⑥先生の意。⑦会う。見る。の敬語。⑧中国上古の天子で、至孝の名が高く、禹を用いて洪水を治めさせ、遂に禹に位を譲った。⑨舜帝の臣である。今でいう司法大臣であった。⑩悪人の意。⑪中国・殷の始祖で、夏にかわって、殷の王朝を開いた。⑫とりたてる意。⑬姓は伊、名は摯（し）。尹は官名。湯王の臣。

二二　①子貢《しこう》・友を問ふ。子曰く、②忠告《ちゅうこく》して（而）よくこれを③道《みち》びく。④不可《ふか》なれば⑤則《すなは》ち止む。自ら⑥辱《はづかし》めらるるなしと。

（原文　二〇字）

①姓は端木、名は賜。字(あざな)は子貢。孔子の門人。②是は是、非は非として告げること。③善導の意。
④だめであったら。⑤然るときはの意。⑥侮辱。

二四

曾子《①そうし》曰く、君子は文をもつて友を會《②くわい》し、友をもつて仁《③じん》をたすく。　（原文　一三字）

①姓は曾、名は參。字（あざな）は子輿（しよ）。南武城の人。孔子の門人。②聚（しゅう）の意。③ここは「人間性」の意である。

練習

1　有若對《ヘテ》曰《ク》、盍《ゾ》《ル》レ徹《セ》乎《ト》。

2　問《フ》二崇《クシ》レ德《ヲ》脩《メ》レ慝《ヲ》辨《ゼンコトヲ》一レ惑《ヲ》。

論語巻之七

子路第十三

一 ①子路《しろ》・政を問ふ。子曰く、これに先んじこれを②勞《らう》すと。まさんことを請ふ。曰く、③倦《う》むなしと。（原文 一五字）

①姓は仲、名は由。字（あざな）は子路、また季路。勇力才芸の人で、政事を以て名を著わした。人となりは剛直、真率で変通に達しない。四五歳で魯の大夫、季氏の宰となった。孔子の門人。②働く。骨を折る。③あきること。

二 仲弓・①季氏《きし》の②宰《さい》となる。政を問ふ。子曰く、③有司《いうし》に先んじ、④小過《せうくわ》を⑤赦《ゆる》し、賢才を擧ぐと。曰く、いづくに賢才を知りて（而）これを⑥擧《あ》げんと。曰く、⑦爾《なんぢ》の知る所を擧げよ。爾の知らざる所は、人それこれをおかんやと。（原文 四〇字）

①魯国の権勢家。三家の一。②執事。③下級官吏。④過は失誤のことで、無心に出るものである。有為の悪と異なる。⑤大目に見ること。⑥とり立てる意。⑦おまえ。

三 子路曰く、①衞君《ゑいくん》・②子《し》を待つて（而）政をなさば、子まさにいづれをか先にせんとすると。子曰く、必ずや（也）③名《な》を正さんかと。子路曰く、これあるかな、子の④迂《う》なるや（也）。なんぞそれ正さんと。子曰く、野《や》なるかな由《いう》や（也）。君子はその知らざる所に於《おい》て、けだし闕如《けつじょ》すなり（也）。名・正しからざれば、則《すなは》ち言したがはず。言《げん》したがはざれば、則ち事《こと》ならず。事ならざれば、則ち禮樂《れいがく》・興《おこ》らず。禮樂・興らざれば、則ち刑罰《けいばつ》あたらず。刑罰あたらざれば、則ち民《たみ》・手足《しゅそく》をおく所なし。故《ゆゑ》に君子はこれに名づくれば、必ず言ふべきなり（也）。これを言へば必ず行ふべきなり（也）。君子その言に於て、苟《いやしく》もする所なきのみ（而已矣）と。　（原文　一一九字）

①出公輙（しゅうこうちょう）のこと。②先生。③名分を正しくすることで、名と実と一致すること。名は実の賓で、実は名の主である。④迂遠。まわりくどいこと。⑤礼儀がなく粗野。⑥姓は仲、名は由。字（あざな）は子路、また季路。孔子の門人。⑦あって。⑧欠く。口出ししないこと。⑨そのときは。⑩言うこと。言葉。⑪ここの事は政事。⑫礼と楽。⑬すたれる意。⑭犯罪者に加える制裁で、とがめ。ばつ。の意。⑮人民。国民。⑯手も足もおく所がなく、安心して過ごせない。⑰それゆえ。⑱かりそめにする。いいかげんにする。

四　樊遅・稼《か》を學ばんと請ふ。子曰く、われ老農《らうのう》にしかずと。圃《は》をつくるを學ばんと請ふ。曰く、われ老圃《らうほ》にしかずと。樊遅出づ。子曰く、小人《せうじん》なるかな樊須《はんすう》や（也）。上《かみ》・禮を好めば、則ち民・敢《あへ》て敬せざるなし。上・義を好めば、則ち民・敢て服せざるなし。上・信《しん》を好めば、則ち民・敢て情《じやう》を用ひざるなし。それかくのごとくば、則ち四《し》方《はう》の民、その子を襁負《きやうふ》して（而）至らん（矣）。いづくんぞ稼を用《もち》ひんと。　（原文　七九字）

①五穀を植えるを稼という。②老練な農夫。③菜蔬を植える所。畑をつくることをいう。④老練な園芸家。

⑤義を学ばないで、農を学ぶことをいったので小人といった。⑥姓は樊、名は須。字（あざな）は子遅。孔子の門人。⑦上に立つものの意。⑧強いてとか、押しての意。⑨まこと。⑩まごころ民は上に化し、各々誠実を以って、応ずることをいう。⑪四方は東西南北。国中の人民の意。⑫子を負う帯のこと。小児を背におぶっての意。⑬必要ではないの意。

五　子曰く、詩三百を誦《しょう》し、これに授くるに政をもつてして達せず、四方に使して、専對《せんたい》する能はずんば、多しといへどもまたなにをもつてなさん。　（原文　二六字）

①暗誦。②全権をまかせられて、自分の判断で、外交接渉を行なうこと。

六　子曰く、その身正しければ、令《れい》せざるも（而）行はる。その身正しからずんば、令すといへども従《したが》はず。　（原文　一七字）

①教令。②守られない。

七　子曰く、魯《ろ》・衛《えい》の政は、兄弟《けいてい》なり（也）。　（原文　九字）

①魯は周公の後。衛は康叔の後。②兄弟のように似ている。

八　子・衛の公子《こうし》荊《けい》を謂ふ。よく室《しつ》に居る。始めあるに、曰く、いささかあつまれり（矣）と。少しくあるに、曰く、いささか完《まった》し（矣）と。さかんにあるに、曰く、いささか美《よ》し（矣）と。　（原文　二七字）

①衛の大夫。公子（きんだち）で、名は荊。②家と同じ。ここの句はよく家をおさめているという意。③合は聚（あつま）ること。財産のあつまることをいった。完は備わること。④よくなった。立派になった。

九　子・衛に適《ゆ》①く。冉有僕《ぼく》②たり。子曰く、庶《しょ》③なる（矣）かなと。冉有曰く、既に庶なり（矣）。また何をか加《くは》④へんと（焉）。曰く、これを富まさんと。曰く、既に富めり（矣）とせば、また何をか加へんと（焉）。曰く、これに教へんと。（原文　三五字）

①行く。②召使い。従者。御者となって従ったことをいう。③庶は衆（しゅう）と同じ。衛人の衆多であることをいう。④益（ま）し加えたらよろしいかの意。

一〇　子曰く、苟《いやしく》①もわれを用ふる者あらば、期月《きげつ》②にして（而）已《すで》③に可なり（也）。三年にしてなるあらん。（原文　一七字）

①かりそめにも。②丸一年をいう。③既に。

一一　子曰く、善人《ぜんにん》①・邦をさむる百年ならば、またもつて残《ざん》②に勝ち殺《さつ》③を去るべし（矣）と。誠《まこと》④なるかなこの言や（也）。（原文　二一字）

①生まれつき誠実なよい人。②残虐。③刑殺。④正しい意。

一二　子曰く、もし王者《わうしや》①あらば、必ず世にして（而）後《のち》②に仁ならん。（原文　一二字）

①聖人の徳があって、天命をうけ、天下に王たるべき者をいう。世は三十年の意。②その後の意。

一三　子曰く、苟もその身を正さば（矣）、政に従ふに於て何かあらん。その身を正す能《あた》①はずんば、人を正すをいかんせん。（原文　二三字）

①できなければ。「正す能はずんば」で、正しく身を治められないならばの意。

一四　①冉子《ぜんし》・②朝《てう》を退く。子曰く、何ぞおそきや（也）と。こたへて曰く、政ありと。子曰く、それ事ならん（也）。もし政あらば、われをもちひずといへども、われそれこれをあづかり聞かんと。

（原文　三〇字）

①この章は、冉有の門人が記したから冉子と称したといわれている。②冉有は季氏の臣であった。故に朝は季氏の朝の意。

一五　①定公《ていこう》問ふ、②一言《いちげん》にして（而）もつて邦を興すべきもの、これありやと。孔子こたへて曰く、言もつてかくのごとくそれ③幾《き》すべからざるなり（也）。人の言に曰く、君たること④難《かた》く、臣たること⑤易《やす》からずと。もし君たることの難きを知らば（也）、一言にして（而）邦を興すを幾せざらんやと。曰く、一言にして（而）邦を⑥喪《うしな》ふこと、これありやと。孔子こたへて曰く、言もつてかくのごとくそれ幾すべからざるなり（也）。人の言に曰く、われ君たるを楽むなし（乎）。ただその言にして（而）われに⑦違《たが》ふなきなり（也）と。もしそれ善にして（而）これに違ふなくば（也）、またよからずや。もし⑧不善《ふぜん》にして（而）これに違ふなくば（也）、一言にして（而）邦を喪ふを⑨幾《き》せざらんやと。

（原文　一二〇字）

①魯国の君。②ひとこと。③期待する。願う。の意。④むずかしい。わずらわしい。⑤やさしくない。⑥滅亡させる。⑦違背。⑧正しくない意。⑨幾は近で。一言で国を亡ぼさせることを、期待させるものでございましょうの意。

一六　葉公《せふこう》①・政を問ふ。子曰く、近き者はよろこび、遠き者は来《きた》②ると。　（原文　一二字）

①述而篇第十八章に見える。葉は楚国の葉県で、その県尹（けんいん）沈諸梁（しんしょりょう）。字（あざな）は子高。僭（せん）して公と称した。②寄って来る。

一七　子夏・莒父《きょほ》①の宰《さい》②となり、政を問ふ。子曰く、速かならんと欲するなかれ、小利《せうり》③を見るなかれ。速かならんと欲すれば則ち達せず。小利を見れば則ち大事《だいじ》④ならずと。　（原文　三〇字）

①魯の下邑の名。②ここでは邑宰、村の代官のこと。③小さな利益。④大事業。

一八　葉公《せふこう》①・孔子《こうし》②につげて曰く、わが黨《たう》③に躬を直くする者あり。その父・羊をぬすみて、（而）子これを證《しよう》④すと。孔子曰く、わが黨の直き者はこれに異なり。父は子のために隠し、子は父のために隠す。直きことその中《うち》⑤にあり（矣）と。　（原文　四四字）

①姓は沈（しん）、名は諸梁。字（あざな）は子高。②名は丘。字（あざな）は仲尼。③郷党。④証言する。⑤人情の自然の内にの意。

一九　樊遅・仁を問ふ。子曰く、居處《きよしよ》①恭《うやうや》②しく、事を執《と》③りて敬、人と忠ならば、夷狄《いてき》④にゆくといへども、棄《す》⑤つべからざるなり（也）と。　（原文　一三字）

①事を執（と）らないで、人と接しない時の意。②慎みが容貌や態度に表われること。③とり行う。④未開の野蛮人とか、未開の野蛮国の意。⑤忘れさる意。

二〇　子貢《しこう》①問ひて曰く、いかなるこれこれを士《し》②と謂ふべき（矣）かと。子曰く、己を行ふに恥あり、四《し》③

方《はう》に使して、君命を④辱《はづかし》めざるを、士と謂ふべし（矣）と。曰く、敢てその次を問ふと。曰く、⑤宗《そう》族《ぞく》・孝を稱し（焉）、⑥郷黨《きやうたう》・弟を稱すと（焉）。曰く、敢てその次を問ふと。曰く、言必ず信、行必ず果す。⑦硜硜然《かうかうぜん》として⑧小人《せうじん》なるかな。そもそもまたもつて⑨次《つぎ》となすべし（矣）と。曰く、今の政に從ふ者はいかんと。子曰く、ああ、⑩斗《と》筲《さう》の人、何ぞ⑪算《かぞ》ふるに足らん（也）と。

（原文　九〇字）

①姓は端木、名は賜。字（あざな）は子貢。孔子の門人。②士階級の模範とすべき人物の意。③四方の諸侯の意。④名誉を傷つけない。⑤宗は本家。族は本家に支配される人々をいう。親類。⑥郷は、一二・五〇〇戸をいう。その地方の意。党は五〇〇家をいう。その村の意。⑦小石の堅確なものをいう。小石が固くこじんまりとしているさま。⑧大人（たいじん）に対し、その識量の浅狭な人のことをいう。悪をなすの人の意ではない。⑨もう一段さがる意。⑩斗は量の名で、十升（一八・〇三九リットル）をいう。筲は竹器で、一斗二升（二一・六四六八リットル）を入れる。斗筲の人とは器量の鄙細な人のことをいう。⑪数（かぞえる）と同じ。

二　子曰く、①中行《ちゆうかう》を得て（而）これにくみせずんば、必ずや（也）②狂狷《きやうけん》か。③狂者《きやうしや》は進んで取り、④狷者《けんしや》はなさざる所あり（也）。

（原文　二五字）

①行は道と同じ。②狂は志が極めて高く、行ないのともなわない人。狷は知が及ばないが、守りに余りのある人のことをいう。③情熱に支配されて節度を失いがちな気質のもの。④狭量で片意地なまでに潔癖な気質のもの。

三　子曰く、①南人《なんじん》言へるあり。曰く、人にして（而）②恒《つね》なくんば、もつて③巫醫《ふい》をなすべからずと。よいかな。その德を恆にせざれば、或はこれにはぢをすすむと。子曰く、④占《うらな》はざるのみ（而已矣）と。

（原文　三四字）

①南国の人。②恒久不変の心。③巫は鬼神に接事する者。医はよく人の病を治むる者。④理の必然をいう。占わないでもそうなることを知る意。

二三　子曰く、君子は①和《わ》して（而）②同《どう》せず。小人は同して（而）和せず。（原文　一四字）

①仲よく助け合う意。②その場限りの無責任な賛意をいう。

二四　子貢問ひて曰く、①郷人《きやうじん》皆これをよみせば、いかんと。子曰く、いまだ可ならざるなり（也）と。郷人皆これをにくまば、いかんと。子曰く、いまだ可ならざるなり（也）。郷人の善なる者はこれをよみし、その②不善《ふぜん》なる者はこれをにくむにしかずと。（原文　四三字）

①その地方の人々。②善良でないこと。

二五　子曰く、君子は①事《つか》へ易《やす》くして（而）よろこばしめ難きなり（也）。これをよろこばしむるに②道《みち》をもつてせざれば、よろこばざるなり（也）。その人を使ふに及んでや（也）、これを③器《き》にす。小人は事へ難くして（而）よろこばしめ易きなり（也）。これをよろこばしむるに道をもつてせずといへども、よろこぶなり（也）。その人を使ふに及んでや（也）、備はらんことを④求《もと》む（焉）。（原文　四九字）

①仕え易い。君子は備（そなわ）ることを一人に求めない。故に仕えやすい意。②道理。③道具のこと。④希望する。

二六　子曰く、君子は①泰にして（而）②驕《おご》らず。小人は驕りて（而）泰ならず。（原文　一四字）

①安舒（あんじよ）なこと。堂々としている。落ち着いている。余裕があるなどの意。②衿肆（きようし）。高ぶる。人をばかにするなどの意。

二七　子曰く、①剛毅《がうき》木訥《ぼくとつ》は②仁《じん》に近し。　（原文　八字）

①剛は欲がなく強い。毅は果敢。木は質撲（しつぼく）。訥は数の少ないこと。②理想的な人間像。仁者のこと。

二八　子路問ひて曰く、いかなるこれこれを士と謂ふべき（矣）と。子曰く、①切切《せつせつ》②偲偲《しし》③怡怡如《いいじよ》たるを（也）、士と謂ふべし（矣）。④朋友《ほういう》は切切偲偲、⑤兄弟《けいてい》は怡怡と。　（原文　三六字）

①丁寧。ねんごろ。②切切の同義語。③和の意。温和できげんがよいこと。④友達。⑤きょうだい。

二九　子曰く、善人・民を教ふる七年ならば、またもつて①戎《じゆう》につかしむべし（矣）。　（原文　一四字）

①戦争。

三〇　子曰く、教へざる民をもつて戦ふは、これこれを①棄《す》つと謂ふ。　（原文　一一字）

①すてる。

練　習

1　不下得テ二中行ヲ一而與セ上之ニ。

2　善人教フルレ民ヲ七年ナラバ、亦可シ二以テ卽カシム一戎ニ矣。

憲問第十四

一　①憲《けん》・恥を問ふ。子曰く、邦・道あれば②穀《こく》す。邦・道なきに穀するは恥なり（也）と。　（原文　一五字）

①姓は原、名は憲。字（あざな）は子思。宋の人。孔子の門人。②穀は禄。俸禄のこと。

二　①克伐怨欲《こくばつえんよく》行はれざる、もつて仁となすべき（矣）かと。子曰く、もつて難しとなすべし（矣）。仁は則ちわれ知らざるなり（也）と。　（原文　二五字）

①克は人に勝つこと。伐は自らその功にほこること。怨は小怨を怨むこと。欲は貪欲（どんよく）なこと。

三　子曰く、①士《し》にして②居《きょ》を③懐《おも》ふは、もつて士となすに足らず（矣）。　（原文　一二字）

①道に志す人。②住居。生活のこと。③常に心を離れぬ意。

四　子曰く、①邦《くに》・道あれば、②言《げん》をたかくし行をたかくす。邦・道なければ、行をたかくし言はしたがふ。　（原文　一六字）

①国家。②言葉を正しくする。正しいことを主張する。

五　子曰く、徳ある者は必ず言あり。言ある者は必ずしも徳あらず。①仁者《じんしゃ》は必ず勇あり。勇者は必ずしも仁あらず。　（原文　二六字）

①徳の全く、仁恵の深い人。

六　①南宮适《なんきゅうくわっ》・孔子に問ひて曰く、②羿《げい》は射をよくし、③奡《がう》は舟をうごかす。ともにその死を得ず。④禹《う》・⑤稷《しょく》は⑥躬《みづか》ら⑦稼《か》して（而）天下を有すと。夫子答へず。南宮适出づ。子曰く、君子なるかな・かくのごとき人。徳をたつとぶかな・かくのごとき人と。　（原文　四八字）

①南宮敬叔のことで、魯の大夫である。②弓の名手で、十個の太陽が発生した時、その九個を弓で射落としたといわれる。③奡は多力で、よく陸地に船をやったが、後に夏后小康に誅（ちう）せられたという。④夏の始祖で、治水に功があった。⑤周の武王の祖先で、禹とともに農耕に従事したといわれる。⑥自らの意。⑦禹は力を溝洫（こうきよく）に尽し、稷は百穀を播殖した。故にみづから稼すといった。農事をなすことをいう。

七　子曰く、①君子《くんし》にして（而）②不仁《ふじん》なる者あらん（矣）か。いまだ③小人《せうじん》にして（而）仁なる者あらざるなり（也）。　（原文　一九字）

①道を学んで、善に志す者をいう。教養ある人のこと。②徳のそなわらないことをいう。人間味のない人のこと。③道を学ばず、善に志さない者をいう。教養のない人のこと。

八　子曰く、これを①愛《あい》してよく②勞《らう》するなからんや。忠にしてよく③誨《をし》ふるなからんや。　（原文　一四字）

①いつくしむ。好く。②苦労する。骨折る。③教える。

九　子曰く、①命《めい》をつくるに、②裨諶《ひじん》これを③草創《さうさう》し、④世叔《せいしゆく》これを討論し、⑤行人《かうじん》子羽これを⑥脩飾《しうしよく》し、東里の子産これを潤色す。　（原文　二八字）

①辞命。外交文書の意。②鄭（てい）の大夫。③草は略、創は造で、草稿をつくる意。④鄭（てい）の大夫。游吉（ゆうきつ）のこと。⑤使（し）を司どる官。外交官の意。⑥文章の添削のこと。

一〇　あるひと①子産《しさん》を問ふ。子曰く、②恵人《けいじん》なり（也）と。③子西《しせい》を問ふ。曰く、彼をや、彼をやと。④管《くわん》仲《ちゆう》を問ふ。曰く、このひとや（也）、⑤伯氏《はくし》の⑥駢邑《へんいふ》三百を奪ふ。⑦疏食《そし》を食ひ、歯ををはるまで⑧怨言《あんげん》なしと。　（原文　三八字）

①鄭国の大夫。②恵は仁の小さなもの。恵み深い人。③鄭国の大夫。④斉国の大夫。⑤斉国の大夫。⑥地名。⑦粗末な飯。⑧恨みの言葉。

一一　子曰く、①貧《ひん》にして（而）②怨《うら》むなきは難し。富みて（而）③驕《おご》るなきは④易《やす》し。　（原文　一二字）

①人の逆境にある意。貧乏。②不平の意。③心のおごりたかぶること。④やさしい。

一二　子曰く、①孟公綽《まうこうしやく》は②趙《てう》・③魏《ぎ》の老となさば則ち④優《いう》ならん。もつて⑤滕《とう》、薛《せつ》の大夫となすべからず。　（原文　一九字）

①魯の大夫。②③趙・魏はともに晉国の卿。晉から離れて、諸侯となるのは後のことである。④余りある意。⑤滕も薛も共に小国ではあるが、大夫職は煩瑣であるから勤まらない意。

一三　子路①成人《せいじん》を問ふ。子曰く、②臧武仲《ざうぶちゆう》の知、③公綽《こうしやく》の不欲、④卞荘子《べんさうし》の勇、冉求の藝のごとき、これをかざるに⑤禮樂《れいがく》をもつてせば、またもつて成人となすべし（矣）と。曰く、今の成人は何ぞ必ずしも然らん。利を見ては義を思ひ、危きを見ては命を授け、⑥久要《きうえう》・平生の言を忘れずば、またもつて成人

となすべし（矣）と。　（原文　七一字）

①完成した人物の意。②魯の大夫、臧孫訖（ぞうそんこつ）。③魯の大夫、孟公綽。④荘子は魯の卞邑（べんゆう）の大夫であったので、このようにいう。⑤礼と楽。⑥要は約と同じ。困窮の意である。久しい窮乏生活の意。

一四　子・①公叔文子《こうしゅくぶんし》を②公明賈《こうめいか》に問ふ。曰く、信なるか、夫子の言はず、笑はず、取らざることやと。公明賈こたへて曰く、もつて告ぐる者の③過《あやまち》なり（也）。夫子は時にして然る後に言ふ。人その言ふを④厭《いと》はず。樂みて然る後に笑ふ。人その笑ふを厭はず。義にして然る後に取る。人その取るを厭はずと。子曰く、それ然り、⑤豈《あに》それ⑥然《しか》らんやと。　（原文　六九字）

①衛の大夫、公孫抜（こうそんばつ）。文は諡（おくりな）である。②姓は公明、名は賈。衛の人である。③誤の意。④厭はうるさく思うこと。⑤どうして。⑥違いあるまい。

一五　子曰く、①臧武仲《ぞうぶちゅう》は②防《ぼう》をもつて③後《のち》をなさんことを魯に求む。君を要せずと④曰《い》ふといへども、われは信ぜざるなり（也）。　（原文　二一字）

①魯国の大夫。②武仲の故邑（こいう）、防城に立てこもったことをいう。③子孫を後継者にする意。④言う。

一六　子曰く、①晋《しん》の②文公《ぶんこう》はいつはりて（而）正しからず。斉の③桓公《かんこう》は正しくして（而）いつはらず。　（原文　一六字）

①春秋時代の国。②晋の国王で、名は重耳（ちょうじ）という。③斉の国王で、名は小白（しょうはく）という。

一七　子路曰く、桓公・①公子《こうし》糺《きう》を殺す。②召忽《せうこつ》これに死す。管仲・死せず。曰くいまだ仁ならざるかと。子曰く、桓公・③諸侯《しよこう》を④九合《きうがふ》するに、⑤兵車《へいしや》をもつてせざるは、管仲の力なり（也）。その仁にしかんや。その仁にしかんやと。　（原文　四四字）

①公子は、諸侯の子の意。公子の糺という意。②糺の従者。③多くの大名。④糺合。連合させること。⑤武力の意。

一八　子貢曰く、管仲は①仁者《じんしや》にあらざるか。桓公・②公子《こうし》糺《きう》を殺したるに、死する③能《あた》はず。またこれをたすくと。子曰く、管仲・④桓公《くわんこう》をたすけて諸侯に⑤覇《は》たらしめ、天下を⑥一匡《いつきやう》す。民・今に到るまでその⑦賜《たまもの》を受く。管仲なかりせば、われそれ⑧髪《はつ》を被り⑨衽《じん》を左せしならん（矣）。⑩豈《あに》・⑪匹夫《ひつぷ》匹婦《ひつぷ》のまことをなすや（也）、自ら⑫溝瀆《こうとく》にくびれて、（而）これを知らるるなきがごとくならんや（也）と。　（原文　七二字）

①心徳の完全な人。仁恵の深い人の意。②公子は、諸侯の子の意。公子の糺という意。③殉死も出来ない。④斉の国王で、名は小白。⑤諸侯の中で、最も実力があって、指導的な地位を保っているものに対していう。⑥統一して正しい秩序を回復させること。⑦恩恵の意。⑧毛髪。⑨着物の意。⑩どうして。⑪一組の平凡な男女の意。⑫溝やどぶ。

一九　公叔文子の臣・①大夫《たいふ》僎《せん》、②文子《ぶんし》と同じく諸公にのぼれり。子これを聞きて曰く、もつて③文《ぶん》となすべし（矣）と。　（原文　二五字）

①公叔文子の家大夫をしていた僎の意。②衛の大夫、公叔文子のこと。③公叔文子の諡（おくりな）は文で

ある、公叔文子の言行は立派で、その諡（おくりな）にふさわしい人物の意。文とは理に順って章を成すことで、美諡（びし）である。

二〇　子・衛の靈公の①無《む》道《だう》を言へり（也）。康子曰く、それかくのごとくんば、なんぞ（而）うしなはざると。孔子曰く、②仲叔圉《ちゆうしゆくぎよ》・③賓客《ひんかく》を治め、④祝鮀《しゆくだ》・⑤宗廟《そうべう》を治め、⑥王孫賈《わうそんか》・⑦軍旅《ぐんりよ》を治む。それかくのごとくんば、なんぞそれうしなはんと。

（原文　四五字）

①乱脈なこと。②衛の大夫、孔文子のことである。姓は孔、名は圉。諡（おくりな）は文である。③外国使臣の意。④衛の人で、鮀は名。字（あざな）は子魚。祝は宗廟の神官をしていた彼の職名である。⑤内政の意。⑥衛の大夫。霊公時代の名臣である。⑦軍事の意。

二一　子曰く、その①言《げん》をこれはぢざれば、則ちこれをなすや（也）難し。

（原文　一二字）

①約束のこと。

二二　陳成子・簡公を①弑《しい》す。孔子・②沐浴《もくよく》して（而）③朝《てう》し、④哀公《あいこう》に告げて曰く、⑤陳恆《ちんこう》・その君を弑す。請ふこれを⑥討《う》たんと。公曰く、かの⑦三子《さんし》に告げよと。孔子曰く、われ⑧大夫《たいふ》のしりへに従へるをもつて、敢て告げずんばあらざるなり（也）。君曰く、かの⑨三子者《さんししや》に告げよと。三子にゆきて告ぐ。きかず。孔子曰く、われ大夫の⑩後《しりへ》に従へるをもつて、敢て告げずんばあらざるなり（也）と。

（原文　七四字）

①主君を殺すをいう。②髪を洗って、入浴すること。身体を清むること。③参内。④魯の君主。⑤斉の大夫。名は恒。陳成子のこと。⑥討伐の意。⑦三卿（さんけい）をいう。季孫・孟孫・叔孫の三家をさしてい

る。⑧士の上にして、卿の下であった官名。⑨（⑦）に出ている三人の者。⑩末席の意。

二三　子路・君に①事《つか》へんことを問ふ。子曰く、欺くことなかれ（也）。②而《しか》もこれを③犯《おか》せと。　（原文　一三字）

①仕える。目上に従ってその用をなすこと。奉公する。②その上にも。③相手の気に入らないことを面と向かって言う意。

二四　子曰く、君子は①上達《じやうたつ》し、②小人《せうじん》は③下《か》達《たつ》す。　（原文　一〇字）

①進んで極点に到達すること。君子と小人とは反対の所に到達する。②教養のない人。③上達の反対で、欲望の極点に達する。

二五　子曰く、①古《いにしへ》の學者は己が爲にし、今の②學者《がくしや》は人のためにす。　（原文　一四字）

①昔。②学問をする人。

二六　①蘧伯玉《きよはくぎよく》・人を孔子に使はす。孔子これに②坐《ざ》を與へて（而）問ふ。曰く、夫子は何をかなすと。こたへて曰く、夫子その③過《あやまち》を④寡《すくな》くせんと欲すれども、（而）いまだ⑤能《あた》はざるなり（也）と。⑥使《し》者《しや》⑦出《い》づ。子曰く、⑧使《つかひ》なるかな、使なるかなと。　（原文　四二字）

①衛の大夫。名は瑗。②座席を与える。使いの人を尊敬する意。③過失。④少なく。⑤かなわない。⑥君命を受けて、使いする人。⑦辞去する。⑧立派な使者の意。

二七　子曰く、その①位《くらゐ》にあらざれば、その②政《まつりごと》を③謀《はか》らず。　（原文　一〇字）

①地位。その身の居る所をいう。職分の意。②政治向のこと。③相談しない。論じない。

二八　①曾子《そうし》曰く、君子は思ふことその②位《い》を出でず。　（原文　一〇字）

①姓は曾、名は参。字（あざな）は子輿。孔子の門人。②越えない意。

二九　子曰く、君子その言を①恥《は》ぢて、（而）その行を②過《すご》す。　（原文　一一字）

①実行出来ないことを面目なく思いひかえ目にする。②余りあるように努める。

三〇　子曰く、君子の①道《みち》なる者②三《さん》。われはよくするなし。仁者は③憂《うれ》へず、知者は④惑《まど》はず、勇者は⑤懼《おそ》れずと。子貢曰く、夫子自らいふなり（也）と。　（原文　三一字）

①行い方。②三種類。③くよくよしない。④判断に迷わない。⑤恐れない。

三一　子貢・①人《ひと》をたくらぶ。子曰く、②賜《し》や（也）賢なるかな。それわれは則ち③暇《いとま》あらずと。　（原文　一六字）

①人物。②姓は端木、名は賜。字（あざな）は子貢。孔子の門人。③人を比べ、批評するのに余暇がない意。

三二　子曰く、人の己を知らざるを①患《うれ》へず。そのよくせざるを患ふるなり（也）。　（原文　一四字）

①わずらわない。気にしない。

三三　子曰く、①詐《いつはり》をむかへず、②不《ふ》信《しん》をはからず。そもそもまづ③覺《さと》る者は、これ賢なるか。　（原文　一八字）

①うそ。こしらえごと。②まことのないこと。いつわりの多いこと。③感ずる。

三四　微生畝《①びせいほ》・孔子に謂《②い》つて曰く、丘《③きう》なんぞこの栖栖《④せいせい》たる者をなすか。すなはち佞《⑤ねい》をなすなからんやと。孔子曰く、敢《⑥あへ》て佞をなすにあらざるなり（也）。固《⑦こ》をにくむなり（也）と。（原文　三一字）

①姓は微生、名は畝。また隠者の微生畝ともいう。②言って。話しかけて。③孔子の名。④あくせくするさま。⑤言辞をもって、人をよろこばしめることをいう。おしゃべりの意。⑥強いて。おして。⑦頑固。

三五　子曰く、驥《①き》はその力《②ちから》を稱《③しょう》せず。その徳を稱するなり（也）。（原文　一一字）

①馬の俊秀なるもの。いわゆる千里の馬である。冀州が良馬の産地であったから、そう呼ばれるようになった。②働き。力があること。③たたえる。ほめる。

三六　あるひと曰く、徳をもつて怨《①うらみ》に報《②むく》いば、いかんと。子曰く、何をもつて徳に報いん。直《③ちょく》をもつて怨に報い、徳をもつて徳に報いんと。（原文　二二字）

①こゝは、自分に対して恨みをいだいている人の意。②仕うちに答える。しかえす意。③自分を枉（ま）げない。まっすぐな道理。

三七　子曰く、われを知るなき（也）かなと。子貢曰く、なんすれぞそれ子《①し》を知るなきや（也）と。子曰く、天を怨みず、人をとがめず。下學《②かがく》して（而）上達《③じゃうたつ》す。われを知る者はそれ天《④てん》かと。（原文　三六字）

①先生。孔子を指す。②下問の意、下は人事を学ぶ。手近な所を学ぶ。③その到達する所は先王の道に達する。上は天命を知るようになるの意。④天地万物の主宰者。

三八　①公伯寮《こうはくれう》・子路を②季孫《きそん》にうつたふ。③子服景伯《しふくけいはく》もつて告げて曰く、夫子もとより公伯寮に惑へる志あり。わが力なほよくこれを④市朝《してう》にさらさんと。子曰く、道のまさに行はれんとするや（也與）、⑤命《めい》なり（也）。道のまさにすたれんとするや（也與）、命なり（也）。公伯寮それ命をいかんせんと。

（原文　五九字）

①魯の人で、字（あざな）は子周（ししゅう）。②子路の主人に当る、季孫氏のこと。③魯の大夫、子服何。姓は子服。字（あざな）は伯。謚（おくりな）は景。④市場の意。死刑にして、さらし首にする。⑤天命。

三九　子曰く、賢者は世をさく。その次は地をさく。その次は①色《いろ》をさく。その次は②言《げん》をさく。

（原文　一八字）

①君の己に対する顔色や態度。②言葉。

四〇　子曰く、たつ者①七人《しちにん》（矣）。

（原文　七字）

①隠遁した七人のことであるが、名はよくわからない。長沮（ちょうそ）。桀溺（けつでき）。荷蓧丈人（かじょうじょうじん）。石門（せきもん）の晨門（しんもん）。荷簣（かき）。儀の封人（ほうじん）。楚の狂接輿（きょうしょうよ）の七人を指すともいう。

四一　子路・①石門《せきもん》にやどる。②晨門《しんもん》の曰く、いづれよりすと。子路曰く、③孔氏《こうし》よりすと。曰く、これその④不可《ふか》なるを知りて（而）これをなす者かと。

（原文　二八字）

①魯城の外門のこと。②門番。③孔子の家。④できないこと。

四二　子・①磬《けい》を②衞《ゑい》に撃つ。③蕢《き》を④荷《にな》ひて（而）孔氏の門を過ぐる者あり。曰く、心あるかな磬を撃つやと。既にして（而）曰く、⑤鄙《ひ》なるかな⑥硜硜乎《かうかうこ》たり。己を知るなきなり（也）。これやまんのみ（而已矣）。深ければ⑦則《すなは》ち⑧厲《れい》し、⑨浅《あさ》ければ則ち⑩掲《けい》すと。子曰く、⑪果《くわ》なるかな。これ難きことなし（矣）と。

（原文　五三字）

①楽器。②国の名。③草を織って作り、土を運ぶもの。もっこ。④担（にな）う意。⑤下品なこと。⑥石の打つ音。「コチコチ」と己れを信ずることの固いさま。⑦かくて。そこで。⑧衣服を脱ぐ意。⑨水が浅いこと⑩衣服をかかげる意。水を渡るように時世に随って自分を処してゆくこと。⑪勇決（ゆうけつ）。思い切りのよいこと。

四三　①子張《しちやう》・曰く、②書《しよ》に③云《い》ふ、④高宗《かうそう》⑤諒陰《りやうあん》・三年言はずとは、何の⑥謂《いひ》ぞや（也）と。子曰く、何ぞ必ずしも高宗のみならん。古の人・皆然り。君⑦薨《こう》すれば、百官己をすべて、もつて⑧冢宰《ちようさい》に聴くこと、三年なりと。

（原文　四〇字）

①姓は顓孫。名は師。字（あざな）は子張。孔子の門人。②周書、無逸篇のこと。③言ってあるには。④殷の中興の王武丁。殷家三十帝の第二十二帝。⑤諒は信で、陰は黙と同じ。天子が喪に服して居るときをいう。⑥わけ。いわれ。⑦諸侯の死をいう。⑧冢宰は王治を佐（たす）ける者。宰相。三年の喪の間。王にかわって政（まつりごと）を聴く。

四四　子曰く、①上《かみ》・②禮《れい》を好めば、則ち民・使ひ③易《やす》きなり（也）。

（原文　一〇字）

①為政者の意。②伝統的な制度や習慣。③たやすい。

四五　子路・君子を問ふ。子曰く、①己《おのれ》を②脩《をさ》むるに③敬《けい》をもつてすと。曰く、かくのごときのみ（而已）かと。曰く、己を脩めてもつて人を④安《やす》んずと。曰く、かくのごときのみ（而已）かと。曰く、己を脩めてもつて⑤百姓《ひやくせい》を安んず。己を脩めてもつて百姓を安んずるは、⑥堯舜《げうしゆん》もそれなほこれを⑦病《や》めりと。（原文　四八字）

①自分自身の意。②修に同じ。修養すること。③心に慎むこと。④おだやかで、無事にする。安定させる。⑤天下の人人。⑥古代の聖天子。堯と舜。⑦難（なん）と同じ意。

四六　①原壌《げんじやう》・②夷《い》してまつ。子曰く、③幼《えう》にして（而）④孫弟《そんてい》ならず、長じて（而）述ぶるなく、老いて（而）死せず。これを⑤賊《ぞく》となすと。⑥杖《つゑ》をもつてその⑦脛《はぎ》を⑧叩《う》つ。（原文　二八字）

①魯の人。孔子の知人で老子派のようである。②蹲踞（そんきよ）、うずくまる。③子どもの意。④孫は遜、へりくだる。弟は兄によくつかえる。柔順の意。⑤徳を賊害する意。⑥つえ。⑦膝上を股（もも）といい膝下を脛（はぎ）という。⑧つづけて打つ意。

四七　①闕黨《けつたう》の②童子《どうし》・③命《めい》をおこなふ。あるひとこれを問ひて曰く、④益《えき》せんとする者かと。子曰く、われその⑤位《くらゐ》に⑥居《を》るを見るなり（也）。その先生と⑦並《なら》び行くを見るなり（也）。益を求むる者にあらざるなり（也）。⑧速《すみや》かに成らんと⑨欲《ほつ》する者なり（也）と。（原文　四〇字）

①闕党は党の名。五〇〇家を党となした。②少年。③来客の取り次ぎの意。④学業の進歩の意。⑤⑥位は成人の坐る位置。童は隅の方に控えているべきであるのに、おとなと同じ位置にすわる意。童子は隅坐し、位はない。⑦ともに、肩を並べての意。⑧⑨すみやかに成人と同じになろうとする。背のびをしたがる

意。

練　習

1　士《ニシテ》而懐《フハ》レ居《ヲ》、不レ足《ラ》二以《テ》爲《スニ》レ士《ト》矣。

2　未《ダ》《ル》レ有《ラ》二小人《ニシテ》而仁《ナル》者一也。

3　對《ヘテ》曰《ク》、夫子欲《スレドモ》レ寡《クセント》二其《ノ》過《ヲ》一、而未《ダ》《ル》レ能《ハ》也《ト》。

論語巻之八

衛靈公第十五

一　①衛《あい》の靈公・②陳《ちん》を孔子に問ふ。孔子こたへて曰く、③俎《そ》豆《とう》の事は、則ち嘗てこれを聞けり（矣）。④軍《ぐん》旅《りよ》の事は、いまだこれを學ばざるなり(也)と。⑤明日《めいじつ》つひにさる。陳にありて⑥糧《りやう》を絶つ。從者⑦病《や》み、よくたつなし。子路⑧慍《いか》りて⑨見《まみ》えて曰く、君子もまた⑩窮《きゆう》するあるかと。子曰く、君子もとより窮す。⑪小人《せうじん》窮すればここに⑫濫《らん》す（矣）と。（原文　六六字）

①国の名。②陣と同じ。軍隊。いくさの法。③礼の器。俎は木で造り、牲体をのせるもの。豆は木で造り、菹醢（そかい）を盛るもの。④一二・五〇〇人を軍とし、五〇〇人を旅となした。行伍撃刺（こうごげきし）の方を軍旅の事という。⑤翌日。⑥食糧。⑦飢え疲れ。⑧胸中に不満をいだくこと。⑨お目通りの意。⑩困るとか、苦しむ意。⑪教養のない人。修養の出来ていない人の意。⑫道にはずれた行いをすること。礼儀を無視した態度をとることをいう。

二　子曰く、①賜《し》や（也）、なんぢわれをもつて多く學びて（而）これをしるす者となすかと。こたへて曰く、②然《しか》り。③非《ひ》なるかと。曰く、非なり（也）。われ一もつてこれを④貫《つらぬ》くと。（原文　二八字）

①姓は端木、名は賜。字（あざな）は子貢。孔子の門人。②しかあり、そうである意。③そうでないか。④つきぬく。つきとおす。

三　子曰く、由《いう》①、徳を知る者は鮮《すくな》②し（矣）。　（原文　八字）

①子路の名。②少と同じ。殆んど無いこと。

四　子曰く、なすなくして（而）治まる者は、それ舜《しゅん》①なる（也）か。それ何をなせるや。己を恭《きやうやう》②しくして正しく南面《なんめん》③せるのみ（而已矣）。　（原文　一三字）

①古代の天子。②態度や振舞いが、礼儀にそむかないように、慎むこと。③天子の座。

五　子張《しちやう》①・行はれんことを問ふ。子曰く、言忠信《ちゆうしん》②にして、行篤敬《とくけい》③ならば、蠻貊《ばんばく》④の邦といへども行はれん（矣）。言・忠信ならず、行・篤敬ならずんば、州里《しうり》⑤といへども行はれんや。立てば則ちその前に（於）まじはるを見るなり（也）。輿《よ》⑥にあれば則ちその衡《かう》⑦に（於）よるを見るなり（也）。それ然る後に行はれんと。子張これを紳《しん》⑧に書す。　（原文　五九字）

①姓は顓孫、名は師。字（あざな）は子張。孔子の門人。②己れを尽すことを忠といい、言うことは必ず履（ふ）み行なうことを信という。③手あつい態度で心に慎むこと。④蛮は、南方の未開人。貊は北方の未開人。⑤二・五〇〇家を州とし、五家を鄰（りん）とし、五鄰を里とした。自分の村や、部落の意。⑥車の意。⑦衡は軛（やく）、轅端（えんたん）の横木をいい、轅はながえをいう。⑧大帯（だいたい）のこと。

六　子曰く、直《ちよく》①なるかな史魚《しぎよ》②。邦・道あるも矢のごとく、邦《くに》③・道なきも矢のごとし。君子なるかな蘧伯玉《きよはくぎよく》④。邦・道あれば則ち仕《つか》⑤へ、邦・道なければ則ち巻《ま》⑥きて（而）これを懐《ふところ》⑦にすべし。　（原文　三六字）

①剛直。まっすぐ。②衛の大夫、史鰌（ししゅう）。姓は史、名は鰌。字（あざな）は子魚、史は官職名だとする説もある。③国。④衛国の大夫。⑤仕官する。奉公する。⑥⑦「巻きてこれを懐にすべし」は、時政に参与しないで、柔順で、人にさからわないでおくことが出来る意。

七　子曰く、ともに言ふべくして（而）これと言はざれば、人を失ふ。ともに言ふべからずして（而）これと言へば、言を失ふ。①知《ち》者《しゃ》は人を失はず、また言を失はず。　（原文　三一字）

①知は智に同じ。

八　子曰く、①志士《しし》　②仁人《じんじん》は、③生《せい》を求めてもつて仁を害することなく、④身を殺《ころ》してもつて仁を成すことあり。　（原文　一八字）

①仁に志す者。②成徳の人。仁徳ある人。③生きること。④犠牲の意。

九　①子《し》貢《こう》・仁をなすを問ふ。子曰く、②工《こう》そのことを善くせんと欲すれば、必ず先づその③器《き》をとくす。この邦に居るや（也）、その④大夫《たいふ》の⑤賢者《けんしゃ》につかへ、その士の⑥仁者《じんしゃ》を友とすと。　（原文　三四字）

①姓は端木、名は賜。字（あざな）は子貢。孔子の門人。②匠人（しょうじん）。大工。③自分の用いる道具。斧鑿（ふさく）の類。④士の上で卿の下の官名。⑤⑥大夫に賢と言い、士に仁と言うのは互文（ごぶん）である。

一〇　①顔淵《がんえん》・邦をさめんことを問ふ。子曰く、②夏《か》の時を行ひ、③殷《いん》の輅《ろ》にのり、④周《しう》の冕《べん》をふくし、⑤樂《がく》は則ち⑥韶舞《せうぶ》し、⑦鄭聲《ていせい》をはなち、⑧佞人《ねいじん》を遠ざけよ。鄭聲は⑨淫《いん》に、佞人はあやふしと。　（原文　三五字）

①姓は顔、名は回。字（あざな）は子淵。孔子の門人。②夏・殷・周三代の暦は各々異なっていて、夏の暦

は天時と順応して、農作人事に便であった。③輅は大車のことで、人君の乗る車である。殷の車は木を用いてこれを造った。④冕は礼冠のことで、祭服の冠である。⑤音楽。⑥韶は舜の音楽。声と舞とをかねた。⑦鄭の国の音楽のことで、淫靡とされている。⑧口先ばかりうまくて誠実さのない人物。⑨過度にわたること。みだらなこと。

一一 子曰く、人・遠き①慮《おもんぱか》りなければ、必ず近き②憂《うれ》へあり。（原文 一〇字）

①考え。思慮。②なげき。心配ごと。

一二 子曰く、やんぬるかな。われいまだ①徳《とく》を②好《この》むこと③色《いろ》を好むがごとき者を見ざるなり（也）。（原文 一五字）

①心正しく行いを善くすること。②ほしく思う。すきこのむ。③顔色。美女の意。

一三 子曰く、①臧文仲《ぞうぶんちゅう》はそれ位をぬすむ者か。②抑下恵《りゅうかけい》の③賢《けん》を知りて、（而）ともに立たざるなり（也）。（原文 二一字）

①臧孫氏。名は辰。謚（おくりな）は文。魯の上卿である。②姓は展、名は獲（かく）。字（あざな）は禽。柳下はその食禄する所の邑名である。謚（おくりな）は恵。③かしこいこと。すぐれていること。

一四 子曰く、①躬《み》・自ら厚くして、（而）②薄《うす》く人を責むれば、則ち③怨《うらみ》に遠ざかる（矣）。（原文 一四字）

①自分。②浅く。軽く。の意。③不平の心を持つこと。にくみいきどおること。

一五 子曰く、これをいかんせんこれをいかんせんと①曰《い》はざる者は、われこれをいかんともするなきのみ（也已矣）。（原文 一九字）

①言わない。

一六　子曰く、①羣居《ぐんきょ》すること②終日《しゅうじつ》にして、③言《げん》・義に及ばず、好んで④小慧《せうけい》を行ふ。難い（矣）かな。　（原文　一七字）

①むれいること。大勢集っておること。②一日じゅう。③言葉。話題。④小人の才智。つまらない智慧。

一七　子曰く、君子は義もつて①質《しつ》となし、禮もつてこれを行ひ、②孫《そん》もつてこれを③出《いだ》し、④信《しん》もつてこれをなす。君子なるかな。　（原文　二三字）

①本（もと）。本質。根本。②謙遜。③言うの意。④言うことは必ず履（ふ）み行なう。

一八　子曰く、君子は能なきを①病《うれ》ふ。人の己を知らざるを病へざるなり（也）。　（原文　一六字）

①気にする、患（うれい）の意。

一九　子曰く、君子は世を①没《を》へて（而）②名《な》の稱せられざるを③疾《にく》む。　（原文　一二字）

①終って。死ぬまでに。②姓名。③病と同じ。うれえる、なやむ。

二〇　子曰く、君子はこれを己に①求《もと》め、②小人《せうじん》はこれを人に求む。　（原文　一二字）

①要求し。②度量が狭い。徳のない人。

二一　子曰く、君子は①矜《きよう》にして（而）②爭《あらそ》はず、羣して（而）③黨《たう》せず。　（原文　一二字）

①つつしみ、おごそかなこと。②いさかい、口論、喧嘩、などをしない。③徒党をくむことをしない。

二二　子曰く、君子は①言《げん》をもつて人をあげず。人をもつて言を②廢《はい》せず。　（原文　一四字）

①言うこと。言葉がよいこと。②すてない。

二三　子貢問ひて曰く、①一言《いちげん》にして（而）もつて②終身《しゆうしん》これを行ふべき者ありやと。子曰く、それ③恕《じよ》か。己の欲せざる所、人に④施《ほどこ》すことなかれと。（原文　一九字）

①ひとこと。②一生。③思いやり。④広く行きわたらせる。

二四　子曰く、われの人におけるや（也）、①誰《たれ》をかそしり誰をか②誉《ほ》めん。もし誉むる所の者あらば、それ③試《こころ》むる所あり（矣）。この民や（也）、三代の④直道《ちよくだう》にして（而）行ひしゆゑんなり（也）。（原文　三四字）

①何人（なんぴと）。どの人。②ほめようか、ほめはしない。③ためす。④まっすぐな道。

二五　子曰く、われなほ①史《し》の②闕文《けつぶん》に及べり（也）。馬ある者は人に③借《か》してこれに乗らしむ。今はなき（矣）かな。（原文　二一字）

①書記官の意。②わからない所（文節）を、空白の儘にしておくこと。③貸して、と同じ。

二六　子曰く、①巧言《かうげん》は徳を亂る。小・忍びざれば則ち②大謀《たいぼう》を亂る。（原文　一三字）

①言葉巧みに言いなすこと。②偉大な計画の意。

二七　子曰く、①衆《しゆう》これをにくむも必ず②察《さつ》せよ。衆これを好むも必ず察せよ。（原文　一四字）

①おおぜい。②洞察。

二八 子曰く、人よく道を弘《ひろ》①む。道《みち》②の人を弘むるにあらず。　（原文　一〇字）

①ひろめて、これを大にすること。②教え。義理を履み行うこと。

二九 子曰く、過《あやま》①ちて（而）改めざる、これを過と謂《い》②ふ（矣）。　（原文　一〇字）

①過失を犯して。②言う。

三〇 子曰く、われかつて終日《しゅうじつ》①・食《くら》②はず、終夜・寝《い》③ねず、もつて思ふ。益なし。學ぶにしかざるなり（也）。　（原文　二〇字）

①一日中。②食べない。③ねない。

三一 子曰く、君子は道を謀《はか》①りて食《しょく》②を謀らず。耕《たがや》③すなり（也）、うゑその中にあり（矣）。學ぶなり（也）、祿《ろく》④その中にあり（矣）。君子は道を憂へて貧を憂へず。　（原文　三〇字）

①あれこれと苦心して求める。②食生活。③耕作すること。田畑をつくること。④俸禄。

三二 子曰く、知《ち》①これに及ぶも、仁《じん》②これを守る能はざれば、これを得《う》③といへども、必ずこれを失ふ。知これに及《およ》④び、仁よくこれを守るも、荘《さう》⑤もつてこれにのぞまざれば、則ち民《たみ》⑥・敬《けい》⑦せず。知これに及び、仁よくこれを守り、荘もつてこれにのぞむも、これを動《うご》⑧かすに禮《れい》⑨をもつてせざれば、いまだ善《ぜん》⑩ならざるなり（也）。　（原文　五一字）

①智に同じ。智慧。②豊かな人間性。③地位を得ても。④いたる。⑤威厳のある態度。⑥人民。⑦尊敬。⑧人民を動かす。感動させる。⑨行為の節度。条理。⑩立派なこと。正しいこと。

二三 子曰く、君子は①小知《せうち》すべからずして、(而)②大受《たいじゅ》すべきなり(也)。③小人《せうじん》は大受すべからずして、(而)小知すべきなり(也)。 (原文 二四字)

①小さな仕事をさせる。②六尺の孤を托して百里の命を寄する(泰伯篇第六章)に足るような重任を引き受けさせる。③器量の小なる者をいう。

二四 子曰く、民の仁におけるや(也)、①水火《すゐくわ》より②甚《はなはだ》し。水火はわれ③蹈《ふ》みて(而)死する者を見る(矣)。いまだ仁を蹈みて(而)死する者を見ざるなり(也)。 (原文 二八字)

①水や火。②はなはだ大切である。はげしい。まさる。③踏む。

二五 子曰く、仁に①當《あた》つては師に②譲《ゆづ》らず。 (原文 八字)

①臨レ仁、と同じ。道を行なう場合には。②遠慮しない。

二六 子曰く、君子は①貞《てい》にして(而)②諒《りやう》ならず。 (原文 八字)

①正しくて固いこと。②頑固。

二七 子曰く、君につかふるには、そのことを敬して(而)その①食《しよく》を②後《のち》にす。 (原文 一一字)

①禄のこと。②後ニスレ獲ルヲ、の後(のち)と同じ。これを目的としないこと。

二八 子曰く、①教《をしへ》ありて②類《るゐ》なし。 (原文 六字)

①教育。②種類。差別がない。

二九 子曰く、①道《みち》・同じからざれば、②相《あひ》ために謀らず。 (原文 九字)

①志すところ。②互いに。

四〇　子曰く、①辭《じ》は②達《たつ》するのみ（而已矣）。　（原文　七字）

①言葉。②意志を伝えること。

四一　①師《し》冕《べん》見ゆ。階に及ぶ。子曰く、階なり（也）と。席に及ぶ。子曰く、席なり（也）と。皆②坐《ざ》す。子これに告げて曰く、③某《それがし》はここにあり、某はここにありと。師冕④出《い》づ。⑤子張《しちやう》問ひて曰く、師と言ふの道かと。子曰く、⑥然《しか》り。もとより師をたすくるの⑦道《みち》なり（也）と。　（原文　四九字）

①師は楽人。楽師の瞽者で、冕という人。②すわる。③だれそれ。④帰る。辞去する。⑤顓孫師（せんそんし）、字（あざな）は子張。孔子の門人。⑥そうだ。しかあり。⑦礼。作法。方法。

練　習

1　軍旅之事《ハ》、未《ダ》二之《ヲ》學《バ》一也。

2　不《ル》レ病《ヘ》三人之不《ル》二己《ヲ》知《ラ》一也。

3　君子《ハ》疾《ム》二沒《ヘテ》レ世《ヲ》而名《ノ》不《ルヲ》レ稱《セラレ》焉。

4　有《リ》下一言《ニシテ》而可《キ》二以《テ》終身《ヲ》行《フ》レ之者《ヲ》上乎。

5　未《ダ》レ見《ル》二蹈《ミテ》レ仁《ヲ》而死《スル》者《ヲ》一也。

季氏第十六

一　①季氏《きし》まさに②顓臾《せんゆ》をうたんとす。③冉有《ぜんいう》・④季路《きろ》・⑤孔子《こうし》に⑥見《まみ》えて曰く、季氏まさに顓臾にことあらんとす。孔子曰く、⑦求《きう》、すなはち⑧爾《なんぢ》これ⑨過《あやま》つなきか。それ顓臾は、昔⑩先王《せんわう》もつて⑪東蒙《とうまう》の⑫主《しゆ》となす。かつ⑬邦域《はうゐき》の⑭中《うち》にあり（矣）。これ⑮社稷《しやしよく》の臣なり（也）。なにをもつて⑯伐《う》つをなさんと。冉有曰く、夫子はこれを欲す。わが⑰二《に》臣《しん》は皆欲せざるなり（也）。と。孔子曰く、求、⑱周任《しうじん》・言へるあり、曰く、力を⑲陳《の》べて⑳列《れつ》に㉑就《つ》き、能はざれば㉒止《や》むと。危くして（而）㉓持《ぢ》せず、くつがへりて（而）たすけずんば、則ちはたいづくに彼の㉔相《しやう》を用ひん（矣）。かつ爾の㉕言《げん》あやまてり（矣）。㉖虎兕《こじ》・㉗柙《かふ》より出で、㉘龜《き》玉《ぎよく》・㉙櫝中《とくちゆう》にやぶる、これ誰の過ぞやと。冉有曰く、今それ顓臾は、㉚固《かた》くして（而）㉛費《ひ》に近し。今・取らざれば、㉜後世《こうせい》必ず㉝子孫《しそん》の憂をなさんと。孔子曰く、求、君子はかのこれを欲すと曰ふをおきて、（而）必ずこれが辭をなすをにくむ。丘や（也）聞く、國をたもち家をたもつ者は、㉞寡《すくな》きを㉟患《うれ》へずして（而）ひとしからざるを患ふ。貧しきを患へずして（而）㊱安《やす》からざるを患ふと。けだしひとしければ貧しきことなく、㊲和《わ》すれば寡きことなく、安ければ㊳傾《かたむ》くことなし。それかくの如し。㊴故《ゆゑ》に㊵遠人《ゑんじん》・服せざれば、則ち㊶文徳《ぶんとく》を㊷脩《をさ》めてもつてこれを㊸來《きた》す。すでにこれを來せば、則ちこれを安んず。㊹今《いま》・由と求とは（也）、㊺夫子《ふうし》を㊻相《たす》けて、遠人・服せずして、（而）來すあたはざるなり（也）。㊼邦《くに》・㊽分崩離析《ぶんぽうりせき》すれども、（而）守るあたはざるなり（也）。㊾而《しか》して㊿干戈《かんくわ》(51)を邦内《はうだい》に動かさんことを謀る。われは季孫の憂、顓臾にあらずして、（而）(52)蕭牆《せうしやう》の内にあらんを恐るるなり（也）と。

（原文　二七四字）

①季孫氏、魯国の権勢家。②国名。当時魯に臣属していたが、季氏はその土地をとろうと望んだ。③冉求、字(あざな)は子有。孔子の弟子。季氏の臣。④仲由、字（あざな）は子路または季路。孔子の弟子。季子の臣。⑤名は丘、字（あざな）は仲尼。⑥お会いして。⑦冉有のこと。⑧汝。お前。⑨しそこなう。しくじる。わざとでなく罪を犯すこと。過失。⑩前代の天子。⑪山の名で、魯の国の領土にあった。⑫あるじ⑬国境的。⑭なか。⑮社は土地の神、稷は穀物の神のこと。社稷は国家の象徴のことで、ここでは魯の国の意味。⑯攻めること。⑰二人。⑱昔の良史。⑲しきならべること。⑳位置。㉑ついて。㉒ことわる。やめる。㉓ささえ助けること。㉔瞽者を助ける者。㉕いうこと。㉖虎や野牛。㉗檻(おり)。㉘亀の甲や玉。㉙箱のなか。㉚城郭の堅いこと。㉛季氏の邑。㉜将来。㉝まごこ。㉞人口の少ないこと。㉟わずらわない㊱安定しないこと。㊲和合。なかよくする。㊳国がかたむきくつがえること。㊴このゆえに。㊵遠方の人。㊶文化道徳。教化。㊷つくろう。治める。㊸懐け来たす。㊹現在の時。㊺大夫の意で、季氏をさす。㊻補佐して。㊼国。㊽民に異心あるを分といい、去ることを望むのを崩という。会聚出来ないのを離析という。㊾しかも。㊿干は楯（たて）戈は戟（げき）。武力を用いること。51国内。52屏（へい）のこと。

二　①孔子《こうし》曰く、天下・道あれば、則ち②禮樂征伐《れいがくせいばつ》天子より出づ。天下・道なければ、則ち禮樂征伐・③諸《しょ》侯《こう》より出づ。諸侯より出づれば、けだし④十世《じっせい》にして⑤失《うしな》はざるすくなし（矣）。⑥大夫《たいふ》より出づれば、五世にして失はざるすくなし（矣）。⑦陪臣《ばいしん》・⑧國命《こくめい》をとれば、三世にして失はざるすくなし（矣）。天下・道あれば、則ち⑨政《まつりごと》・大夫にあらず。天下・道あれば、則ち⑩庶人《しょじん》・⑪議《ぎ》せず。　（原文　八〇字）

①孔先生。孔丘、字（あざな）は仲尼。②天子が直接天下の政治を支配することをいう。③もろもろの大小

名。④十代。⑤滅びない。⑥大臣。⑦陪は重いの意で、また家来。⑧国の大事を命という。国命は国政のこと。⑨国の政治。⑩庶民。⑪はかる。政治を批判する。

三　孔子曰く、①祿《ろく》の②公室《こうしつ》を去る、五世（矣）。政の③大夫《たいふ》におよぶ、四世（矣）。故にかの④三桓《さんくわん》の子孫は⑤微《び》なり（矣）。

（原文　二八字）

①②魯の公室が政権を失うの意。禄は俸禄のことで、公室は国王の一家。ここでは魯の公室をいう。③大名の家老。④魯国の大夫の家柄であった仲孫氏、叔孫氏、季孫氏の三家の総称。この三家は魯の国王であった桓公の子孫であったから、こう呼んでいる。⑤衰えること。

四　孔子曰く、①益者三友《えきしやさんいう》、②損者三友《そんしやさんいう》。③直《ちよく》を④友《とも》とし、⑤諒《りやう》を友とし、⑥多聞《たぶん》を友とするは、益なり（矣）。⑦便辟《べんぺき》を友とし、⑧善柔《ぜんじう》を友とし、⑨便佞《べんねい》を友とするは、損なり（矣）。

（原文　三一字）

①得（とく）になる友達が三種。②不得策（不利益）になる友達が三種。③正直。④友達。友人。⑤信実のある人。⑥道芸・学識のゆたかな人。⑦威儀に習って正しくないもの。外見は立派だが正しくない人のこと。⑧面柔のことで、こびしたがえて。⑨便は弁で、佞であって弁ずることをいう。口先の上手なこと。

五　孔子曰く、①益者三樂《えきしやさんがう》、損者三樂。②禮樂《れいがく》を節するをねがひ、人の善をいふをねがひ、賢友・多きをねがふは、益なり（矣）。③驕樂《けうらく》をねがひ、④佚遊《いついう》をねがひ、⑤宴樂《えんらく》をねがふは、損なり（矣）。

（原文　三七字）

①好んでとく（利益）になるものが三つ。がう（ゴウ）と読む時は好む意味になる。楽しむ時は、らく。音楽の時は、がく。となる。②礼儀や音楽。③尊貴を恃（たの）んで自ら恣（ほしいまま）にすること。④

安佚をむさぼり、遊惰にふけること。⑤宴会の楽しみ。

六　孔子曰く、君子に侍するに①三愆《さんけん》あり。②言《げん》いまだこれに及ばずして（而）③言《い》ふ、これを④躁《さう》といふ。言これに及んで（而）言はざる、これを隱といふ。いまだ⑤顔色《がんしよく》を見ずして（而）言ふ、これを⑥瞽《こ》といふ。（原文　三七字）

①三つのあやまち。②言うべき時の意。③言うこと。④安静でないこと。軽卒なこと。⑤かおいろ。かおつき。⑥めくら。

七　孔子曰く、君子に①三戒《さんかい》あり。わかきの時は、②血氣《けつき》いまだ定まらず。これを戒むる色にあり。その③壯《さう》なるに及んでや（也）、血氣まさにこわし。これを戒むる④鬭《とう》にあり。その⑤老《お》いたるに及んでは（也）、血氣すでに⑥衰《おとろ》ふ。これを戒むる⑦得《う》るにあり。（原文　四三字）

①三つのいましめ。②体力、気力。③壯年時代。④争い。⑤老は年五十以上のこと。⑥かすかになる。弱くなる。⑦貪欲（どんよく）。

八　孔子曰く、君子に①三畏《さんゐ》あり。天命を②畏《おそ》れ、③大人《たいじん》を畏れ、聖人の言を畏る。小人は天命を知らずして、（而）畏れざるなり（也）。大人に④狎《な》れ、聖人の言を侮る。（原文　三七字）

①三つのおそれ。②心服を畏という。恐れ敬うこと。③徳があり、位についている立派な人。その徳を合する者のこと。④なれて尊敬しないこと。

九　孔子曰く、①生《うま》れながらにして（而）これを知る者は、②上《じやう》なり（也）。③學《まな》んで（而）これを知る者は、④次《つぎ》なり（也）。⑤困《くるし》んで（而）これを學ぶは、またその次なり（也）。困んで（而）學ばざるは、民これを⑥下《か》となす（矣）。　（原文　三二字）

①生まれつき。②うえ。③教えを受けて。④あとにつく意。⑤苦しんでつとめる。⑥した。おとっている。

一〇　孔子曰く、君子に①九思《きうし》あり。視るには②明《めい》を思ひ、聴くには③聡《そう》を思ひ、色には温を思ひ、④貌《かたち》には恭を思ひ、言には忠を思ひ、事には敬を思ひ、疑には問ふを思ひ、⑤忿《いかり》には難きを思ひ、⑥得《う》るを見ては⑦義《ぎ》を思ふ。　（原文　三六字）

①九つのことを思う。②明らか。よくものを見わけること。③さとし。耳のよく道理をききわけること。④態度。顔色。⑤おこること。腹が立つこと。⑥利益。⑦人の履み行なう所の正しい条理のこと。

一一　孔子曰く、①善《ぜん》を見ては及ばざるが如くし、②不《ふ》善《ぜん》を見ては③湯《ゆ》を探ぐるが如くす。われその人を見る（矣）。われその④語《ご》を聞く（矣）。⑤隠居《いんきょ》してもつてその志を求め、義を行ひてもつてその道を⑥達《たつ》す。われその語を聞く（矣）。いまだその人を見ざるなり（也）。　（原文　四六字）

①正しい道。②よくないこと。③熱湯。④言葉。⑤世を避けて野に居ること。⑥成し遂げる。広く世に行きわたらせる。

一二　①齊《せい》の②景公《けいこう》・馬③千駟《せんし》あり。死するの日、民・徳として（而）稱するなし。④伯夷《はくい》・⑤叔齊《しゅくせい》、⑥首陽《しゅやう》の下に⑦餓《う》う。民・今に到るまでこれを稱す。それこれこれをいふか。　（原文　三七字）

①国の名。②斉の君。名は杵臼（しょきゅう）。③四千匹。④⑤周の人、孤竹君の二子。伯夷の名は元、字

（あざな）は公信。叔斉の名は致、字（あざな）は公遠。国を譲って共に逃がれ、武王が紂を滅ぼして天下は周を宗とするようになると、二人は周の粟を食うを恥じて、首陽山に餓死した。⑥首陽山は、河東、蒲坂県（ほはんけん）華山の北、河曲の中にあり。⑦飢えて死んだ。

一三　①陳亢《ちんかう》・②伯魚《はくぎょ》に問ひて曰く、③子《し》もまた④異聞《いぶん》あるかと、こたへて曰く、いまだし（也）。かつて⑤獨《ひと》り立つ。⑥鯉《り》はしりて（而）庭を過ぐ。曰く、⑦詩《し》を學びたるかと。こたへて曰く、いまだし（也）と。詩を學ばざれば、もつて言ふなしと。⑧鯉退《しりぞ》きて（而）詩を學ぶ。⑨他日《たじつ》また獨り立つ。鯉はしりて（而）⑩庭《には》を過ぐ。曰く、禮を學びたるかと。こたへて曰く、いまだし（也）と。禮を學ばざれば、もつて立つなしと。鯉退きて（而）禮を學ぶ。この⑪二《に》者《しゃ》を聞けりと。陳亢退きて（而）喜んで曰く、一を問ひて三を⑫得《え》たり。詩を聞き、禮を聞き、また君子のその⑬子《こ》を⑭遠《とほ》ざくるを聞けり（也）と。

（原文　一〇〇字）

①亢は名。字（あざな）は子元、また子禽。陳の人。孔子の門人。②名は鯉。字（あざな）は伯魚。孔子の子。③二人称の人称代名詞。ここの子は伯魚をさす。男児の通称。④他人と異ったことを聞く。⑤ひとり。⑥伯魚の名。⑦詩経。⑧退出して。⑨別の日。⑩堂、階前の空地。⑪二つ。⑫知ることが出来たの意。⑬子供。⑭遠くへ離しやること。

一四　①邦君《はうくん》の②妻《つま》は、③君《きみ》これを稱して④夫人《ふじん》と曰ふ。夫人は自ら稱して⑤小童《せうどう》と曰ふ。邦人はこれを稱して、⑥君夫人《くんふじん》と曰ふ。これを⑦異邦《いはう》に稱しては、⑧寡小君《くわせうくん》と曰ふ。異邦人はこれを稱して、また君夫人と曰ふ。

（原文　四三字）

①国王。諸侯。②夫に配する婦人。③国王。④諸侯が自分の妻を呼ぶ時のとなえ。⑤邦君の妻が自ら称するときの謙辞。⑥邦君の妻への尊称。⑦他国人に対しては。⑧他国人に邦君の妻を称するときの謙称。

練習

1 將焉《ニ》用《ヒン》二彼《ノ》相《ヲ》一矣。

2 吾《ハ》恐《ルル》下季孫之憂、不《シテ》レ在《ラ》二顓臾《ニ》一、而在《ランヲ》中蕭牆之内《ニ》上也。

3 陳亢退《キテ》而喜《ンデ》曰《ク》、問《ヒテ》レ一《ヲ》得《タリ》レ三《ヲ》。聞《キ》レ詩《ヲ》、聞《キ》レ禮《ヲ》、又聞《ケリト》三君子之遠《ザクルヲ》二其《ノ》子《ヲ》一也。

論語巻之九

陽貨第十七

一 ①陽貨《やうくわ》・孔子を見んと欲す。孔子・見ず。孔子に②豚《ぶた》をおくる。孔子そのなきを③時《とき》として（也）、（而）往きてこれを拜す。これにみちに④遇《あ》ふ。孔子に謂ひて曰く、來れ、われ⑤爾《なんぢ》と言はん。曰く、その⑥寶《たから》を⑦懷《いだ》きて（而）その⑧邦《くに》を⑨迷《まよ》はす、仁と謂ふべきかと。曰く、⑩不可《ふか》なりと。⑪事《こと》に從ふを好みて（而）しばしば時を失ふ、知と謂ふべきかと。曰く、不可なりと。⑫日月《じつげつ》⑬逝《ゆ》き（矣）、⑭歳《とし》われとともにせずと。孔子曰く、⑮諾《だく》、われまさに⑯仕《つか》へんとす（矣）と。

（原文　八一字）

①名は虎（こ）、字（あざな）は貨。季氏の家臣で、魯国の政をもっぱらにした。②ぶた。③留守を見はからっての意。④出あう。⑤汝に同じ。対称の代名詞。⑥⑦孔子が仕えないので、宝を懐くといった。宝は貴重すべきもの、財宝をいう。⑧⑨国の治まらないのを知っていながら、政をしないことを邦を迷わすといった。⑩そうではない。⑪しごと。政事。⑫つきひ。⑬過ぎ去る。⑭年。⑮承知すること。⑯仕官しよう奉公しよう。

二 子曰く、①性《せい》②相近《あひちか》きなり（也）。③習《ならひ》相遠きなり（也）。

（原文　一〇字）

①生まれつき。先天的な素質。②余りちがわない。③習う所のもの。習慣。

三 子曰く、①唯《ただ》②上知《じやうち》と③下愚《かぐ》とは移らず。

（原文　一〇字）

①ただ…と、…だけは。②生まれながらの智者。③一番下の愚者。

四　子・①武城《ぶじやう》にゆき、②弦歌《げんか》の聲を聞く。夫子③莞爾《くわんじ》として（而）笑ひて曰く、④雞《にはとり》を割くにいづくんぞ⑤牛刀《ぎうたう》を用ひんと。⑥子《し》游《いう》こたへて曰く、⑦昔《むかし》・⑧偃《えん》（也）、これを夫子に聞けり。曰く、君子・道を學べば則ち人を愛す。小人・⑨道《みち》を學べば則ち使ひ⑩易《やす》きなり（也）と。子曰く、⑪二三子《にさんし》、偃の⑫言《げん》は⑬是《ぜ》なり（也）。前言はこれを⑭戯《たはむ》るるのみと。

（原文　六五字）

①魯の邑（むら）の名。②琴をひいて歌う。③にっこり笑うさま。④にわとり。小事にたとえる。⑤牛を料理する大きな庖丁。大きなものを処理出来る事。器量にたとえる。⑥言偃（げんえん）、字（あざな）は子游。孔子の門人。⑦以前。⑧子游の名。⑨礼楽の意。⑩たやすい。⑪諸君。おまえたち。⑫言葉。⑬正しい。⑭冗談。

五　①公山弗擾《こうざんふつぜう》・②費《ひ》をもつてそむく。よぶ。子・往かんと欲す。子路よろこばずして曰く、ゆくなきのみ（也已）。なんぞ必ずしも③公山氏《こうざんし》にこれゆかん（也）と。子曰く、それわれをよぶ者にして、（而）④豈《あに》⑤徒《いたづら》ならんや。もしわれを用ふる者あらば、われそれ⑥東周《とうしう》をなさんかと。

（原文　四九字）

①姓は公山、名は弗擾。字（あざな）は子洩（しせつ）。季氏の宰となった。②季氏にかわって魯国を支配しようとして自分が代官をしていた、季氏の領地、費を拠点として反乱をおこした。③公山弗擾のこと。④どうして。⑤むだ。むえき。⑥東方の理想国の意。魯は周の都より東方にあって、孔子は文王・武王の時代の周を理想としていた。

六 ①子張《しちやう》・仁を孔子に問ふ。孔子曰く、よく②五者《ごしや》を天下に行ふを仁となすと。これを請ひ問ふ。曰く、③恭《きよう》・④寛《くわん》・⑤信《しん》・⑥敏《びん》・⑦恵《けい》。恭なれば則ち⑧侮《あなど》られず。寛なれば則ち衆を得、信なれば則ち⑨人任《ひとにん》じ、敏なれば則ち功あり、恵なれば則ちもつて人を使ふに足ると。（原文　五二字）

①顓孫師。字（あざな）は子張。孔子の門人。②仁徳の五目をいう。③慎み。④寛容。⑤誠実。⑥敏活。⑦思いやり。⑧みさげられない。馬鹿にされない。⑨人が信頼する。

七 ①佛肸《ひつきつ》よぶ。子・往かんと欲す。子路曰く、昔②由《いう》や（也）これを夫子に聞けり。曰く、③親《みづか》らその身に④於《おい》て不善をなす者には、君子は入らざるなり（也）と。佛肸・⑤中牟《ちゆうぼう》をもつて⑥畔《そむ》く。子の往くや（也）これをいかんと。子曰く、⑦然《しか》り、この言あるなり（也）。⑧堅《かた》きを曰はずや、⑨磨《みが》けども（而）うすろがずと。白きを曰はずや、くりにすれども（而）くろまずと。われ⑩豈《あに》・⑪匏瓜《はうくわ》ならん（也）や。いづくんぞよく⑫繋《かか》りて（而）⑬食《くら》はざらんやと。（原文　七九字）

①晋の大夫で、趙簡の邑宰。②仲由、字（あざな）は子路、また季路。孔子の門人。③自ら。④ありて。にて。⑤地名。春秋。晋の地。⑥はむかう。叛（そむく）。はなれること。⑦しかあり。そうである。なるほど。⑧堅いこと。⑨みがく。とぐ。⑩どうして。⑪瓠（こ）のにがくて、食べられないもの。にがうり。または、ひようたんであるともいう。⑫ぶらさがっていること。⑬たべる。

八 子曰く、由や（也）、なんぢ①六言六蔽《りくげんりくへい》を聞けり（矣）やと。こたへて曰く、いまだし（也）と。②居《を》れ・われなんぢにつげん。仁を好みて學を好まざれば、その③蔽《へい》や（也）愚。知を好みて學を好まざれば、その蔽や（也）④蕩《たう》。信を好みて學を好まざれば、その蔽や（也）⑤賊《ぞく》。⑥直《ちょく》を好みて學を好まざれば、その蔽や（也）⑦絞《かう》。勇を好みて學を好まざれば、その蔽や（也）亂。⑧剛《がう》を好みて學を好まざれば、その蔽や（也）⑨狂《きゃう》と。（原文　七四字）

①下の六事、仁・和・信・直・勇・剛の美とそれに伴なう六つの弊害をいう。②坐われ。③弊と同じ。弊害。④主観的・恣意的になること。⑤公共の福祉をそこなうこと。⑥正しいこと。正直。⑦他人に対しきびしすぎる。狭量。⑧意志の強いこと。⑨むてっぽう。向こうみず。

九　子曰く、①小子《せうし》なんぞかの詩を學ぶなきや。詩はもつて②興《おこ》すべし、もつて③觀《み》るべし、もつて④羣《ぐん》すべし、もつて⑤怨《うら》むべし。これをちかくしては父につかへ、これを遠くしては君につかふ。多く⑥鳥獸草《てうじうさう》木《もく》の名を⑦識《し》る。（原文　三九字）

①門人に呼びかける言葉。おまえたち。②人の心を興起させる。③風俗の盛衰を観察する。④群居して相切磋すること。⑤怨は上の政をそしること。⑥いろいろな鳥と獣や草と木。⑦おぼえる。

一〇　子・伯魚に謂ひて曰く、なんぢ①周南《しうなん》・②召南《せうなん》をまなびたる（矣）か。人にして（而）周南・召南をまなばざれば、それなほ③正《ただ》しく④牆《かき》に⑤面《めん》して（而）立つがごとき（也）かと。（原文　三〇字）

①②詩の周南・召南は、国風の始めに出てくる篇で、身を修め、家を斉えることを歌っている。③まっすぐ。④土べい。⑤向かい。

一一　子曰く、禮と云ひ禮と①云《い》ふ、②玉帛《ぎょくはく》を云はんや。③樂《がく》と云ひ樂と云ふ、④鐘鼓《しょうこ》を云はんや。（原文　二〇字）

①言う。②玉は圭章（けいしょう）宝石の属。帛は束帛（そくはく）織り物の属。③音楽。④鐘は金声。鼓は革声。楽器の大なるものをいう。楽のとうとぶ所は、風俗を移して変えるにある。

一二　子曰く、①色《いろ》・②厲《はげ》しくして（而）③内《うち》・④荏《やはら》かなるは、これを小人に⑤譬《たと》ふれば、それなほ⑥穿窬《せんゆ》の盗《たう》のごときか（也與）。　（原文　一九字）

①外貌（がいぼう）のこと。②威厳をよそおう。③内実。④柔弱。⑤たとえ。⑥穿は壁をうがつこと。窬は牆（かき）をこえること。人知れず悪いことをして、白昼は堂々としているような風に見せかけている。こそどろ。

一三　子曰く、①郷原《きやうげん》は徳の②賊《ぞく》なり（也）。　（原文　八字）

①原は愿と同じ。愿は謹信。郷人の愿なる者。律義者。②徳をそこなうもの。

一四　子曰く、道に①聴《き》きて（而）②塗《みち》に説くは、徳をこれ③棄《す》つるなり（也）。　（原文　一一字）

①つまびらかに聞いて。②道路。③捨てる。

一五　子曰く、①鄙夫《ひふ》はともに君につかふべけん（也）や。そのいまだこれを②得《え》ざるなり（也）、これを得んを③患《うれ》ふ。すでにこれを④得《う》れば、これを失はんを患ふ。いやしくもこれを失はんを患ふれば、⑤至《いた》らざる所なし（矣）。　（原文　三四字）

①信念のない、人格の卑しい人間のこと。②わがものとしない。遂げない。③わずらう。④わがものとすれば。遂げれば。⑤及ぶ。極（きわ）まる。どのようなことでもする。

一六　子曰く、①古《いにしへ》民に②三疾《さんしつ》あり。今（也）あるひはこれ・これなきなり（也）。古の狂は（也）③肆《し》。

今の狂は（也）蕩。古の④矜《きよう》は（也）⑤廉《れん》。今の矜は（也）⑥忿戻《ふんれい》。古の愚は（也）⑦直《ちよく》。今の愚は（也）⑧詐《いつはり》のみ（而已矣）。　（原文　四九字）

①昔。②三つの病気。③小節にこだわらないことをいう。④誇りを持つこと。⑤稜角（りょうかく）があって厳格で、親しみ難いことをいう。⑥怒る。道理にもとる。⑦心に思っていることを直ちに行なう。⑧私をさしはさみ、うそいつわりの行動をする。

一七　子曰く、①巧言令色《こうげんれいしよく》、②鮮《すくな》し（矣）③仁《じん》。　（原文　九字）

①巧言はうまいことを言う。お世辞。令色は顔色を和らげて人の気嫌をとること。この句は学而篇にもある
②少ない。殆んどないこと。③いつくしむ。情け。思いやり。

一八　子曰く、①紫《むらさき》の②朱《しゆ》を奪《うば》ふをにくむなり（也）。③鄭声《ていせい》の④雅《が》樂《がく》を亂るをにくむなり（也）。⑤利口《りこう》の邦家を⑥覆《くつがへ》す者をにくむ。　（原文　二四字）

①②朱は正色、紫は間色。その邪好にして正色を奪うを憎むをいった。③淫声の哀しいもの。④雅は正の意。⑤言葉多く実が少ない人のこと。⑥転覆。

一九　子曰く、われ言ふなからんと欲すと。子貢曰く、子もし言はずんば、則ち①小子《せうし》なにをか述べんと。子曰く、天なにを言ふ。②四時《しじ》行はれ、③百物《ひやくぶつ》④生《しやう》ず。天なにを言ふ。　（原文　三七字）

①門人達をさす。②春・夏・秋・冬をいう。③さまざまのもの。④生育する。

二〇　①孺悲《じゆひ》・孔子を②見《み》んと欲す。孔子③辞《じ》するに④疾《やまひ》をもつてす。⑤命《めい》をおこなふ者⑥戸《と》を出づ。⑦瑟《こと》を取りて（而）歌ひ、これをしてこれを聞かしむ。　（原文　二四字）

①魯の人。孔子は会いたくなかった。そこで疾(やまい)を理由に辞退した。②面会しようと。③断わるに。④病気。⑤言いつけ。取り次ぎ。⑥孔子の室の出入口。⑦絃楽器の一。

二　①宰我《さいが》問ふ、三年の喪は、②期《き》すでに久し（矣）。君子三年禮をなさずんば、禮必ず③壞《やぶ》れん。三年樂をなさずんば、樂必ず④崩《くづ》れん。⑤舊穀《きうこく》すでにつきて、新穀すでにみのる。⑥燧《する》をきりて火を改む。期にしてやむべし(矣)と。子曰く、かの⑦稲《いね》を食ひ、かの⑧錦《にしき》を⑨衣《き》る。なんぢに於て⑩安《やす》きかと。曰く、安しと。なんぢ安くば則ちこれをなせ。それ君子の喪に⑪居《を》る、うまきを⑫食《くら》へどもうまからず。⑬樂《がく》を聞けども⑭樂《たの》しからず。⑮居處《きよしよ》安からず。⑯故《ゆゑ》になさざるなり（也）。今なんぢ安くば則ちこれをなせと。宰我出づ。子曰く、予の⑰不仁《ふじん》なるや（也）、⑱子《こ》生れて三年、⑲然《しか》る後《のち》に父母の⑳懷《ふところ》を免る。それ三年の喪は、天下の㉑通喪《つうさう》なり（也）。予や（也）その父母に三年の愛ありしかと。（原文　一三七字）

①宰予。字（あざな）は子我。孔子の門人。②一年のこと。期限と見てもよい。③こわれる。④くずれること。⑤古い穀物。⑥木から火を出すこと。⑦穀物の美味なものの意。⑧衣の美しいもの。⑨三年の喪(も)が終わらなければ、稲を食い錦をきることをしない。であるのに喪中にて着るの意。⑩平気か。⑪喪に服している時。⑫食べても。⑬音楽。⑭うれしい。⑮何時もの場所に居てもの意。⑯このようなわけで。⑰徳義に反（そむ）くこと。⑱子ども。⑲その後。やっと。⑳父母にいだかれること。㉑共通の喪。

三　子曰く、①飽食《はうしよく》する終日、心を②用《もち》ふる所なければ、難い（矣）かな。③博弈《ばくえき》といふ者あらずや。これをなすもなほやむに④賢《まさ》れり。（原文　二五字）

①腹いっぱい食べること。②使う。③博は双六。弈は囲碁の意。④勝に同じ。すぐれている。まさってい

る。

二三　子路曰く、君子・勇をたつとぶかと。子曰く、君子は①義《ぎ》もつて②上《じやう》となす。君子・勇ありて（而）義なければ、③亂《らん》をなす。④小人《せうじん》・勇ありて（而）義なければ、⑤盗《たう》をなすと。（原文　三四字）

①正義。②とうとぶこと。最上のものとする。③反乱。④位や禄のない人。一般大衆の意。⑤盗み。

二四　①子貢《しこう》曰く、君子もまたにくむことあるかと。子曰く、にくむことあり。人の②惡《あく》を稱する者をにくむ。③下流《かりう》に居て（而）④上《かみ》をそしる⑤者《もの》をにくむ。勇にして（而）禮なき者をにくむ。⑥果敢《くわかん》にして（而）ふさがる者をにくむと。曰く、⑦賜《し》や（也）またにくむことあるかと。うかがひてもつて⑧知《ち》となす者をにくむ。⑨不孫《ふそん》にしてもつて勇となす者をにくむ。あばいてもつて⑩直《ちよく》となす者をにくむと。（原文　六五字）

①端木賜。字（あざな）は子貢。孔子の門人。②悪事。③下位の意。④目上の人の意。⑤人。⑥決断にすばやいこと。⑦子貢の名。⑧知ったかぶり。⑨謙遜でないこと。無礼なこと。⑩正直。

二五　子曰く、ただ①女子《ぢよし》と②小人《せうじん》とは③養《やしな》ひ難《がた》しとなす（也）。これを近づくれば則ち④不孫《ふそん》。これを遠ざくれば則ち⑤怨《うら》む。（原文　二一字）

①女。②位と禄のない人。召し使いの意。③取り扱いにくい。④謙遜でないこと。無礼なこと。⑤不平の心を持つこと。憎みいきどおること。

二六　子曰く、①年《とし》②四十《しじふ》にして（而）にくまるるは、その③終《をはり》なる（也）のみ。（原文　一三字）

①年齢。②四十歳。③すえ。果て。終わり。おしまいである。

練　習

1　其レ猶キ二正シク牆ニ面シテ而立一ツガ也與カ。

2　其ノ未ダルレ得レ之ヲ也。

3　悪ム下利口之覆ス二邦家ヲ一者ヲ上。

4　使ム二之ヲシテ　聞カ一レ之ヲ。

5　予也有リシ三三年二之愛一於其ノ父母ニ一乎カ。

微子第十八

一　①微子《びし》はこれを去り、②箕子《きし》はこれが③奴《ど》となり、④比干《ひかん》は諫めて（而）死す。孔子曰く、⑤殷《いん》に⑥三仁《さんじん》ありと。

（原文　二二字）

①紂（ちゆう）の庶兄。②紂の伯父。（殷の王族で賢人として知られた）。③奴隷。召使い。④紂の叔父。直言して紂（殷）を諫めた。⑤夏の次代。周の前代（二八代・六四四年）で、紂王に至って、淫虐のため、周の武王に滅ぼされた。⑥紂王の暴政から国家や国民を守ろうとして、自分を犠牲にした、微子、箕子、比干の三人を、仁者と呼んだ。三人の仁者のこと。

二　①柳下恵《りうかけい》・②士師《しし》となり、三たびしりぞけらる。人曰く、子いまだもつて去るべからざるかと。曰く、道《みち》③を直《なほ》④くして（而）人につかへば、いづくに往《ゆ》⑤くとして（而）三たびしりぞけられざらん。道をまげて（而）人につかへば、何ぞ必ずしも父母《ふぼ》⑥の邦《くに》を去らんと。　（原文　四〇字）

①魯国の賢人で、本名は展獲、字（あざな）は禽、柳下に居たので柳下恵といわれた。②典獄（てんごく）の官。③④正しい道を行い守って。⑤行く。⑥魯を指していう。

三　齊の景公・孔子を待《たい》①するに曰く、季氏《きし》②のごときは則ちわれ能《あた》③はず。季《き》④・孟《まう》の閒《かん》⑤をもってこれを待せんと。曰く、われ老《お》⑥いたり（矣）。用《もち》⑦ふる能はざるなり（也）と。孔子さる。　（原文　三二字）

①遇する意。禄位をもって孔子を遇しようとすること。②季孫氏のこと。③できない。④季孫氏と孟孫氏。⑤中間。⑥年をとった。⑦とり立てること。

四　齊人《せいひと》①・女樂《ぢよがく》②をおくる。季桓子これを受け、三日《さんじつ》③朝《てう》④せず。孔子さる。　（原文　一七字）

①斉国の意。②女伎（じょぎ）をいう。女性の舞踊団のこと。③三日間。④政務のこと。

五　楚《そ》①の狂接輿《きやうせつよ》②歌ひて（而）孔子を過ぎて曰く、鳳《ほう》③や鳳や、なんぞ徳の衰《おとろ》④へたる。往く者は諫《いさ》⑤むべからず。來る者はなほ追ふべし。やみなん（而）やみなん（而）。今の政《まつりごと》⑥に從ふ者はあやふし（而）と。孔子下《くだ》⑦り、これと言はんと欲す。はしりて（而）これをさく。これと言ふを得ず。　（原文　五五字）

①国名。②楚の隠士。③鳳凰（ほうおう）。聖天子の現われるめでたい前兆。④衰亡。⑤いさめること。⑥政治。⑦降って。

六 ①長沮《ちやうそ》・②桀溺《けつでき》 ③耦《ぐう》して(而)④耕《たがや》す。孔子これを過ぎ、子路をして⑤津《しん》を問はしむ。長沮曰く、かの⑥輿《よ》をとる者は誰となすと。子路曰く、⑦孔丘《こうきう》となすと。曰く、これ魯の孔丘かと。曰く、これなり（也）と。曰く、これならば津を知らん（矣）と。桀溺に問ふ。桀溺曰く、⑧子《し》は誰となすと。曰く、⑨仲由《ちゆういう》となすと。曰く、これ魯の孔丘の徒かと。こたへて曰く、⑩然《しか》りと。曰く、⑪滔滔《たうたう》たる者天下皆これなり（也）。⑫而《しか》るを誰とともにこれをかへん。かつなんぢその人を⑬辟《さ》くるの士に従はんよりは（也）、あに世を辟くるの士に従ふにしかんやと。⑭耰《いう》して（而）やめず。子路行きてもつて告ぐ。⑮夫子《ふうし》 ⑯憮《ぶ》然《ぜん》として曰く、⑰鳥獣《てうじう》はともに⑱羣《ぐん》を同じくすべからず。われこの人の⑲徒《と》とともにするにあらずして（而）誰とともにせん。天下・道あらば、⑳丘《きう》ともにかへざるなり（也）と。　（原文　一四三字）

①②隠者。③二人一組になって。④耕作。⑤渡し場。⑥車。⑦姓は孔、名は丘。字（あざな）は仲尼。孔子のこと。⑧汝。⑨字（あざな）は子路、または季路。孔子の門人。⑩しかあり。そうである意。⑪流れてかえらないさま。⑫そうであるのに。⑬士に人を辟ける法と、世を辟ける法がある。長沮・桀溺が思うには、孔子の士は人を辟けるの法で、自分の士は、世を辟ける法であると。⑭種子に土をかけること。⑮先生。孔子をいう。⑯失意のかたち。⑰鳥や獣。⑱むれ。あつまり。⑲ともがら。⑳孔子の名。

七 子路①従《したが》ひて（而）②後《おく》る。③丈人《ぢやうじん》の④杖《つゑ》をもつて⑤蓧《でう》を⑥荷《にな》へるに⑦遇《あ》ふ。子路問ひて曰く、子・夫子を見たるかと。丈人曰く、⑧四《し》體《たい》・勤めず、⑨五《ご》穀《こく》・分たず。たれをか夫子となすと。その杖をたてて（而）⑩芸《くさ》ぎる。子路⑪拱《きよう》して（而）立つ。子路を止めて⑫宿《しゆく》せしめ、⑬鶏《にはとり》を殺し⑭黍《しよ》をつくりて（而）これを⑮食《くら》はしめ、その⑯二《に》子《し》を⑰見《まみ》えしむ。⑱明日《めいじつ》子路行きもつて告ぐ。子曰く、⑲隠者《いんじや》なり（也）と。子路をしてかへりてこれを⑳見《み》しむ。至れば則ちされり（矣）。子路曰く、㉑仕《つか》へざれば義なし。㉒長幼《ちやうえう》の㉓節《せつ》は、㉔廢《はい》すべからざるなり（也）、君臣の義は、これをいかんぞそれこれを廢せん。その身を㉕潔《いさぎよ》くせんと欲して（而）㉖大倫《たいりん》を亂る。君子の仕ふるや（也）、その義を行ふなり（也）。道の行はれざるは、すでにこれを知れり（矣）と。

（原文　一三四字）

①供をして。②遅くなる。③老者のこと。④つえ。⑤竹かご。あじか。⑥かついだ。⑦あう。⑧頭・身・手・足。すなわち全身のこと。⑨普通に米、麦、粟、黍、豆、をいう。⑩田の草を除くこと。⑪手を組み合わせる挨拶のこと。⑫泊めて。⑬家禽。⑭淡黄白色の顆果を結んで、種子の食用に供せられる栽培草本。きびめし。⑮食べさせる。⑯二人の子ども。⑰めみえ。⑱翌日。⑲世を避けている人。⑳会わせた。㉑つかえること。仕官。奉公。㉒年長者と幼い者。㉓けじめ。㉔やめる。すてる。㉕はなはだきよいこと。㉖君臣の大義をいう。

八　①逸民《いつみん》は②伯夷《はくい》・③叔齊《しゆくせい》・④虞仲《ぐちゆう》・⑤夷逸《いいつ》・⑥朱張《しゆちやう》・⑦柳下惠《りうかけい》・⑧少連《せうれん》。子曰く、その志を⑨降《くだ》さず、その身を⑩辱《はづか》しめざるは、伯夷・叔齊かと。柳下惠・少連を⑪謂《い》ふ、志を降し身を辱しむ（矣）。言は⑫倫《りん》にあたり、行は⑬慮《りよ》にあたる。それこれのみ（而已矣）と。虞仲・夷逸を謂ふ、⑭隱居《いんきよ》して⑮放言《はうげん》し、身は⑯淸《せい》にあたり、廢は⑰權《けん》にあたる。われは則ちこれに異なり。可もなく不可もなしと。

（原文　七九字）

①世を逃れた賢人。②③孤竹君の二児。兄の伯夷は名は元。字（あざな）は公信。弟の叔斉は名は致、字（あざな）は公遠。国を譲りあって共に周に行ったが、後、武王が紂を討とうとしていたので、これをいさめたが聴かれず、周は遂に殷を滅してしまったので、二人は周の粟を食べるを恥じて、首陽山に入り餓死し

た。「采薇歌」を伝える。④荊蛮（けいばん）に逃れた人である。⑤⑥夷逸・朱張の事蹟はよくわからぬ。⑦魯国の賢人で、名は展獲。字（あざな）は禽。柳下は居住地を通称として用いた。⑧東夷の人。⑨おろさない。まげない。⑩身をけがす。⑪いう。⑫みち。道徳。義理。⑬思慮。人々が同じように考えるところ。⑭世を避けて仕えないこと。⑮意のままにいう。勝手気ままにいう。⑯純潔。道の清いこと。⑰時に応じた生き方。

九　①大師《たいし》摯《し》は齊にゆき、②亞《あ》飯干《はんかん》は楚にゆき、③三飯繚《さんはんれう》は④蔡《さい》にゆき、四飯缺は秦にゆき、⑤鼓方叔《こはうしゆく》は河に入り、⑥播《は》鼗武《たうぶ》は漢に入り、⑦少師《せうし》陽《やう》・⑧擊磬《げきけい》襄《じやう》は海に入る。（原文　四一字）

①大師は魯の楽官の長。摯はその名。②③音楽をして、食をすすめることを任とする官。干・繚・欠は皆、名。亜飯。三飯。四飯は共に楽官。④国名。⑤鼓は、つづみを撃つ者。方叔は名。⑥播は、ゆすることで、鼗は小鼓（こつづみ）ふりつづみ。武は播鼗を司る者の名。⑦少師は楽官の佐（すけ）。陽はその名。⑧撃は磬を打って演奏すること。磬は玉または石で作った打楽器。襄は名。

一〇　周公・①魯《ろ》公《こう》に謂ひて曰く、君子はその②親《しん》をすてず。③大臣《だいじん》をしてもちひざるを④怨《うら》ましめず。⑤故舊《こきう》・⑥大故《たいこ》なければ、則ち⑦棄《す》てざるなり（也）。⑧備《そな》はるを⑨一人《いちにん》に求むるなしと。（原文　三五字）

①周公の子、伯禽。魯に封ぜられた。②身内。③国政の重任を負う最高官。④不平の心を持たしめない。⑤ふるいなじみ。旧友。⑥悪逆のことをいう。重大な過失。⑦見捨てない。⑧完備すること。⑨一人の人。

一一　①周《しう》に②八士《はつし》あり。伯達《はくたつ》・伯适《はくくわつ》・仲突《ちゆうとつ》・仲忽《ちゆうこつ》・叔夜《しゆくや》・叔夏《しゆくか》・季隨《きずゐ》・季騧《きくわ》。（原文　二〇字）

①国名。②八人の人物。

練習

1 人曰《ク》、子未《ダ》《ル》レ可《カラ》二以《テ》去《ル》一乎《ト》。

2 長沮・桀溺耦《シテ》而耕《ス》。孔子過《ギ》レ之《ヲ》、使《ム》二子路《ヲシテ》問《ハ》一レ津《ヲ》焉。

3 夫子憮然《トシテ》曰《ク》、鳥獸《ハ》不レ可《カラ》二與《ニ》同《ジクス》一レ羣《ヲ》。吾非《ズシテ》二斯《ノ》人之徒《ト》與《ニスルニ》一而誰《ト》與《ニセン》。天下有《ラバ》レ道、丘不《ル》二與《ニ》易《ヘ》一也《ト》。

4 子路從《ヒテ》而後《ル》。遇《フ》二丈人《ノ》以《テ》レ杖《ヲ》荷《ヘルニ》一レ蓧《ヲ》。

5 周公謂《ヒテ》二魯公《ニ》一曰《ク》、君子《ハ》不レ施《テ》二其《ノ》親《ヲ》一。不レ使《メ》三大臣《ヲシテ》怨《マ》二乎不《ルヲ》一レ以《ヒ》。故舊無《ケレバ》二大故一、則《チ》不《ル》レ棄《テ》也。無《シト》レ求《ムル》二備《ハルヲ》於一人《ニ》一。

論語巻之十

子張第十九

一　子張曰く、士は危きを見ては命を致し、①得《う》るを見ては義を思ひ、②祭《まつり》には敬を思ひ、③喪《も》には④哀《あい》を思ふ。それ可なるのみ（矣）。（原文　二二字）

①利益のこと。②祖先の祭。③人が死んでその近親者が、喪におるとき、若干日の間憂えに沈んでこもって居ること。④悲哀。悲しむ心をきわめること。

二　子張曰く、徳を①執《と》る弘からず、道を信ずる②篤《あつ》からずんば、いづくんぞよく有りとなさん、いづくんぞよく③亡《な》しとなさん。（原文　一九字）

①身につけること。②強い信念がない意。③ここではいなくてもの意。

三　子夏の門人、交を子張に問ふ。子夏は何と云ふかと。こたへて曰く、子夏の曰く、可なる者はこれにくみし、その①不可《ふか》なる者はこれをこばめと。子張曰く、わが聞く所に異なり。君子は②賢《けん》を③尊《たふと》びて（而）④衆《しゆう》を容れ、⑤善《ぜん》を⑥嘉《よみ》して（而）⑦不能《ふのう》をあはれむと。われにして⑧大賢《たいけん》ならんか、人に⑨於《おい》て何の⑩容《い》れざる所あらん。われにして⑪不賢《ふけん》ならんか、人はたわれをこばまん。これをいかんぞ

それ人をこばまんや（也）と。　（原文　八〇字）

①交際して悪い友。②賢者。③尊敬して。④平凡な人々。⑤善人。⑥称賛。⑦無能の意。⑧大人物の意。⑨あって。⑩包容。受け入れる。⑪小人物の意。

四　子夏曰く、①小道《せうだう》といへども、必ず②観《み》るべき者あり。③遠《とほ》きを致さば④恐《おそ》らくはなづまん。ここをもって君子はなさざるなり（也）。　（原文　二三字）

①鎖細な技芸のたぐいのこと。②とりえの意。③深入りの意。④おうかたは。

五　子夏曰く、①日《ひ》にその②亡《な》き所を知り、③月《つき》にそのよくする所を忘るるなきを、學を好むと④謂《い》ふべきのみ（也已矣）。　（原文　二一字）

①日毎。②亡は無で、ここは自分の身についていない意。③月ごとにの意。④いう。

六　子夏曰く、①博《ひろ》く學んで（而）篤く志し、②切《せつ》に問ひて（而）近く思ふ。③仁《じん》その④中《うち》にあり（矣）。　（原文　一八字）

①広く。②真剣に。切実に。③仁の徳。④内。

七　子夏曰く、①百工《ひやくこう》は②肆《し》に居てもつてその事を③成《な》す。君子は學びてもつてその道を④致《いた》す。　（原文　一八字）

①すべての職人。②工作所。③しとげる。④きわめる。

八　子夏曰く、①小人《せうじん》の②過《あやまち》や（也）必ずかざる。　（原文　一〇字）

①小人とは徳をもっていう。徳のない人。②過失。

九　子夏曰く、君子に①三變《さんぺん》あり。これを望めば②儼然《げんぜん》たり。これにつけば（也）③溫《をん》。その④言《げん》を⑤聽《き》けば（也）⑥厲《はげ》し。　（原文　二一字）

①三度変化する。②君子はその衣冠を正して、いかめしいこと。③温和。色の和なること。④言葉。⑤聞けば。⑥言葉が確固として、きびしく正しい。

一〇　子夏曰く、君子は信ぜられて（而）後にその①民《たみ》を②勞《らう》す。いまだ信ぜられざれば則ちもつて③己《おのれ》をやましむとなす（也）。信ぜられて（而）後に④諫《いさ》む。いまだ信ぜられざれば則ちもつて己をそしるとなすなり（也）。　（原文　三一字）

①国民。②労役。③国民が自分のことをの意。④告げいさめる。

一一　子夏曰く、①大德《だいとく》のりを②踰《こ》えざれば、③小德《せうとく》は④出入《しゆつにふ》するも可なり（也）。　（原文　一四字）

①善徳の大きなもの。②ふみこえない。③小さな節目。④出たり入ったり、規則通りにはゆかなくともの意。

一二　①子游《しいう》曰く、子夏の門人②小子《せうし》、③洒掃應對進退《さいさうおうたいしんたい》にあたりては則ち可なり（矣）。そもそも④末《すゑ》なり（也）。これを⑤本《もと》づくれば則ちなし。これをいかんと。子夏これを聞きて曰く、あゝ、⑥言游《げんいう》あやまてり（矣）。君子の⑦道《みち》は、いづれをか先に⑧傳《つた》へ、いづれをか後に⑨倦《う》まん。これを⑩草木《さうもく》の⑪區《く》にしてもつて別あるに⑫譬《たと》ふ（矣）。君子の道は、いづくんぞ⑬誣《し》ふべけんや（也）。⑭始《はじめ》あり・をはりある者は、それ⑮惟《ただ》聖人かと。　（原文　七九字）

①言偃（げんえん）、字（あざな）は子游。孔子の門人。②門人たちの意。③水を地に洒（そそ）ぎ、箒（ほうき）で掃くこと。そうじや応対・進退のこと。④重要でない末の事。⑤根本。先王の道をいう。⑥言偃（げんえん）、字（あざな）は子游。孔子の門人。⑦教えの意。⑧つたえること。⑨飽くこと。⑩くさき。⑪区別。種類。⑫たとえる。⑬曲解する。⑭てはじめ。⑮わずかに。

一三　子夏曰く、①仕《つか》へて（而）②優《いう》なれば則ち學ぶ。學びて（而）優なれば則ち仕ふ。　（原文　一三字）

①仕官。奉公。②行いに余力あることをいう。

一四　①子游《しいう》曰く、②喪《も》は③哀《あい》を致して（而）④止《や》む。　（原文　九字）

①言偃（げんえん）、字（あざな）は子游。孔子の門人。②人が死んで、その近親者が、若干日の間、憂えに沈んで、こもって居ること。③哀悼。④とどめる。終わる。

一五　子游曰く、わが友①張《ちやう》や（也）、よくし②難《がた》きをなすなり（也）。③然《しか》れども（而）いまだ仁ならず。　（原文　一五字）

①顓孫師（せんそんし）、字（あざな）は子張。孔子の門人。②出来ないようなこと。③そうではあるが。

一六　①曾子《そうし》曰く、②堂堂《だうだう》たり張や（也）。ともに並びて仁をなし難し（矣）。　（原文　一四字）

①曾参。字（あざな）は子輿。孔子の門人。②容貌の盛んなことをいう。

一七　曾子曰く、われこれを①夫子《ふうし》に聞く。人いまだ②自《みづか》ら③致《いた》す者あらざるなり（也）。必ずや（也）親の喪かと。　（原文　二〇字）

①先生。孔子をさしている。②③自分の心の底をきわめ、真心を出し尽くすこと。感情の頂点を味わうこと。

一八　曾子曰く、われこれを夫子に聞く。①孟荘子《まうさうし》の②孝《かう》や（也）、その他はよくすべきなり（也）。その父の③臣《しん》と父の④政《まつりごと》とを⑤改《あらた》めざるは、これよくし難きなり（也）と。　（原文　三三字）

①魯の大夫、仲孫速のこと。荘はその謚（おくりな）。②孝行。③家来。④政策。⑤変えない。

一九　孟子・①陽膚《やうふ》をして②士師《しし》たらしむ。曾子に問ふ。曾子曰く、③上《かみ》その道を失ひて、民④散《さん》ずること⑤久《ひさ》し（矣）。もしその⑥情《じやう》を得ば、則ち⑦哀矜《あいきよう》して（而）喜ぶなかれと。　（原文　三三字）

①曾子の門人。②典獄（てんごく）の官。③為政者。④民心が乖散（かいさん）して上を信じない。従って法を犯す者が多いことをいう。⑤久しい。⑥獄情。罪を犯さざるを得ない、犯罪者への同情をさしていう。⑦同情する。

二〇　①子貢《しこう》曰く、②紂《ちう》の不善、かくの如くこれ③甚《はなはだ》しからざるなり（也）。ここをもつて君子は④下流《かりう》に居るを⑤悪《にく》む。天下の悪皆⑥帰《き》す。　（原文　二八字）

①端木賜、字（あざな）は子貢。孔子の門人。②紂王。③はげしい。④土地が低く、流れの集まるところ。悪名の集まるところにたとえる。⑤憎む。⑥集まる意。

二一　子貢曰く、君子の①過《あやまち》や（也）、②日月《じつげつ》の食《しよく》の如し。過てば（也）人皆これを見、あらたむれば（也）人皆これを仰ぐ。　（原文　二六字）

①過失。②食は蝕に同じ。日食や月食。

二二　①衞《ゑい》の②公孫朝《こうそんてう》・子貢に問ひて曰く、③仲尼《ちゆうじ》いづくにか學べると。子貢曰く、④文武《ぶんぶ》の道、いまだ地に⑤墜《お》ちずして人にあり。賢者はその大なる者を⑥識《し》り、不賢者はその小なる者を識る。文武の道あらざるなし。夫子いづくにか學ばざらん。而してまた何ぞ常の師これあらんと。　（原文　五九字）

①国名。②衛の大夫。③孔子の字（あざな）。④文王や武王の道のこと。⑤滅びない。⑥記憶する。

二三　①叔孫武叔《しゅくそんぶしゅく》・大夫に②朝《てう》につげて曰く、子貢は仲尼よりまされりと。③子服景伯《しふくけいはく》もつて子貢につぐ。子貢曰く、これを④宮墻《きゅうしゃう》に⑤譬《たと》ふ、⑥賜《し》の墻や（也）⑦肩《かた》に及ぶ。室家の好きを⑧窺《うかが》ひ見ん。夫子の墻は⑨數仭《すうじん》なり。その門を得て（而）入らずんば、⑩宗廟《そうべう》の美、⑪百官《ひゃくくわん》の富《とみ》を見ず。その門を得る者あるひは⑫寡《すくな》し（矣）。夫子の⑬云《い》へること、またうべならずやと。　（原文　八〇字）

①姓は叔孫、名は州仇（しゅうきゅう）。字（あざな）は叔。諡（おくりな）は武。魯の大夫。②朝廷。③姓は子服、名は何。字（あざな）は伯。諡（おくりな）は景。魯の大夫。④住居の塀（へい）。⑤たとえる。⑥子貢の名。⑦肩の高さの意。⑧のぞく。⑨一仭は七尺、（二・一二一二メートル）。何間もの高さのこと、（一間は一・八一八二メートル）。⑩祖先のみたまや。⑪多くの役人。⑫少ない。⑬言ったこと。

二四　叔孫武叔・仲尼をそしる。子貢曰く、もつてなす無きなり（也）。仲尼はそしるべからざるなり（也）。①他《た》人《にん》の賢者は②丘陵《きうりよう》なり（也）。なほ③踰《こ》ゆべきなり（也）。仲尼は日月なり（也）。④得《え》て（而）⑤踰《こ》ゆる無し。人・自ら⑥絶《た》たんと欲すといへども、それ何ぞ日月を⑦傷《やぶ》らんや。まさにその⑧量《りやう》を知らざるを見るなり（也）と。　（原文　六一字）

①他の人。②土の高い所を丘といい、大阜（たいふ）を陵という。③越える。④出来る意。⑤越える。⑥絶

交しようとの意。⑦傷つけることが出来ようかの意。⑧容積。己の分量。身の程という意。

三五　①陳子《ちんし》禽《きん》・子貢に謂ひて曰く、子・恭をなすなり（也）。仲尼あに②子《し》より③賢《まさ》らんやと。子貢曰く、君子は④一言《いちげん》もつて知となし、一言もつて⑤不知《ふち》となす。言は慎まざるべからざるなり（也）。夫子の及ぶべからざるや（也）、なほ天の⑥階《かい》して（而）⑦升《のぼ》るべからざるがごときなり（也）。夫子にして⑧邦《はう》家《か》を得ば、⑨所謂《いはゆる》これを立つればここに立ち、これを道びけばここに行き、これをやすんずればここに来り、これを動かせばここに⑩和《やはら》ぐ。その生くるや（也）栄え、その死するや（也）⑪哀《かな》しむ。これをいかんぞそれ及ぶべけんや（也）と。

（原文　九六字）

①姓は陳、名は元（げん）。字（あざな）は子元、また子禽。陳の人で、孔子の門人。或は子貢の門人ともいう。②ここは、あなたの意。③すぐれよう。④ひとこと。⑤見識のないこと。⑥はしごのこと。⑦のぼること。昇。⑧諸侯もしくは卿大夫の意。邦は諸侯の国。家は大夫の領地のこと。⑨世にいう。⑩心を合わせて働く。協力して働く意。⑪嘆く。

練習

1　是ヲ以テ君子ハ不ル㆑為サ也。

2　可キ㆑謂フ㆑好ムト㆑學ヲ也已矣。

3　其ノ不ル㆑改メ㆔父之臣ト與ヲ㆓父之政㆒、是レ難キ㆑能クシ也。

4　孟子使ム㆔陽膚ヲシテ為ラ㆓士師㆒。

5 不三如レ是之甚一也。是以君子惡レ居二下流一。天下之惡皆歸焉。

6 猶二天之不一レ可二階而升一也。

堯《げう》曰《えつ》第二十

一 ①堯《げう》曰く、あゝ、なんぢ舜、天の②曆數《れきすう》なんぢが③躬《み》にあり。まことにその④中《ちゆう》を執れ。四海⑤困窮《こんきゆう》せば、⑥天祿《てんろく》永く終らんと。⑦舜《しゆん》もまたもつて⑧禹《う》に命ず。曰く、われ小子⑨履《り》、あへて⑩玄牡《げんぼ》をもつて、あへて⑪昭《あきら》かに⑫皇皇《くわうくわう》たる⑬后帝《こうてい》につぐ。罪あればあへて⑭赦《ゆる》さず。帝の臣は⑮蔽《おほ》はず。えらぶこと帝の心にあり。⑯朕《わ》が躬・罪あれば、⑰萬方《ばんばう》をもつてするなからん。萬方・罪あらば、罪・朕が躬にあらんと。周に大なるたまものあり。善人これ富めり。⑱周親《しうしん》ありといへども、仁人に⑲如《し》かず。⑳百姓《ひやくせい》・過あらば、予一人にあり。㉑權量《けんりやう》を謹み、法度を㉒審《つまびらか》にし、㉓廢官《はいくわん》を脩めば、四方の政行はる。㉔滅國《めつこく》を興し、絶世を繼ぎ、㉕逸民《いつみん》を擧ぐれば、天下の民・心を㉖歸《き》す。重んずる所は民の㉗食喪祭《しよくさうさい》。㉘寛《くわん》なれば則ち㉙衆《しゆう》を得、信なれば則ち民㉚任《にん》じ、敏なれば則ち㉛功《こう》あり、㉜公《こう》なれば則ち㉝説《よろこ》ぶと。

（原文　一五二字）

①堯帝。②天位の列次。帝王が相継ぐ順序をいう。③からだ。身の上に。④中庸の道。⑤苦しみ、きわまること。⑥天より人君に賦与する、崇高は富貴をいう。天の恵み。⑦舜帝。⑧夏の禹王。⑨殷の湯王の名。⑩玄は黒。牡は雄（をす）。黒色の犠牲の牡牛。⑪明と同じ。⑫⑬皇は大、后は君。天帝をいう。⑭許さなかった。⑮おおいかくさないこと。すなわち、挙用すること。⑯私が。⑰天下の衆民をいう。⑱⑲周は

至（し）の意。至親。紂（ちゅ）にいかに至親が多くとも、周家に仁人が多いことに及ばない。⑳国民の意。㉑権は秤（はかり）。量は斗斛（とこく）、ます。㉒細かく検討すること。㉓すたれた官職。㉔滅亡した国。㉕逸は遺逸で、在野の賢人のこと。㉖寄せる意。㉗食糧と喪祭。㉘寛大。㉙衆望。㉚信頼しまかせる。㉛治績をあげる意。㉜公平。㉝悦に同じ。国民が心から満足する意。

二　①子張《しちやう》・孔子に問ひて曰く、いかなるかここにもつて②政《まつりごと》に従ふべき（矣）と。子曰く、③五美《ごび》を尊び、④四悪《しあく》をしりぞくれば、ここにもつて政に従ふべし（矣）と。子張曰く、何をか五美と⑤謂《い》ふと。子曰く、君子・⑥恵《けい》にして（而）⑦費《つひや》さず、⑧労《らう》して（而）怨みず、欲して（而）⑨貪《むさぼ》らず、⑩泰《たい》にして（而）⑪驕《おご》らず、⑫威《ゐ》ありて（而）⑬猛《たけ》からずと。子張曰く、何をか恵にして（而）費さずと謂ふと。子曰く、民の利する所に⑭因《よ》りて（而）これを利す。これまた恵にして（而）費さざるならずや。労すべきを⑮擇《えら》びて（而）これを労す。また誰をか怨みん。⑯仁《じん》を欲して（而）仁をう。またいづくんぞ貪らん。君子は⑰衆寡《しゆうくわ》となく、⑱小大《せうだい》となく、あへてあなどるなし。これまた泰にして（而）⑲驕《おご》らざるならずや。君子はその⑳衣冠《いくわん》を正しくし、その㉑瞻視《せんし》を尊くし、㉒儼然《げんぜん》として人望みて（而）これを㉓畏《おそ》る。これまた威ありて（而）猛からざるならずやと。子張曰く、何をか四悪と謂ふと。子曰く、教へずして（而）㉔殺《ころ》す、これを㉕虐《ぎやく》と謂ふ。㉖戒《いまし》めずして㉗成《な》るを㉘視《み》る、これを㉙暴《ばう》と謂ふ。㉚令《れい》を㉛慢《まん》にして㉜期《き》を致す、これを㉝賊《ぞく》と謂ふ。ひとしくこれ人に与ふるなり（也）。㉞出納《すゐたふ》のやぶさかなる、これを㉟有司《いうし》と謂ふと。

（原文　一九一字）

①顓孫師（せんそんし）、字（あざな）は子張。孔子の門人。②政治。③五つの美徳。④四つの悪徳。⑤言う。⑥恩恵。⑦財を使わないこと。⑧労役。⑨度をこして欲しがらない。⑩ゆったりと満足していること⑪高ぶらない。⑫威厳。⑬荒々しいこと。⑭それによって。⑮選んで。⑯仁徳。⑰多数の意。⑱少数の意。⑲高ぶること。⑳服装。㉑ものをみること。眺むること。㉒威厳があること。㉓畏敬。㉔生命を奪う。㉕残酷。㉖予告をしない意。㉗成績の意。㉘ここは調べる意。㉙にわか。㉚命令。㉛いい加減にの意。㉜期限。㉝害。そこなう。㉞金銭や物品の出し入れ。㉟役人。

三　子曰く、①命《めい》を知らざれば、もつて君子たるなきなり（也）。②禮《れい》を知らざれば、もつて立つなきなり（也）。③言《げん》を知らざれば、もつて④人《ひと》を知るなきなり（也）。

（原文　二六字）

①窮達の分をいう。運命の意。②人の履み行うべきもの。③人の言う言葉の意味。④賢者。人物の意。

練　習

1　敢テ昭カニ告グ二于皇皇后帝タルニ一。

2　因リテ二民之所ニレ利スル而利スレ之ヲ。

3　不レバレ知ラレ言ヲ、無キ二以テ知ルレ人ヲ也。

論語篇名・章句数・漢字数一覧

（計二〇篇・四九九章・一五九二六字）

篇名	章句数	漢字数	最も長い章句の漢字数	最も短い章句の漢字数
學而第一	一六	四九四	六四	九
爲政第二	二四	五七九	四九	六
八佾第三	二六	六八九	七一	一二
里仁第四	二六	五〇一	六五	八
公冶長第五	二七	八六九	一二一	一三
雍也第六	二八	八一六	七六	九
述而第七	三七	八七三	七三	七
泰伯第八	二一	六一四	六八	一〇
子罕第九	三〇	八〇九	六六	八
鄕黨第十	一八	六四二	一一〇	五
先進第十一	二五	一〇四七	三一七	一三
顏淵第十二	二四	一〇〇二	九九	一三
子路第十三	三〇	一〇三六	一三〇	八
憲問第十四	四七	一三四一	七四	七
衞靈公第十五	四一	九〇五	六六	六
季氏第十六	一四	八六一	二七四	二八
陽貨第十七	二六	一〇一九	一三七	八
微子第十八	一一	六一八	一四三	一七
子張第十九	二五	八四三	九六	九
堯曰第二十	三	三六九	一九一	二六

原文（全文）

論語解題略

論語の作者は明らかでない。元来、同門のものでも、入門の先後によって師説に差があったり、賢愚によって師説の理解記憶に差を生じたりすることは、古今東西共通のことであるし、言語の地方的差異がはなはだしい支那では、そのための伝受の誤も生じやすいし、ことに、孔子は質問者に適切な臨機な答をした人なので、諸学派と争うようになると、儒家の人々は、本質的に、その学祖である孔子の教義を一定して、共同して他派に対抗する必要を生じたのである。これが論語の編著の動機であって、その時、儒家の人々の間に伝わっていた文献や口伝をもとに、同派の人々が討論して、論語という一書を作り上げたものであろう。答問の語、すなわち、孔子が門人時人の問に答えたことばを論撰したというのがこの書の名義で、論撰の時期は、同門中での年少者であり、若死にしたような伝えもない曾子臨終の話や、孔門の人々の言行にまで及んでいるので、早くて、門人の門人のころであろう。この書の内容は、一口でいえば孔子の言行録、後世の仏家儒者の語録に近い。

論語は二十篇《ぺん》、各篇の初めの文字を取って篇名にしているが、それが、学而に始まって、堯曰に終っていることを、儒学が学に始まり、平天下に終ることを示したもので、編者が苦心した跡であると主張する人もあるが、書中、孔子や孔門の人々に関する称呼が一定せず、ことに、同じ文章が重出しているのを見ると、編述の粗漏または伝来の不正確を認めざるを得ない。もちろん、漢籍の共通性質から見ても、原作のまゝではなかろう。要するに、戦国末期に近いころの編述で、後漢までにかなりの手が加わったものであろう。文献によっても、漢代には、齊論《せい》・魯論《ろ》・古論の三テキストがあり、篇次および内容にかなりの差があり、今本はその中の魯論にもっとも近いという。

論語は学祖の言行録であるから、漢代以来儒家必読の書であったことは当然のことで、したがって、後漢末期以降注釈も多かったが、唐初におけるテキストとその注釈との統一によって、孔安国・包咸《かん》・馬融・鄭玄《じょうげん》・王粛らの注を取捨して作られた魏《ぎ》の何晏《あん》の集解のみが伝わるようになり、宋代にこれを敷衍《えん》した邢昺《けいへい》の正義（疏《そ》）ができたが、その後、宋の学者によって、四書の一種と定められて、大儒朱熹《き》が諸家の長を採った集注が世を風靡《び》するに至り、宋以来の諸家の注はこれに対抗できなかった。清代考証学者の注では劉宝楠《りゅうなん》の正義を第一とする。

わが国にも早く伝来したこの書は、王朝時代には唐制にならい集解が広く行われ、孝経とともにインテリの必読書となり、江戸時代には朱子学の流行とともに集注が広く行われ、諸家の注釈も多い。初学者は集注からはいるのがよいが、それにはその疏《そ》ともいうべき四書輯疏《しゅうそ》（安部井褧《けい》）の一書を参考にするのがよい。しかし、集注の解も時には失当もあり、諸家の長を取捨する必要がある。一方、論語の本文全部を録した本が得にくいので、論語に限って丸本とし、注を省いた。（長澤規矩也）

論語卷之一（訓讀ハ朱注ニ據ル）

學而第一

一 ○子曰、學而時習之。不亦說乎。有朋自遠方來。不亦樂乎。人不知而不慍《いきどほラ》。不亦君子乎。

二 ○有子曰、其爲人也孝弟、而好犯上者鮮矣。不好犯上、而好作亂者、未之有也。君子務本。本立而道生。孝弟也者、其爲仁之本與。

三 ○子曰、巧言令色、鮮矣仁。

四 ○曾子曰、吾日三省吾身。爲人謀而不忠乎。與朋友交而不信乎。傳不習乎。

五 ○子曰、道《をさむルニ》千乘之國、敬事而信、節用而愛人、使民以時。

六 ○子曰、弟子入則孝。出則弟。謹而信。汎《ひろク》愛衆而親仁、行有餘力、則以學文。

七 ○子夏曰、賢賢易色、事父母能竭其力、事君能致其身、與朋友交、言而

有《ラバ》レ信、雖《モ》レ曰《フト》レ未《ダ》レ學《バ》、吾《ハ》必《ズ》謂《ヘン》二之《ヲ》學《ビタリト》一矣。

八〇子曰《ク》、君子不《レバ》レ重《カラ》則《チ》不レ威《アラ》。學《モ》則《チ》不レ固《カラ》。主《トシ》二忠信《ヲ》一、無《カレ》レ友《トスル》二不《ル》レ如《シカ》レ己《ニ》一者《ヲ》。過《テバ》則《チ》勿《レ》レ憚《ルコト》レ改《ムルニ》。

九〇曾子曰《ク》、愼《ミ》レ終《ヲ》追《ヘバ》レ遠《キヲ》、民《ノ》德歸《ス》レ厚《キニ》矣。

一〇〇子禽問《ヒテ》二於子貢《ニ》一曰《ク》、夫子《ノ》至《ル》二於是《ノ》邦《ニ》一也《ヤ》、必《ズ》聞《ク》二其《ノ》政《ヲ》一。求《ムル》レ之《ヲ》與《カ》、抑《ミ》與《フル》レ之《ヲ》與《カト》。子貢曰《ク》、夫子《ハ》溫良恭儉讓、以《テ》得《タリ》レ之《ヲ》。夫子之求《ムル》レ之《ヲ》也《ヤ》、其《レ》諸《こレ》異《ル》二乎人之求《ムルニ》一之《ヲ》與《カト》。

一一〇子曰《ク》、父在《いませバ》觀二其《ノ》志《ヲ》一、父沒《スレバ》觀《ル》二其《ノ》行《ヲ》一。三年無《キハ》レ改《ムル》二於父之道《ヲ》一、可《シ》レ謂《フ》レ孝《ト》矣。

一二〇有子曰《ク》、禮之用《ヘ》、和《ヲ》爲《ス》レ貴《シト》。先王之道斯《レ》爲《ス》レ美《ト》。小大由《ル》レ之《ニ》。有《リ》レ所レ不《ル》レ行《ハレ》。知《リテ》レ和《ヲ》而和《スレドモ》、不《レバ》二以《テ》レ禮《ヲ》節《セ》一レ之《ヲ》、亦不《ル》レ可《カラ》レ行《ハル》也。

一三〇有子曰《ク》、信近《ケレバ》二於義《ニ》一、言可《キ》レ復《ふム》也。恭近《ケレバ》二於禮《ニ》一、遠《ザカル》二恥辱《ニ》一也。因《ルコト》不《レバ》レ失《ヘ》二其《ノ》親《ヲ》一、亦可《キ》レ宗《トス》也。

一四〇子曰《ク》、君子《ヘ》食無《ク》レ求《ムル》レ飽《クヲ》、居無《ク》レ求《ムル》レ安《キヲ》、敏《ニシテ》二於事《ニ》一而愼《ミ》二於言《ニ》一、就《キテ》二有道《ニ》一而正《ス》焉。可《キ》レ謂《フ》レ好《ムト》レ學《ヲ》也已《ノミ》。

一五 ○子貢曰、貧而無諂、富而無驕、何如。子曰、可也。未若貧而樂、富而好禮者也。子貢曰、詩云、如切如磋《みがク》、如琢如磨、其斯之謂與。子曰、賜也、始可與《とも》言詩已矣。告諸《これ》往而知來者。

一六 ○子曰、不患人之不己知。患不知人也。

爲政第二

一 ○子曰、爲政以德、譬如北辰、居其所、而衆星共《むかフ》之。

二 ○子曰、詩三百、一言以蔽之、曰、思無邪《よこしま》。

三 ○子曰、道《みちび》之以政、齊之以刑、民免而無恥。道之以德、齊之以禮、有恥且格《いたル》。

四 ○子曰、吾十有五而志于學。三十而立。四十而不惑。五十而知天命。六十而耳順《したがフ》。七十而從心所欲、不踰矩《のり》。

五 ○孟懿《い》子問孝。子曰、無違。樊《はん》遲《ち》御。子告之曰、孟孫問孝於我。我對曰、無違《フコト》。樊遲曰《ク》、何《ノ》謂《いひゾ》也《ヤト》。子曰《ク》、生《ケルニハ》事《フルニ》之以《テシ》禮《ヲ》、死《スレバ》葬《ルニ》之以《テシ》禮《ヲ》、祭《ルニ》之以《テスト》禮《ヲ》。

六 〇孟武伯問《フ》孝《ヲ》。子曰《ク》、父母《ハ》唯其《ノ》疾《ヲ》之《レ》憂《フト》。

七 〇子游問《フ》孝《ヲ》。子曰《ク》、今之孝者《ハ》、是《レ》謂《フ》能《ク》養《フヲ》。至《ルマデ》於犬馬《ニ》、皆能《ク》有《リ》養《フ》。不《ンバ》敬《セ》何《ヲ》以《テ》別《タンヤト》乎。

八 〇子夏問《フ》孝《ヲ》。子曰《ク》、色難《シ》。有《レバ》事、弟子服《シ》其《ノ》勞《ニ》、有《レバ》酒食《レ》、先生《ニ》饌《ス》。曾《テ》是《レヲ》以《テ》爲《ス》孝《ト》乎《カト》。

九 〇子曰《ク》、吾與回言《フコト》終日《ス》。不《ルコト》違《ヘ》如《シ》愚《ナルガ》。退《キテ》而省《みレバ》其《ノ》私《ヲ》、亦足《ル》以《テ》發《スルニ》。回也《ヤ》不愚《ナラ》。

一〇 〇子曰《ク》、視《ル》其《ノ》所《ヲ》以《テスル》、觀《ル》其《ノ》所《ヲ》由《ヨル》、察《スレバ》其《ノ》所《ヲ》安《ズル》、人焉《いづくんゾかくサンヤ》廋哉。人焉《ゾ》廋《サンヤ》哉。

一一 〇子曰《ク》、溫《たづネテ》故《ふるきヲ》而知《ルヘ》新《シキヲ》、可《シ》以《テ》爲《ル》師《ト》矣。

一二 〇子曰《ク》、君子《ハ》不器《ナラ》。

一三 〇子貢問《フ》君子《ヲ》。子曰《ク》、先《ヅ》行《ヒテ》其《ノ》言《ヲ》、而《ル》後《ニ》從《フト》之《ニ》。

一四 〇子曰《ク》、君子《ハ》周《シテ》而不比《セ》。小人《ハ》比《シテ》而不周《セ》。

一五 〇子曰《ク》、學《ンデ》而不《レバ》思《ヘ》則《チ》罔《くらシ》。思《ウテ》而不《レバ》學《バ》則《チ》殆《あやふシ》。

一六 ○子曰《ク》、攻《をさむルハ》乎異端《ヲ》、斯害《ナル》也已《ノミ》。

一七 ○子曰《ク》、由、誨《をしへん》女《なんぢニ》知《ルヲ》之《ヲ》乎《カ》。知《ルヲ》之《ヲ》為《シ》知《ルト》之《ヲ》、不《ルヲ》知《ラ》為《ス》不《ト》知《ヲ》。是《レ》知《ル》也。

一八 ○子張學《ブ》干《もとメンコトヲ》祿《ヲ》。子曰《ク》、多《ク》聞《キテ》闕《キ》疑《ヘシキヲ》、愼《ンデ》言《ヘバ》其《ノ》餘《ヲ》、則《チ》寡《シ》尤《とがめ》。多《ク》見《テ》闕《キ》殆《あやふキヲ》、愼《ンデ》行《ヘバ》其《ノ》餘《ヲ》、則《チ》寡《シ》悔。言寡《ク》尤、行寡《ケレバ》悔、祿在《リ》其《ノ》中《ニ》矣。

一九 ○哀公問《ヒテ》曰《ク》、何《ヲ》為《シテカ》則《チ》民服《セント》。孔子對《ヘテ》曰《ク》、擧《ゲテ》直《キヲ》錯《おケバ》諸《ヲ》枉《まがレルニ》、則《チ》民服《ス》。擧《ゲテ》枉《レルヲ》錯《ケバ》諸《ヲ》直《キニ》、則《チ》民不《ト》服《セ》。

二〇 ○季康子問《フ》、使《メンニ》民《ヲシテ》敬《ヘヲシテ》忠《ニシテ》以《テ》勸《マ》、如《ン》之《ヲ》何《セント》。子曰《ク》、臨《ムニ》之《ニ》以《テスレバ》莊《ヲ》則《チ》敬。孝慈《ナレバ》則《チ》忠。擧《ゲテ》善《ヲ》而教《フレバ》不《ヲ》能《ヲ》則《チ》勸《ムト》。

二一 ○或《ヒト》謂《ヒテ》孔子《ニ》曰《ク》、子奚《なんゾ》不《ルト》為《サ》政《ヲ》。子曰《ク》、書《ニ》云《ヘリ》孝《ナル》乎。惟《レ》孝《ニ》友《ニ》于兄弟《ニ》、施《スト》於有《ル》政《ニ》。是《レモ》亦為《スナリ》政《ヲ》。奚《ゾ》其《レ》為《サント》為《スヲ》政《ヲ》。

二二 ○子曰《ク》、人《ニシテ》而無《クンバ》信、不《ル》知《ヲ》其《ノ》可《ナルヲ》也。大車無《ク》輗《げい》、小車無《クンバ》軏《げつ》、其《レ》何《ヲ》以《テ》行《ランヤ》之《ヲ》哉。

二三 ○子張問《フ》、十世可《キ》知《ル》也《カト》。子曰《ク》、殷《ハ》因《ル》於夏《ノ》禮《ニ》。所損益《スル》可《キ》知《ル》也。周《ハ》因《ル》於殷《ノ》禮《ニ》。所損益《スル》可《キ》知《ル》也。其《レ》或《ヘ》繼《グ》周《ニ》者、雖《モ》百世《ト》可《キ》知《ル》也《ト》。

二四

〇子曰ク、非ズシテ二其ノ鬼ニ一而祭ルヘレ之ヲ、諂《へつらひ》也。見テレ義ヲ不ルヘレ爲セ、無キレ勇也。

論語卷之二

八佾《いつ》第三

一 ○孔子謂季氏。八佾舞於庭。是可忍也、孰不可忍也。

二 ○三家者以雍徹。子曰、相《たすクル》維辟《へき》公。天子穆《ぼく》穆。奚取於三家之堂。

三 ○子曰、人而不仁、如禮何。人而不仁、如樂何。

四 ○林放問禮之本。子曰、大哉問。禮與其奢也、寧《むしロ》儉。喪與其易《をさメン》也、寧戚《いたメ》。

五 ○子曰、夷狄之有君、不如諸夏之亡《なキガ》也。

六 ○季子旅於泰山。子謂冉《ぜん》有曰、女《なんぢ》弗能救與。對曰、不能。子曰、嗚呼、曾謂《おもへル》泰山不如林放乎。

七 ○子曰、君子無所爭。必也射乎。揖《いふ》讓而升、下而飲。其爭也君子。

八 ○子夏問曰、巧笑倩《せんたり》兮、美目盼《へんたり》兮、素以爲絢《あや》兮、何謂也。子曰、繪事後素《しろき》。曰、禮後乎。子曰、起予者商也。始可與《とも》言詩已矣。

九 ○子曰、夏禮吾能言之、杞《き》不足徵也。殷《いん》禮吾能言之、宋不足徵也。文獻不足故也。足則吾能徵之矣。

一〇 ○子曰、禘《てい》自既灌而往《のち》者、吾不欲觀之矣。

一一 ○或問禘之說。子曰、不知也。知其說者之於天下也、其如示《み》諸斯乎。指其掌。

一二 ○祭如在《いま》。祭神如神在。子曰、吾不與《あづ》祭、如不祭。

一三 ○王孫賈問曰、與《より》其媚於奧、寧媚於竈、何謂也。子曰、不然。獲罪於天、無所禱也。

一四 ○子曰、周監《かんが》於二代、郁《いく》郁乎文哉。吾從周。

一五 ○子入大廟、每事問。或曰、孰謂鄹《しう》人之子知禮乎。入大廟、每事問。子聞之曰、是禮也。

一六 ○子曰、射不主皮、爲力不同科《しな》。古之道也。

一七 ○子貢欲去告朔《さく》之餼羊。子曰、賜也爾《なんぢ》愛《をし》其羊。我愛其禮。

一八　○子曰《ク》、事《ヘテ》レ君《ニ》盡《セバ》レ禮《ヲ》、人以《テ》爲《ス》レ諂《フト》也。

一九　○定公問《フ》、君使《ヒ》レ臣《ヲ》、臣事《フルコトニ》レ君《ニ》、如レ之《ヲ》何《セント》。孔子對《ヘテ》曰《ク》、君使《フニ》レ臣《ヲ》以《テシ》レ禮《ヲ》、臣事《フルニ》レ君《ニ》以《テスト》レ忠《ヲ》。

二〇　○子曰《ク》、關雎《しよハ》樂《ミテ》而不レ淫《セ》。哀《ミテ》而不レ傷《やぶら》。

二一　○哀公問《フ》二社《ヲ》於宰我《ニ》一。宰我對《ヘテ》曰《ク》、夏后氏《ハ》以《テシ》レ松《ヲ》、殷人《ハ》以《テシ》レ柏《ヲ》、周人《ハ》以《テス》レ栗《ヲ》。曰《ク》、使《ムト》二民《ヲシテ》戰栗《セ》一。子聞《キテ》レ之《ヲ》曰《ク》、成事《ハ》不レ說《カ》、遂事《ハ》不レ諫《メ》、既往《ハ》不レ咎《メ》。

二二　○子曰《ク》、管仲之器小《ナル》哉《ト》。或《ヒト》曰《ク》、管仲《ハ》儉《ナル》乎《ト》。曰《ク》、管氏《ニ》有《リ》二三歸一。官事《ハ》不レ攝《セ》。焉《いづくんゾ》得《ント》レ儉《ヲ》。然《ラバ》則《チ》管仲《ハ》知《ル》レ禮《ヲ》乎《ト》。曰《ク》、邦君樹《テテ》塞《ゲ》レ門《ヲ》。管氏《モ》亦樹《テテ》塞《ゲ》レ門《ヲ》。邦君爲《スニ》二兩君之好《ヲ》一、有《リ》二反坫《てん》一。管氏《モ》亦有《リ》二反坫一。管氏《ニシテ》而知《ラバ》レ禮《ヲ》、孰《カ》不《ラント》レ知レ禮《ヲ》。

二三　○子語《ツゲテ》二魯《ノ》大師《ニ》樂《ヲ》一曰《ク》、樂《ハ》其可《キ》レ知《ル》也。始《メテ》作《おこスニ》翕《きふ》如《タリ》也。從《はなツニ》レ之《ヲ》純如《タリ》也。皦《けう》如《タリ》也。繹《えき》如《タリ》也。以《テ》成《ルト》。

二四　○儀《ノ》封人請《ヒテ》レ見《エンコトヲ》曰《ク》、君子之至《ル》二於斯《ニ》一也、吾未《ダ》三嘗《テ》不《シバアラ》二得《ル》レ見《ルヲ》一也《ト》。從者見《エシム》レ之《ヲ》。出《デテ》曰《ク》、二三子何《ゾ》患《ヘン》二於喪《うしなフヲ》一乎。天下之無《キコト》レ道也久《シ》矣。天將《ニ》以《テ》二夫子《ヲ》一爲《サント》木鐸《たくト》。

二五　○子謂《フ》レ韶《ヲ》。盡《セリ》レ美《ヲ》矣。又盡《セリト》レ善《ヲ》也。謂《フ》レ武《ヲ》。盡《セリ》レ美《ヲ》矣。未《ダ》レ盡《サ》レ善《ヲ》也《ト》。

二六 ○子曰、居上不寛、爲禮不敬、臨喪不哀、吾何以觀之哉。

里仁第四

一 ○子曰、里仁爲美。擇不處仁、焉得知。

二 ○子曰、不仁者不可以久處約。不可以長處樂。仁者安仁、知者利仁。

三 ○子曰、惟仁者能好《よみ》人、能惡《にく》人。

四 ○子曰、苟《まことに》志於仁矣、無惡也。

五 ○子曰、富與貴、是人之所欲也。不以其道得之、不處也。貧與賤、是人之所惡也。不以其道得之、不去也。君子去仁、惡《いづく》乎成名。君子無終食之間違仁。造次必於是、顚《てん》沛《はい》必於是。

六 ○子曰、我未見好仁者、惡不仁者。好仁者無以尙《くは》之。惡不仁者、其爲仁矣、不使不仁者加乎其身。有能一日用其力於仁矣乎、我未見力不足者。蓋有之矣。我未之見也。

七 〇子曰ク、人之過也ヤ、各ミ於テス二其ノ黨一ニ。觀テレ過ヲ斯ニ知ルレ仁ヲ矣。

八 〇子曰ク、朝ニ聞カバレ道ヲ、夕ニ死ストモ可ナリ矣。

九 〇子曰ク、士志シテ二於道一ニ、而恥ヅル二惡衣惡食ヲ一者ハ、未ダレ足ラ下與《ともニ》議《はかルニ》上也。

一〇 〇子曰ク、君子之於ケル二天下一ニ也、無キレ適モ也。無キレ莫モ也。義ニ之與ニレ比《したがフ》。

一一 〇子曰ク、君子ハ懷ヒレ德ヲ、小人ハ懷フレ土ヲ。君子ハ懷ヒレ刑ヲ、小人ハ懷フレ惠ヲ。

一二 〇子曰ク、放《よリテ》二於利一ニ而行ヘバ、多シレ怨。

一三 〇子曰ク、能ク以テ二禮讓一ヲ爲《をさメン》レ國ヲ乎、何カ有ラン。不ンバレ能ハ下以テ二禮讓一ヲ爲ムル上レ國ヲ、如ニレ禮ヲ何セン。

一四 〇子曰ク、不レ患ヘレ無キヲレ位、患フ二所以ヲ一立ツ。不レ患ヘ二莫キヲ一己ヲ知ル、求ムレ爲スヲレ可キヲレ知ラル也。

一五 〇子曰ク、參《しん》乎ヤ、吾ガ道ハ一以テ貫クレ之ヲ。曾子曰ク、唯ゐト。子出ヅ。門人問ヒテ曰ク、何ノ謂ゾ也ヤト。曾子曰ク、夫子之道ハ、忠恕而已ノミ矣。

一六 〇子曰ク、君子ハ喩《さとり》二於義一ニ、小人ハ喩ル二於利一ニ。

一七 〇子曰ク、見テハレ賢ヲ思ヒレ齊《シカランコトヲ》焉、見テハ二不賢一ヲ而内ニ自ラ省ミル也。

一八 〇子曰ク、事ヘテハ二父母一ニ幾《き》諫ス。見テバ二志ノ不ル一レ從ハ、又敬シテ不レ違ハ、勞シテ而不レ怨ミ。

一九　○子曰、父母在、不遠遊。遊必有方。

二〇　○子曰、三年無改於父之道、可謂孝矣。

二一　○子曰、父母之年、不可不知也。一則以喜、一則以懼。

二二　○子曰、古者言之不出、恥躬之不逮《およ》也。

二三　○子曰、以約失之者鮮矣。

二四　○子曰、君子欲訥《とつ》於言而敏於行。

二五　○子曰、德不孤。必有鄰。

二六　○子游曰、事君數《しばしば》、斯辱矣。朋友數、斯疏《うと》矣。

論語巻之三

公冶長第五

一 ○子謂公冶長。可妻《めあはス》也。雖在縲《るゐ》絏《せつ》之中、非其罪也。以其子妻之。子謂南容。邦有道不廢。邦無道免於刑戮《りく》。以其兄之子妻之。

二 ○子謂子賤。君子哉若《かくのごとキ》人。魯無君子者、斯焉《いづくニ》取斯。

三 ○子貢問曰、賜也何如。子曰、女器也。曰、何器也。曰、瑚璉也。

四 ○或曰、雍也仁而不佞。子曰、焉用佞。禦《あたルニ》人以口給、屢憎於人。不知其仁。焉用佞。

五 ○子使漆雕《てう》開仕。對曰、吾斯之未能信。子說。

六 ○子曰、道不行、乘桴《いかだニ》浮于海。從我者其由與。子路聞之喜。子曰、由也好勇過我。無所取材《はかル》。

七 ○孟武伯問、子路仁乎。子曰、不知也。又問。子曰、由也、千乘之國、可使治其賦也。不知其仁也。求也何如。子曰、求也、千室之邑、百乘之家、可使爲之宰也。不知其仁也。赤也何如。子曰、赤也、束帶立於朝、可使與賓客言也。不知其仁也。

八 〇子謂子貢曰、女與回也孰愈。對曰、賜也何敢望回。回也聞一以知十。賜也聞一以知二。子曰、弗如也。吾與女弗如也。

九 〇宰予晝寢。子曰、朽木不可雕也。糞土之牆、不可杇也。於予與何誅。子曰、始吾於人也、聽其言而信其行。今吾於人也、聽其言而觀其行。於予與改是。

一〇 〇子曰、吾未見剛者。或對曰、申棖。子曰、棖也慾。焉得剛。

一一 〇子貢曰、我不欲人之加諸我也、吾亦欲無加諸人。子曰、賜也非爾所及也。

一二 〇子貢曰、夫子之文章、可得而聞也。夫子之言性與天道、不可得而聞也。

一三 ○子路有聞、未之能行、唯恐有聞。

一四 ○子貢問曰、孔文子何以謂之文也。子曰、敏而好學、不恥下問。是以謂之文也。

一五 ○子謂子産。有君子之道四焉。其行己也恭。其事上也敬。其養民也惠。其使民也義。

一六 ○子曰、晏平仲善與人交。久而敬之。

一七 ○子曰、臧文仲居蔡、山節藻梲《せつ》。何如其知也。

一八 ○子張問曰、令尹子文、三仕爲令尹、無喜色。三已之、無慍色。舊令尹之政、必以告新令尹。何如。子曰、忠矣。曰、仁矣乎。曰、未知。焉得仁。崔《さい》子弑《しいス》齊君。陳文子有馬十乘。棄而違之。至於他邦、則曰、猶吾大夫崔子也。違之。之《ゆキテ》一邦、則又曰、猶吾大夫崔子也。違之。何如。子曰、清矣。曰、仁矣乎。曰、未知。焉得仁。

一九 ○季文子三思而後行。子聞之曰、再斯可矣。

二〇 ○子曰《ク》、甯《ねい》武子、邦有《レバ》道則《チ》知。邦無《ケレバ》道則《チ》愚。其《ノ》知《ハ》可《キ》及《ブ》也。其《ノ》愚《ハ》不《ル》可《カラ》及《ブ》也。

二一 ○子在《リテ》陳《ニ》曰《ク》、歸《ランカ》與歸《ランカ》與。吾《ガ》黨之小子、狂簡《ニシテ》、斐然《トシテ》成《ス》章《ヲ》。不《ト》知《ラ》所《ニ》以《テ》裁《スル》之《ヲ》。

二二 ○子曰《ク》、伯夷・叔齊《ハ》、不念《おもハ》舊惡《ヲ》。怨《ミ》是《ヲ》用《もつテ》希《まれナリ》。

二三 ○子曰《ク》、孰《たれカ》謂《フ》微生高《ヲ》直《ト》。或《ヒト》乞《フ》醯《すヲ》焉。乞《ヒテ》諸《ヲ》其《ノ》鄰《ニ》而與《フ》之《ヲ》。

二四 ○子曰《ク》、巧言令色足《すう》恭《ナルハ》、左丘明恥《ヅ》之《ヲ》。丘《モ》亦恥《ヅ》之《ヲ》。匿《かくシテ》怨《ヲ》而友《トスルハ》其人《ヲ》、左丘明恥《ヅ》之《ヲ》。丘《モ》亦恥《ヅ》之《ヲ》。

二五 ○顏淵・季路侍《ス》。子曰《ク》、盍《なんゾざルト》各《〻》言《ヘ》爾《ノ》志《ヲ》。子路曰《ク》、願《ハクハ》車馬衣輕裘、與《ニ》朋友共《ニシ》敝《やぶリテ》之《ヲ》而無《カラント》憾《ムコト》。顏淵曰《ク》、願《ハクハ》無《ク》伐《ほこル》善《ヲ》、無《ケント》施《ス》勞《ヲ》。子路曰《ク》、願《ハクハ》聞《カント》子之志《ヲ》。子曰《ク》、老者《ハ》安《ンジ》之《ヲ》、朋友《ハ》信《ジ》之《ヲ》、少者《ハ》懷《なつケント》之《ヲ》。

二六 ○子曰《ク》、已《ヤンヌル》矣乎《カナ》。吾未《ダ》見《ズ》能《ク》見《テ》其《ノ》過《ヲ》而內《ニ》自《ラ》訟《せムル》者《ヲ》也。

二七 ○子曰《ク》、十室之邑、必《ズ》有《ラン》忠信如《キ》丘《ノ》者焉。不《ル》如《カ》丘之好《ムニ》學《ヲ》也。

一 ○子曰、雍也、可使南面。仲弓問子桑伯子。子曰、可也。簡。仲弓曰、居敬而行簡、以臨其民、不亦可乎。居簡而行簡、無乃大簡乎。子曰、雍之言然。

二 ○哀公問、弟子孰爲好學。孔子對曰、有顏回者。好學、不遷怒、不貳過。不幸短命死矣。今也則亡。未聞好學者也。

三 ○子華使於齊。冉子爲其母請粟。子曰、與之釜。請益。曰、與之庾。冉子與之粟五秉。子曰、赤之適齊也、乘肥馬、衣輕裘。吾聞之也。君子周急不繼富。原思爲之宰。與之粟九百。辭。子曰、毋。以與爾鄰里鄉黨乎。

四 ○子謂仲弓曰、犂牛之子、騂且角、雖欲勿用、山川其舍諸。

五 ○子曰、回也、其心三月不違仁。其餘則日月至焉而已矣。

六 ○季康子問、仲由可使從政也與。子曰、由也果。於從政乎何有。曰、賜也可使從政也與。曰、賜也達。於從政乎何有。曰、求也可使從政也與。曰、求也藝。於從政乎何有。

七 ○季氏使閔子騫爲費宰。閔子騫曰、善爲我辭焉。如有復我者、則吾必在汶上矣。

八 ○伯牛有疾。子問之。自牖執其手曰、亡之。命矣夫。斯人也、而有斯疾也。斯人也。而有斯疾也。

九 ○子曰、賢哉回也。一簞食、一瓢飲、在陋巷。人不堪其憂。回也不改其樂。賢哉回也。

一〇 ○冉求曰、非不說子之道。力不足也。子曰、力不足者、中道而廢。今女畫。

一一 ○子謂子夏曰、女爲君子儒。無爲小人儒。

一二 ○子游爲武城宰。子曰、女得人焉爾乎。曰、有澹臺滅明者。行不由徑。非公事、未嘗至於偃《えん》之室也。

一三 ○子曰、孟之反不伐。奔而殿。將入門、策其馬曰、非敢後也。馬不進也。

一四 ○子曰、不有祝鮀之佞、而有宋朝之美、難乎免於今之世矣。

一五 ○子曰、誰能出不由戶。何莫由斯道也。

一六 ○子曰、質勝文則野。文勝質則史。文質彬《ひん》彬、然後君子。

一七 ○子曰《ク》、人之生《いクル》也直《シ》。罔《なクシテ》之《レ》生《クル》也、幸《ニシテ》而免《ルルナリ》。

一八 ○子曰《ク》、知《ル》之《ヲ》者《ハ》、不如《カ》好《ム》之《ヲ》者《ニ》。好《ム》之《ヲ》者《ハ》、不如《カ》樂《シム》之《ヲ》者《ニ》。

一九 ○子曰《ク》、中人以上《ニハ》、可《キ》以《テ》語《ツグ》上《ヲ》也。中人以下《ニハ》、不《ル》可《カラ》以《テ》語《グ》上《ヲ》也。

二〇 ○樊遲問《フ》知《ヲ》。子曰《ク》、務《メ》民之義《ヲ》、敬《シテ》鬼神《ヲ》而遠《ザク》之《ヲ》。可《シト》謂《フ》知《ト》矣。問《フ》仁《ヲ》。曰《ク》、仁者《ハ》先《ニシテ》難《キヲ》而後《ニス》獲《ルコトヲ》。可《シト》謂《フ》仁《ト》矣。

二一 ○子曰《ク》、知者《ハ》樂《ミ》水《ヲ》、仁者《ハ》樂《ム》山《ヲ》。知者《ハ》動《キ》、仁者《ハ》靜《カナリ》。知者《ハ》樂《ミ》、仁者《ハ》壽《いのちながシ》。

二二 ○子曰《ク》、齊一變《セバ》、至《ラン》於魯《ニ》。魯一變《セバ》、至《ラン》於道《ニ》。

二三 ○子曰《ク》、觚《こ》不觚《ナラ》。觚哉《ナランヤ》。觚哉《ナランヤ》。

二四 ○宰我問《ヒテ》曰《ク》、仁者《ハ》雖《モ》告《ゲテ》之《ニ》曰《フト》井《ニ》有《リ》仁《ひと》焉、其《レ》從《ハン》之《ニ》也《カト》。子曰《ク》、何爲《レゾ》其《レ》然《ラン》也。君子《ハ》可《キ》逝《ゆカシム》也。不《ル》可《カラ》陷《シイル》也。可《キ》欺《ク》也。不《ル》可《カラ》罔《シフ》也。

二五 ○子曰《ク》、君子博《ク》學《ビ》於文《ヲ》、約《スルニ》之《ヲ》以《テセバ》禮《ヲ》、亦可《キ》以《テ》弗《ル》畔《そむカ》矣夫《カ》。

二六 ○子見《ル》南子《ヲ》。子路不說《バ》。夫子矢《ちかツテ》之《ニ》曰《ク》、予所否《ナル》者《ハ》、天厭《たダン》之《ヲ》。天厭《タント》之《ヲ》。

二七 ○子曰《ク》、中庸之爲《ル》德也、其《レ》至《レル》矣乎《カナ》。民鮮《キコト》久《シ》矣。

二八 〇子貢曰ク、如シ有ラバ下博ク施シテ二於民ニ一、而能ク濟《すくフ》上レ衆ヲ、何如ン。可キレ謂フレ仁ト乎ト。子曰ク、何ゾ事トセン二於仁ヲ一。必ズ也ヤ聖乎。堯舜モ其レ猶病メリレ諸ヲ。夫レ仁者ヘ、己欲シテレ立タントシテ而立テレ人ヲ、己欲シテレ達セント而達スレ人ヲ。能ク近ク取ルレ譬ヲ、可キレ謂フ二仁之方ト一也已ノミト。

論語卷之四

述《じゆつ》而《じ》第七

一 ○子曰ク、述ベテ而不レ作ラ。信ジテ而好ムレ古ヲ。竊《ひそか》ニ比ス二於我ガ老彭《はう》ニ一。

二 ○子曰ク、默シテ而識《しる》シレ之ヲ、學ンデ而不レ厭ヘ、誨ヘテレ人ヲ不レ倦マ、何カ有ラン二於我ニ一哉ヤ。

三 ○子曰ク、德之不ルレ脩マラ、學之不ルレ講ゼ、聞キテレ義ヲ不ルレ能ハレ徙《うつ》ル、不善不ルレ能ハレ改ムル、是レ吾ガ憂也。

四 ○子之燕居、申申如タリ也。夭夭如タリ也。

五 ○子曰ク、甚シイカナ矣吾ガ衰ヘタルヤ也。久シイカナ矣、吾不ルコト三復夢ニ見二周公ヲ一。

六 ○子曰ク、志シ二於道ニ一、據リ二於德ニ一、依リ二於仁ニ一、游ブ二於藝ニ一。

七 ○子曰ク、自リレ行フ二束脩ヲ一以上ヘ、吾未ダ二嘗テ無クンバアラ一レ誨フルコト焉。

八 ○子曰ク、不ンバレ憤セ不レ啓セ。不ンバレ悱セ不レ發セ。擧ゲテ二一隅ヲ一不ンバ下以テ二三隅ヲ一反サ上、則チ不ル復《ふたたび》セ也。

九 ○子食スレバ二於有ルレ喪者之側ニ一、未ダ二嘗テ飽カ一也。子於テ二是ノ日ニ一哭スレバ、則チ不レ歌ヘ。

一〇 ○子謂ヒテ二顏淵ニ一曰ク、用フレバレ之ヲ則チ行ヒ、舍《す》ツレバレ之ヲ則チ藏《か》クル。惟《たゞ》我ト與レ爾有ルレ是レ夫カナト。子路曰ク、子行《や》ラバ二三

軍、則誰與《とも》。子曰、暴虎馮《ひよう》河、死而無悔者、吾不與也。必也臨事而懼、好謀而成者也。

一一 ○子曰、富而可求也、雖執鞭之士、吾亦爲之。如不可求、從吾所好。

一二 ○子之所愼、齊《さい》・戰・疾。

一三 ○子在齊聞韶、三月。不知肉味。曰、不圖爲樂之至於斯也。

一四 ○冉有曰、夫子爲衞君乎。子貢曰、諾、吾將問之。入曰、伯夷・叔齊何人也。曰、古之賢人也。曰、怨乎。曰、求仁而得仁。又何怨。出曰、夫子不爲也。

一五 ○子曰、飯《くらひ》疏《そ》食飲水、曲肱而枕之。樂亦在其中矣。不義而富且貴、於我如浮雲。

一六 ○子曰、加《かし》我數年、五十以學易、可以無大過矣。

一七 ○子所雅《つね》言、詩書執禮。皆雅言也。

一八 ○葉《せふ》公問孔子於子路。子路不對。子曰、女《なんぢ》奚不曰、其爲人也、發憤忘食、樂以忘憂、不知老之將至。云《しか》爾《いふ》。

一九 ○子曰、我非ズ生レナガラニシテ知ルニ之ヲ者ニ。好ミテ古ヲ、敏以テ求メタル之ヲ者也。

二〇 ○子不レ語ラ怪・力・亂・神ヲ。

二一 ○子曰、三人行ヘバ、必ズ有リ我ガ師焉。擇ビテ其ノ善キ者ニ而從ヒ之ニ、其ノ不ルレ善カラ者ハ而改ムレ之ヲ。

二二 ○子曰、天生ゼリ徳ヲ於予ニ。桓魋カンタイ其レ如レ予ヲ何ニセン。

二三 ○子曰、二三子以テ我ヲ爲レ隱スト乎。吾無シレ隱スコト乎爾ニ。吾無シレ行フトシテ而不ルレ與ニセ二三子一者ハ。是レ丘也。

二四 ○子以テ四ヲ教フ。文・行・忠・信。

二五 ○子曰、聖人ハ吾不レ得テ而見レ之ヲ矣。得バレ見ルヲ二君子一者ヲ、斯チ可ナリ矣。子曰、善人ハ吾不レ得テ而見レ之ヲ矣。得バレ見ルヲ二有レ恒者一ヲ、斯チ可ナリ矣。亡ナケレドモ而爲シ有リト、虚シケレドモ而爲シ盈テリト、約ナレドモ而爲ス泰ナリト。難イカナ乎有ルコト恒矣。

二六 ○子釣スレドモ而不レ網セ、弋ヨクスレドモ而不レ射ザル宿ねとりヲ。

二七 ○子曰、蓋シ有ランシテ不ニ知而作ルレ之ヲ者ニ、我ハ無シレ是レ也。多ク聞キテ擇ビ其ノ善キ者ニ而從ヒ之ニ、多ク見テ而識しるスヘ之ヲ、知ルレ之ヲ次也。

二八 ○互郷難與言。童子見。門人惑。子曰、與《ゆるス》其進也。不與其退也。唯何甚。人潔己以進、與其潔也。不保其往也。

二九 ○子曰、仁遠乎哉。我欲仁、斯仁至矣。

三〇 ○陳司敗問、昭公知禮乎。孔子曰、知禮。孔子退、揖《いふシテ》巫馬期而進之曰、吾聞、君子不黨。君子亦黨乎。君取《めとル》於呉。爲同姓、謂之呉孟子。君而知禮、孰不知禮。巫馬期以告。子曰、丘也幸。苟有過、人必知之。

三一 ○子與人歌而善、必使反之、而後和之。

三二 ○子曰、文莫吾猶人也。躬行君子、則吾未之有得。

三三 ○子曰、若聖與仁、則吾豈敢。抑爲之不厭、誨人不倦、則可謂云爾已矣。公西華曰、正唯弟子不能學也。

三四 ○子疾《やまひ》病。子路請禱。子曰、有諸。子路對曰、有之。誄《るゐ》曰、禱爾于上下神祇《ぎ》。子曰、丘之禱久矣。

三五 ○子曰、奢則不孫。儉則固。與其不孫也、寧固。

三六 ○子曰《ク》、君子《ハ》坦《たひらカニ》蕩蕩《タリ》。小人《ハ》長《とこしなへニ》戚戚《タリ》。

三七 ○子《ハ》溫《ニシテ》而厲《はげシク》、威《アリテ》而不レ猛《たけカラ》、恭《シクシテ》而安《シ》。

泰伯第八

一 ○子曰《ク》、泰伯《ハ》其《レ》可《キ》レ謂《フ》二至德《ト》一也已矣《ノミ》。三《タビ》以《テ》二天下《ヲ》一讓《ル》。民無《シ》二得《テ》而稱《スル》一焉。

二 ○子曰《ク》、恭《ニシテ》而無《ケレバ》レ禮則《チ》勞《ス》。愼《ミテ》而無《ケレバ》レ禮則《チ》葸《おそル》。勇《ニシテ》而無《ケレバ》レ禮則《チ》亂《ル》。直《ニシテ》而無《ケレバ》レ禮則《チ》絞《ス》。君子篤《ケレバ》二於親《ニ》一、則《チ》民興《ル》二於仁《ニ》一。故舊不《レバ》レ遺《わすレ》、則《チ》民不レ偸《うすカラ》。

三 ○曾子有《リ》レ疾。召《シテ》二門弟子《ヲ》一曰《ク》、啓《ひらケ》二予《ガ》足《ヲ》一。啓《ケ》二予《ガ》手《ヲ》一。詩《ニ》云《フ》、戰戰兢兢《トシテ》、如《ク》レ臨《ムガ》二深淵《ニ》一、如《シト》レ履《ムガ》二薄氷《ヲ》一。而今《ニシテ》而後、吾知《ル》レ免《ルルヲ》夫《カナ》。小子。

四 ○曾子有《リ》レ疾。孟敬子問《フ》レ之《ヲ》。曾子言《ヒテ》曰《ク》、鳥之將《ニ》レ死《ナント》、其《ノ》鳴《ク》也《ヤ》哀《シ》。人之將《ニ》レ死《ナント》、其《ノ》言《フ》也《ヤ》善《シ》。君子所《ノ》レ貴《ブ》乎道《ニ》者三《ツ》。動《カシテ》二容貌《ヲ》一、斯《ニ》遠《カル》二暴慢《ニ》一矣。正《シウシテ》二顏色《ヲ》一、斯《ニ》近《ヅク》レ信《ニ》矣。出《シテ》二辭氣《ヲ》一、斯《ニ》遠《カル》二鄙倍《ニ》一矣。籩豆之事《ハ》、則《チ》有司存《セリ》。

五 ○曾子曰《ク》、以《テ》レ能《ヲ》問《ヒ》二於不能《ニ》一、以《テ》レ多《キヲ》問《ヒ》二於寡《キニ》一、有《レドモ》若《ク》レ無《キガ》、實《ツレドモ》若《ク》レ虛《シキガ》、犯《セドモ》而不レ校《セ》。昔者《むかし》吾《ガ》友嘗《テ》從二事《セリ》於斯《ニ》一矣。

六 ○曾子曰《ク》、可《ク》三以《テ》託《ス》二六尺之孤《ヲ》一、可《シ》三以《テ》寄《ス》二百里之命《ヲ》一。臨《ミテ》二大節《ニ》一而不《ル》レ可《ヘカラ》レ奪《フ》也、君子人與《カ》、君子人也。

七 ○曾子曰《ク》、士《ハ》不レ可《カラ》三以《テ》不《ル》二弘毅《ナラ》一。任重《クシテ》而道遠《シ》。仁以《テ》爲《ス》二己《ガ》任《ト》一。不二亦重《カラ》一乎。死《シテ》而後《ニ》已《やム》。不二亦遠《カラ》一乎。

八 ○子曰《ク》、興《リ》二於詩《ニ》一、立《チ》二於禮《ニ》一、成《ル》二於樂《ニ》一。

九 ○子曰《ク》、民《ハ》可《シ》レ使《ム》レ由《ラ》レ之《ニ》。不レ可《カラ》レ使《ム》レ知《ラ》レ之《ヲ》。

一〇 ○子曰《ク》、好《ミテ》レ勇《ヲ》疾《にくムヘ》レ貧《ヲ》亂《ルル》也。人《ニシテ》而不仁《ナルヲ》、疾《ムコト》レ之《ヲ》已甚《はなはだシケレバ》、亂《ルル》也。

一一 ○子曰《ク》、如《シ》有《リトモ》二周公之才之美一、使《メバ》二驕《リ》且吝《やぶさかナラ》一、其《ノ》餘《ハ》不《ル》レ足《ラ》レ觀《ルニ》也已《ノミ》。

一二 ○子曰《ク》、三年學《ンデ》、不《ルハ》レ至《ラ》二於穀《ニ》一、不《ル》レ易《カラ》レ得也。

一三 ○子曰《ク》、篤《ク》信《ツテ》好《ミ》レ學《ヲ》、守《リテ》レ死《ヲ》善《クス》レ道《ヲ》。危邦《ニハ》不レ入《ラ》、亂邦《ニハ》不レ居《ラ》。天下有《レバ》レ道則《チ》見《あらはレ》、無《ケレバ》レ道則《チ》隱《ル》。邦有《ルニ》レ道、貧《シクシテ》且賤《シキハ》焉、恥也。邦無《キニ》レ道、富《ミ》且貴《キハ》焉、恥也。

一四 ○子曰《ク》、不《レバ》レ在《ラ》二其《ノ》位《ニ》一、不レ謀《ラ》二其《ノ》政《ヲ》一。

一五 ○子曰、師摯之始《はじめ》、關雎《しょ》之亂《をはり》、洋洋乎盈耳哉。

一六 ○子曰、狂而不直、侗而不愿、悾《こう》悾而不信、吾不知之矣。

一七 ○子曰、學如不及、猶恐失之。

一八 ○子曰、巍巍乎、舜・禹之有《たも》天下也、而不與《あづか》焉。

一九 ○子曰、大哉、堯之爲君也。巍巍乎、唯天爲大。唯堯則《のつと》之。蕩蕩乎、民無能名焉。巍巍乎、其有成功也。煥《くわん》乎、其有文章。

二〇 ○舜有臣五人而天下治。武王曰、予有亂臣十人。孔子曰、才難。不其然乎。唐虞之際、於斯爲盛。有婦人焉。九人而已。三分天下有其二、以服事殷。周之德、其可謂至德也已矣。

二一 ○子曰、禹吾無閒然矣。菲《うす》飲食而致孝乎鬼神、惡衣服而致美乎黻《ふつ》冕《べん》、卑宮室而盡力乎溝洫《きよく》。禹吾無閒然矣。

子罕《かん》第九

一 ○子罕《まれニ》言《フ》利《ト》與命與《ヲ》仁。

二 ○達巷黨《ノ》人曰《ク》、大《ナル》哉孔子。博《ク》學《ンデ》而無《シト》所成《ス》名《ヲ》。子聞《キ》之《ヲ》、謂《ヒテ》門弟子《ニ》曰《ク》、吾何《ヲカ》執《ラン》。執《ラン》御《ヲ》乎《カ》。執《ラン》射《ヲ》乎。吾《ハ》執《ラント》御《ヲ》矣。

三 ○子曰《ク》、麻冕《ハ》禮也。今也《ヤ》純《ナルハ》儉《ナリ》。吾《ハ》從《ハン》衆《ニ》。拜《スルハ》下《ニ》禮也。今拜《スルハ》乎上《ニ》泰也。雖《モ》違《フト》衆《ニ》、吾《ハ》從《ハン》下《ニ》。

四 ○子絶《ツ》四《ツヲ》。毋《ク》意、毋《ク》必、毋《ク》固、毋《シ》我。

五 ○子畏《ゐス》於匡《きやうニ》。曰《ク》、文王既《ニ》沒《シタレドモ》、文不在《ヲ》茲《ニ》乎《ヤ》。天之將《ニ》喪《サント》斯《ノ》文《ヲ》也、後死《ノ》者不《ル》得與《あづかルヲ》於斯《ノ》文《ニ》也。天之未《ダ》喪《サ》斯《ノ》文《ヲ》也、匡人其《レ》如予《ヲ》何《ニセント》。

六 ○大宰問《ヒテ》於子貢《ニ》曰《ク》、夫子《ハ》聖者與《カ》、何《ゾ》其《レ》多能《ナルト》也。子貢曰《ク》、固《ヨリ》天縱《ゆるシテ》之《ヲ》將《ほとんド》聖《ニシテ》、又多能也《ト》。子聞《キテ》之《ヲ》曰《ク》、大宰知《レルヲ》我《ヲ》乎《カ》。吾少《わかクシテ》也賤《シ》、故《ニ》多《ノ》能《ナリ》鄙事《ニ》。君子《ハ》多《ナラン》乎哉《ヤ》、不《ル》多《ナラ》也《ト》。牢曰《ク》、子云《フ》、吾不試《もちひラレ》、故《ニ》藝《アリト》。

七 〇子曰《ク》、吾有《ラン》知《ル》乎哉《ヤ》、無《キ》知《ル》也。有《リ》鄙夫問《フ》於我《ニ》、空空如《タリ》也。我叩《キテ》其《ノ》兩端《ヲ》而竭《つくせり》焉。

八 〇子曰《ク》、鳳鳥不至《ラ》。河不出《サ》圖《とヲ》。吾已《ヤン》矣《ヌル》夫《カナ》。

九 〇子見《レバ》齊《し》衰《さい》者《ト》、冕衣裳者《ト》與瞽《ヲ》者、見《テ》之《ヲ》雖少《わかシト》必《ズ》作《たツ》。過《グレバ》之《ヲ》必《ズ》趨《はしル》。

一〇 〇顏淵喟《き》然《トシテ》歎《ジテ》曰《ク》、仰《ゲバ》之《ヲ》彌《〻》高《ク》、鑽《きレバ》之《ヲ》彌《〻》堅《シ》。瞻《みルニ》之《ヲ》在《レバ》前《ニ》、忽《こつ》焉《えんトシテ》在《リ》後《ヘニ》。夫子循循然《トシテ》善《ク》誘《いざなフ》人《ヲ》。博《ムルニ》我《ヲ》以《テシ》文《ヲ》、約《スルニ》我《ヲ》以《テス》禮《ヲ》。欲《スレドモ》罷《ヤメント》不能《ヘ》。既《ニ》竭《ス》吾《ガ》才《ヲ》。如《シ》有《リテ》所立《ツ》卓爾《タルガ》雖《モ》欲《スト》從《ヘント》之《ニ》、末《なキ》由《よし》也已《ノミト》。

一一 〇子《ノ》疾病《へいナリ》。子路使《ム》門人《ヲシテ》爲《ラ》臣。病閒《ニ》曰《ク》、久《シイ》矣哉《カナ》、由之行《フコト》詐《ヲ》也。無《キニ》臣而爲《ス》有《リト》臣。吾誰《ヲカ》欺《カン》。欺《カン》天《ヲ》乎《ヤ》。且予與《よリハ》其《ノ》死《ナン》於臣之手《ニ》也、無《むしろ》寧死《ナン》於二三子之手《ニ》乎《カ》。且予縱《たとひ》不《トモ》得大葬《ヲ》、予死《セン》於道路《ニ》乎《ヤト》。

一二 〇子貢曰《ク》、有《リ》美玉於斯《ニ》。韞《をさメテ》匵《とくニ》而藏《センカ》諸《ヲ》。求《メテ》善賈《かヲ》而沽《ウランカト》諸《ヲ》。子曰《ク》、沽《ラン》之《ヲ》哉《カナ》、沽《ラン》之《ヲ》哉。我《へ》待《ツ》賈《あたひヲ》者也。

一三 ○子欲居九夷。或曰、陋如之何。子曰、君子居之、何陋之有。

一四 ○子曰、吾自衛反魯、然後樂正、雅頌各得其所。

一五 ○子曰、出則事公卿、入則事父兄。喪事不敢不勉。不爲酒困。何有於我哉。

一六 ○子在川上《ほとり》曰、逝者如斯夫。不舍晝夜。

一七 ○子曰、吾未見好德如好色者也。

一八 ○子曰、譬如爲山。未成一簣《き》、止、吾止也。譬如平地。雖覆一簣、進、吾往也。

一九 ○子曰、語之而不惰者、其回也與。

二〇 ○子謂顏淵曰、惜乎。吾見其進也。未見其止也。

二一 ○子曰、苗而不秀者有矣夫。秀而不實者有矣夫。

二二 ○子曰、後生可畏。焉知來者之不如今也。四十五十而無聞焉、斯亦不足畏也已。

二三 ○子曰、法語之言、能無從乎。改之爲貴。巽《そん》與之言、能無說乎。繹之爲貴。

說而不繹、從而不改、吾末如之何也已矣。

二四 ○子曰、主忠信、毋友不如己者。過則勿憚改。

二五 ○子曰、三軍可奪帥也。匹夫不可奪志也。

二六 ○子曰、衣《きて》敝《やぶレタル》縕袍、與衣狐貉者立、而不恥者、其由也與。不忮《そこなハ》不求、何用不臧。子路終身誦之。子曰、是道也、何足以臧。

二七 ○子曰、歲寒、然後知松柏之後彫《しぼムニ》也。

二八 ○子曰、知者不惑。仁者不憂。勇者不懼。

二九 ○子曰、可與共學、未可與適道。可與適道、未可與立。可與立、未可與權《はかル》。

三〇 ○唐棣《てい》之華、偏其反而。豈不爾思。室是遠而。子曰、未之思也。夫何遠之有。

鄉黨第十

一 ○孔子於鄉黨、恂恂如也。似不能言者。其在宗廟朝廷、便便言。唯謹爾。

二 ○朝與下大夫言、侃侃《かん》如也。與上大夫言、誾誾《ぎん》如也。君在、踧踖如也。與與如也。

三 ○君召使擯、色勃《ぼつ》如也。足躩《くわく》如也。揖所與立、左右手、衣前後、襜《せん》如也。趨進、翼如也。賓退、必復命曰、賓不顧矣。

四 ○入公門、鞠《きく》躬如也。如不容。立不中門。行不履閾《しきみ》。過位、色勃如也。足躩如也。其言似不足者。攝齊升堂、鞠躬如也。屏氣似不息者。出降一等、逞顏色、怡《い》怡如也。沒階趨進、翼如也。復其位、踧踖如也。

五 ○執圭、鞠躬如也。如不勝。上如揖、下如授。勃如戰色。足蹜蹜如有循。享禮、有容色。私覿《てき》、愉愉如也。

六 ○君子不以紺《かん》緅《しう》飾。紅紫不以爲褻《せつ》服。當暑袗《ひとへノ》絺《ち》綌《げき》、必表而出之。緇衣羔《こう》裘、素衣麑《げい》裘、黄衣狐裘。褻裘長、短右袂。必有寢衣。長《たけ》一身有半。狐貉之厚以居。去喪無所不佩。非帷裳、必殺《さい》之。羔裘玄冠、不以弔。吉月必朝服而朝。

七 ○齊《さいスルトキハ》必《ズ》有《リ》明衣、布《モテス》。齊《スルトキハ》必《ズ》變《ツ》食《ヲ》、居《ハ》必《ズ》遷《ス》坐《ヲ》。

八 ○食《しハ》不厭《ハ》精《ヲ》。膾《ハ》不厭《ハ》細《ヲ》。食《しノ》饐《いシテ》而餲《あいシ》、魚《ノ》餒《たいシテ》而肉《ノ》敗《レタルハ》不食《ハ》。色《ノ》惡《シキハ》不食《ハ》。臭《ノ》惡《シキハ》不食《ハ》。失《ヘルハ》飪《じんヲ》不食《ハ》。不《ルハ》時《ナラ》不食《ハ》。割《きりめ》不《ルハ》正《シカラ》不食《ハ》。不《ルハ》得其《ノ》醬《ヲ》不食《ハ》。肉《ハ》雖《モ》多《シト》、不使《メ》勝《タ》食《し》氣《ニ》。惟酒《ハ》無《シ》量。不及《バ》亂《ニ》。沽《こ》酒・市脯《ほハ》、不食《ハ》。不《シテ》撤《セ》薑《ヲ》食《フ》。不多《クハ》食《ハ》。祭《レバ》於公《ニ》、不宿《セ》肉《ヲ》。祭肉《ハ》不出《サ》三日《ヲ》。出《ヅレバ》三日《ヲ》、不食《ハ》之《ヲ》矣。食《フニ》不語《ラ》。寢《ヌルニ》不言《ハ》。雖《モ》疏食《し》菜羹《ト》、瓜《かならズ》祭《ル》。必《ズ》齊《さい》如《タリ》也。

九 ○席不《ンバ》正《シカラ》不坐《セ》。

一〇 ○鄕人《ノ》飲酒《ニ》、杖者出《ヅレバ》斯《ニ》出《ヅ》矣。鄕人《ノ》儺《おにやらひニハ》、朝服《シテ》而立《ツ》於阼《そ》階《ニ》。

一一 ○問《ヘシムレバ》人《ヲ》於他邦《ニ》、再拜《シテ》而送《ル》之《ヲ》。康子饋《おくレリ》藥《ヲ》。拜《シテ》而受《ク》之《ヲ》。曰《ク》、丘未《ダ》達《セ》。不敢《テ》嘗《なメ》。

一二 ○廏焚《ケタリ》。子退《ク》朝《ヨリ》。曰《ク》、傷《そこなヘリ》人《ヲ》乎《ヤト》。不問《ヘ》馬《ヲ》。

一三 ○君賜《ヘバ》食《ヲ》、必《ズ》正《シテ》席《ヲ》先《ヅ》嘗《ム》之《ヲ》。君賜《ヘバ》腥《ヲ》、必《ズ》熟《シテ》而薦《ム》之《ヲ》。君賜《ヘバ》生《ヲ》、必《ズ》畜《フ》之《ヲ》。侍食《スルニ》於君《ニ》、君祭《レバ》先《ヅ》飯《ス》。疾《ムトキ》、君視《レバ》之《ヲ》、東首《シ》加《ヘ》朝服《ヲ》、拖《ひク》紳《ヲ》。君命《ツテ》召《セバ》、不《シテ》俟《まタ》駕《ヲ》行《ク》矣。

一四 ○入《リテハ》太廟《ニ》、每《ニ》事問《フ》。

一五 ○朋友死、無所歸。曰、於我殯《ひん》。朋友之饋《おくりもの》、雖車馬、非祭肉不拜。

一六 ○寢不尸。居不容《かたち》。見齊衰《さい》者、雖狎必變。見冕者與瞽者、雖褻必以貌。凶服者式《しよく》之、式負版者。有盛饌、必變色而作。迅雷風烈、必變。

一七 ○升車、必正立執綏《すゐ》。車中不內顧。不疾言。不親指。

一八 ○色斯擧矣。翔而後集《とゞ》。曰、山梁雌雉、時哉時哉。子路共之。三嗅而作。

論語巻之六

先進第十一

一 ○子曰《ク》、先進《ノ》於《ケルハ》禮樂《ニ》、野人也。後進《ノ》於《ケルハ》禮樂《ニ》、君子也。如《シ》用《ヒバ》之《ヲ》、則《チ》吾《ハ》從《ハン》先進《ニ》。

二 ○子曰《ク》、從《フ》我《ニ》於陳・蔡《ニ》者《ハ》、皆不《ル》及《バ》門《ニ》也。德行《ニハ》、顏淵・閔子騫・冉伯牛・仲弓。言語《ニハ》、宰我・子貢。政事《ニハ》、冉有・季路。文學《ニハ》、子游・子夏。

三 ○子曰《ク》、囘也《ヤ》。非《ザル》助《クル》我《ヲ》者《ニ》也。於《テ》吾《ガ》言《ニ》無《シ》所不《ル》說《バ》。

四 ○子曰《ク》、孝哉《ナルカナ》閔子騫。人不《ル》閒《セ》於其《ノ》父母昆弟之言《ヲ》。

五 ○南容三復《ス》白圭《ヲ》。孔子以《テ》其《ノ》兄之子《ヲ》妻《めあはス》之《ニ》。

六 ○季康子問《フ》、弟子孰《カ》爲《スト》好《ムト》學《ヲ》。孔子對《ヘテ》曰《ク》、有《リ》顏囘者《トイフ》、好《ム》學《ヲ》。不幸短命《ニシテ》死《セリ》矣。今也《ヤ》則《チ》亡《シ》。

七 ○顏淵死《ス》。顏路請《フ》子之車以《テ》爲《つくラントガ》之椁《くわくヲ》。子曰《ク》、才《モ》不才《モ》、亦各〻言《フ》其《ノ》子《ト》也。鯉也死《セシトキ》、有《リテ》棺而無《シ》椁。吾不《リキ》徒行《シテ》以《テ》爲《ラ》之《ガ》椁《ヲ》。以《テ》吾《ガ》從《ヘルヲ》大夫之後《ニ》、不《レバ》可《カラ》徒行《ス》也《ト》。

八 ○顏淵死。子曰、噫、天喪予。天喪予。

九 ○顏淵死。子哭之慟。從者曰、子慟矣。曰、有慟乎。非夫人之爲慟而誰爲。

一〇 ○顏淵死。門人欲厚葬之。子曰、不可。門人厚葬之。子曰、回也視予猶父也。予不得視猶子也。非我也。夫二三子也。

一一 ○季路問事鬼神。子曰、未能事人、焉能事鬼。敢問死。曰、未知生、焉知死。

一二 ○閔子侍側。誾《ぎん》誾如也。子路行行如也。冉有・子貢侃《かん》侃如也。子樂。若由也、不得其死然。

一三 ○魯人爲長府。閔子騫曰、仍舊貫如之何。何必改作。子曰、夫人不言。言必有中《あたる》。

一四 ○子曰、由之瑟、奚《なん》爲於丘之門。門人不敬子路。子曰、由也升堂矣。未入於室也。

一五 ○子貢問、師與商也孰賢。子曰、師也過。商也不及。曰、然則師愈與。子曰、過猶不及。

一六 ○季氏富於周公。而求也爲之聚《しゅう》斂《れん》而附益之。子曰、非吾徒也。小子鳴鼓而攻之可也。

一七 ○柴《さい》也愚。參《しん》也魯。師也辟。由也喭《がん》。

一八 ○子曰、回也其庶《ちか》乎。屢空。賜不受命而貨殖焉。億《おもんぱか》則屢中。

一九 ○子張問善人之道。子曰、不踐《ふ》迹。亦不入於室。

二〇 ○子曰、論篤是與《くみ》、君子者乎、色莊者乎。

二一 ○子路問、聞斯行諸。子曰、有父兄在《いま》。如之何、其聞斯行之。冉有問、聞斯行諸。子曰、聞斯行之。公西華曰、由也問、聞斯行諸。子曰、有父兄在《いま》。求也問、聞斯行諸。子曰、聞斯行之。赤也惑。敢問。子曰、求也退。故進之。由也兼人。故退之。

二二 ○子畏於匡《きやう》。顏淵後。子曰、吾以女《なんぢ》爲死矣。曰、子在《いま》、回何敢死。

二三 ○季子然問、仲由・冉求、可謂大臣與。子曰、吾以子爲異之問。曾《すなは》由與求之問。所謂《いはゆる》大臣者、以道事君、不可則止。今由與求也、可謂具臣矣。曰、然則從之者與。子曰、弑父與君、亦不從也。

二四 〇子路使子羔《かう》爲費宰。子曰、賊《そこな》夫人之子。子路曰、有民人焉、有社稷《しよく》焉。何必讀書、然後爲學。子曰、是故惡夫佞者。

二五 〇子路・曾皙《せき》・冉有・公西華侍坐。子曰、以吾一日長乎爾、毋吾以也。居則曰、不吾知也。如或知爾、則何以哉。子路率《そつ》爾而對曰、千乘之國、攝《はさまり》乎大國之間、加之以師旅、因之以饑饉。由也爲《をさ》之、比《ころ》及三年、可使有勇且知方也。夫子哂《わら》之。求爾何如。對曰、方六七十、如《も》五六十。求也爲之、比及三年、可使足民。如其禮樂、以俟《ま》君子。赤爾何如。對曰、非曰能之、願學焉。宗廟之事、如會同、端章甫、願爲小相焉。點爾何如。鼓瑟希。鏗《かう》爾舍《お》瑟而作、對曰、異乎三子者之撰。子曰、何傷乎。亦各言其志也。曰、莫《ぼ》春者、春服既成、冠者五六人、童子六七人、浴乎沂《き》、風乎舞雩《う》、詠而歸。夫子喟《き》然歎曰、吾與《くみ》點也。三子者出。曾皙後。曾皙曰、夫三子者之言何如。子曰、亦各言其志也已矣。曰、夫子何哂由也。曰、爲《をさ》國以禮。其言不讓。是故哂之。唯求則非邦也與。安見方六七十、如五六十、而非邦也者。唯赤則非邦也與。宗廟會同、非諸侯而何。赤也爲之小、孰能爲之大。

顏淵第十二

一 ○顏淵問仁。子曰、克己復禮爲仁。一日克己復禮、天下歸仁焉。爲仁由己。而由人乎哉。顏淵曰、請問其目。子曰、非禮勿視、非禮勿聽、非禮勿言、非禮勿動。顏淵曰、回雖不敏、請事斯語矣。

二 ○仲弓問仁。子曰、出門如見大賓、使民如承大祭。己所不欲、勿施於人。在邦無怨、在家無怨。仲弓曰、雍雖不敏、請事斯語矣。

三 ○司馬牛問仁。子曰、仁者其言也訒。曰、其言也訒、斯謂之仁矣乎。子曰、爲之難。言之得無訒乎。

四 ○司馬牛問君子。子曰、君子不憂不懼。曰、不憂不懼、斯謂之君子矣乎。子曰、內省不疚、夫何憂何懼。

五 ○司馬牛憂曰、人皆有兄弟。我獨亡。子夏曰、商聞之矣。死生有命、富貴在天。君子敬而無失、與人恭而有禮、四海之內、皆兄弟也。君子何患乎無兄弟也。

六 ○子張問明。子曰、浸潤之譖《そしり》、膚受之愬《うつたへ》、不行焉、可謂明也已矣。浸潤之譖、膚受之愬、不行焉、可謂遠也已矣。

七 ○子貢問政。子曰、足食、足兵、民信之矣。子貢曰、必不得已而去、於斯三者何《いづれヲ》先。曰、去兵。子貢曰、必不得已而去、於斯二者何先。曰、去食。自古皆有死。民無信不立。

八 ○棘《きよく》子成曰、君子質而已矣。何以文爲。子貢曰、惜乎、夫子之說、君子也、駟不及舌。文猶質也。質猶文也。虎豹之鞟《かはへ》、猶犬羊之鞟。

九 ○哀公問於有若曰、年饑、用不足。如之何。有若對曰、盍《なんゾ》徹乎。曰、二、吾猶不足。如之何其徹也。對曰、百姓足、君孰與《ともニカ》不足。百姓不足、君孰與足。

一〇 ○子張問崇《たかクシ》德辨惑。子曰、主忠信、徙義、崇德也。愛之欲其生、惡之欲其、死《ヲ》。既《ニ》欲《シ》其《ノ》生《ヲ》、又欲《スルハ》其《ノ》死《ヲ》、是《レ》惑也。誠《ニ》不以《テセ》富《ヲ》、亦祇《まさニ》以《テ》異《ナリト》。

一一 ○齊《ノ》景公問《フ》政《ヲ》於孔子《ニ》。孔子對《ヘテ》曰《ク》、君君《タリ》、臣臣《タリ》、父父《タリ》、子子《タリト》。公曰《ク》、善《イ》哉。信《まことニ》如《シ》君不君《タラ》、臣不臣《タラ》、父不父《タラ》、子不《バ》子《タラ》、雖《モ》有《リト》粟《ぞく》、吾得《テ》而食《ハンヤト》諸《ヲ》。

一二 ○子曰《ク》、片言可《キ》以《テ》折《をさム》獄《ヲ》者《ハ》、其《レ》由也與《カ》。子路無《シ》宿《とどムル》諾《ヲ》。

一三 ○子曰、聽《クコトうつたヘヲ》訟吾猶《キ》人《ノ》也。必《ズヤ》也使《メン》無《カラ》訟乎《カ》。

一四 ○子張問《フ》政《ヲ》。子曰《ク》、居《テ》之《ニ》無《ク》倦《ムコト》、行《フニ》之《ヲ》以《テス》忠《ヲ》。

一五 ○子曰《ク》、博《ク》學《ビ》於文《ヲ》、約《スルニ》之《ヲ》以《テセバ》禮《ヲ》、亦可《キ》以《テ》弗《ル》畔《そむカ》矣夫《カ》。

一六 ○子曰《ク》、君子《ハ》成《シテ》人之美《ヲ》、不成《サ》人之惡《ヲ》。小人《ハ》反《ス》是《ニ》。

一七 ○季康子問《フ》政《ヲ》於孔子《ニ》。孔子對《ヘテ》曰《ク》、政《ハ》者正也。子帥《ひきヰルニ》以《テセバ》正《ヲ》、孰《カ》敢《テ》不《ランヤ》正《シカラ》。

一八 ○季康子患《ヘテ》盜《ヲ》、問《フ》於孔子《ニ》。孔子對《ヘテ》曰《ク》、苟《モ》子之不《ンバ》欲《セ》、雖《モ》賞《スト》之《ヲ》不《ト》竊《ぬすマ》。

一九 ○季康子問《ウテ》政《ヲ》於孔子《ニ》曰《ク》、如《シ》殺《シテ》無道《ヲ》、以《テ》就《カバ》有道《ニ》、何如《ト》。孔子對《ヘテ》曰《ク》、子爲《スニ》政《ヲ》、焉《ゾ》用《ヒン》殺《ヲ》。子欲《スレバ》善《ヲ》而民善《ナラン》矣。君子之德《ハ》風。小人之德《ハ》草。草上《くはフレバ》之風《ヲ》必《ズ》偃《ふスト》。

二〇 ○子張問《フ》、士何如《ナル》斯《レ》可《キト》謂《フ》之《ヲ》達《ト》矣。子曰《ク》、何《ゾ》哉《ヤ》、爾《ノ》所謂《いはゆる》達《ト》者《ハト》。子張對《ヘテ》曰《ク》、在《リテモ》邦必聞、在家必聞。子曰、是聞也、非達也。夫達也者、質直而好義、察言而觀色、慮以下人。在邦必達、在家必達。夫聞也者、色取仁而行違。居之不疑。在邦必聞、在家必聞。

二一 ○樊遲從遊於舞《ぶ》雩《う》之下。曰、敢問崇德脩慝《とく》辨惑。子曰、善哉問。先事後得、非崇德與。攻其惡、無攻人之惡、非脩慝與。一朝之忿、忘其身、以及其親、非惑與。

二二 ○樊遲問仁。子曰、愛人。問知。子曰、知人。樊遲未達。子曰、擧直錯《おキ》諸枉、能使枉者直。樊遲退、見子夏曰、鄕《さき》也吾見於夫子而問知。子曰、擧直錯諸枉、能使枉者直。何謂也。子夏曰、富哉言乎。舜有天下、選於衆、擧皐《かう》陶《えう》、不仁者遠矣。湯有天下、選於衆、擧伊尹《ゐん》、不仁者遠矣。

二三 ○子貢問友。子曰、忠告而善道之。不可則止。毋自辱焉。

二四 ○曾子曰、君子以文會友、以友輔《たすク》仁。

論語卷之七

子路第十三

一 ○子路問政。子曰、先之勞之。請益。曰、無倦。

二 ○仲弓爲季氏宰。問政。子曰、先有司、赦小過、擧賢才。曰、焉知賢才而擧之。曰、擧爾所知。爾所不知、人其舍諸。

三 ○子路曰、衛君待子而爲政、子將奚先。子曰、必也正名乎。子路曰、有是哉、子之迂也。奚其正。子曰、野哉由也。君子於其所不知、蓋闕如也。名不正、則言不順。言不順、則事不成。事不成、則禮樂不興。禮樂不興、則刑罰不中。刑罰不中、則民無所措手足。故君子名之、必可言也。言之必可行也。君子於其言、無所苟而已矣。

四 ○樊遲請學稼。子曰、吾不如老農。請學爲圃。曰、吾不如老圃。樊遲出。子曰、小人哉樊須也。上好禮、則民莫敢不敬。上好義、則民莫敢不服。上好信、則民莫敢不用情。夫如是、則四方之民、襁負其子而至矣。焉用稼。

五 ○子曰、誦詩三百、授之以政不達、使於四方、不能專對、雖多亦奚《なにヲ》以爲。

六 ○子曰、其身正、不令而行。其身不正、雖令不從。

七 ○子曰、魯・衞之政、兄弟也。

八 ○子謂衞公子荊《けいヲ》。善居室。始有、曰、苟合《いさゝカあつマレリト》矣。少有、曰、苟完矣。富《さかんニ》有、曰、苟美矣。

九 ○子適衞。冉有僕。子曰、庶矣哉。冉有曰、既庶矣。又何加焉。曰、富之。曰、既富矣、又何加焉。曰、教之。

一〇 ○子曰、苟有用我者、期月而已可也。三年有成。

一一 ○子曰、善人爲《をさむルヲ》邦百年、亦可以勝殘去殺矣。誠哉是言也。

一二 ○子曰、如有王者、必世而後仁。

一三 ○子曰、苟正其身矣、於從政乎何有。不能正其身、如正人何。

一四 ○冉子退朝。子曰、何晏《おそキ》也。對曰、有政。子曰、其事也。如有政、雖不吾以《もちひ》、吾其《レ》與《あづかり》二聞《カントヲ》之一。

一五 ○定公問、一言而《ニシテ》可二以《キモノ》興《テスヲ》一レ邦、有《リヤトレ》レ諸。孔子對《ヘテ》曰《ク》、言不《ル》レ可《カラ》二以《テ》若《ク》一レ是《ノ》、其《レ》幾《ス》也。人之言《ニ》曰《ク》、爲《ルコト》レ君難《ク》、爲《ルコト》レ臣不《ト》レ易《カラ》。如《シ》知《ラバ》三爲《ルコト》レ君之難《キヲ》二也、不《ラン》レ幾《セ》二乎一言而《ニシテ》興《スヲ》一レ邦乎《ヤト》。曰《ク》、一言而《ニシテ》喪《フコトヲ》レ邦、有《リヤトレ》レ諸。孔子對《ヘテ》曰《ク》、言不《ル》レ可《カラ》二以《テ》若《ク》一レ是《ノ》、其《レ》幾《ス》也。人之言《ニ》曰《ク》、予無《シ》レ樂《ム》二乎爲《ルヲ》一レ君。唯其《ノ》言而《ニシテ》莫《キ》二予違《フ》一也。如《シ》其善而《ニシテ》莫《クバ》二之違《フ》一也、不二亦善《カラ》一乎。如《シ》不善而《ニシテ》莫《クバ》二之違《フ》一也、不《ラン》レ幾《セ》二乎一言而《ニシテ》喪《フヲ》一レ邦乎《ト》。

一六 ○葉《せふ》公問《フ》レ政《ヲ》。子曰《ク》、近《キ》者《ハ》說《よろこび》、遠《キ》者《ハ》來《ルト》。

一七 ○子夏爲《リ》二莒《きよ》父《ほノ》宰《ト》一、問《フ》レ政《ヲ》。子曰《ク》、無《カレ》レ欲《スル》レ速《カナラントカレ》、無《カレ》レ見《ル》二小利《ヲ》一。欲《スレバ》レ速《カナラント》則《チ》不《セ》レ達。見《レバ》二小利《ヲ》一則《チ》大事不《ト》レ成《ラ》。

一八 ○葉公語《つげテ》二孔子《ニ》一曰《ク》、吾《ガ》黨《ニ》有《リ》二直《クスル》レ躬《ヲ》者《ノ》一。其《ノ》父攘《ぬすみテ》レ羊《ヲ》、而子證《スト》レ之《ヲ》。孔子曰《ク》、吾《ガ》黨之直《キ》者《ハ》異《ナリ》二於是《ニ》一。父《ハ》爲《ニ》レ子《ノ》隱《シ》、子《ハ》爲《ニ》レ父《ノ》隱《ス》。直《キコト》在《リト》二其中《ニ》一矣。

一九 ○樊遲問《フ》レ仁《ヲ》。子曰《ク》、居處恭《シク》、執《リテ》レ事《ヲ》敬、與レ人忠、雖《ナラバモ》レ之《ゆくト》二夷狄《ニ》一、不《ル》レ可《カラ》レ棄《ツ》也《ト》。

二〇 ○子貢問《ヒテ》曰《ク》、何如《ナル》斯《レ》可《キカ》レ謂《フ》二之《ヲ》士《ト》一矣。子曰《ク》、行《フニ》レ己《ヲ》有《リ》レ恥、使《シテ》二於四方《ニ》一、不《ルヲ》レ辱《メ》二君命《ヲ》一、

可謂士矣。曰、敢問其次。曰、宗族稱孝焉、鄉黨稱弟焉。曰、敢問其次。曰、言必信、行必果《はたす》。硜《かう》硜然小人哉。抑〻亦可以爲次矣。曰、今之從政者何如。子曰、噫《あゝ》、斗筲《さう》之人、何足算也。

二一 ○子曰、不得中行而與《くみせ》之、必也狂狷《けん》乎。狂者進取、狷者有所不爲也。

二二 ○子曰、南人有言。曰、人而無恆、不可以作巫《ふ》醫。善夫。不恆其德、或承《すゝむ》之羞《はぢ》。子曰、不占而已矣。

二三 ○子曰、君子和而不同。小人同而不和。

二四 ○子貢問曰、鄉人皆好《よみせ》之、何如。子曰、未可也。鄉人皆惡《にくま》之、何如。子曰、未可也。不如鄉人之善者好之、其不善者惡之。

二五 ○子曰、君子易事而難說也。說之不以道、不說也。及其使人也、器之。小人難事而易說也。說之雖不以道、說也。及其使人也、求備焉。

二六 ○子曰、君子泰《ゆたか》而不驕。小人驕而不泰。

二七 ○子曰、剛毅木訥《とつ》近仁。

二八 ○子路問曰、何如斯可謂之士矣。子曰、切切偲偲怡怡如也、可謂士矣。朋友切切偲偲、兄弟怡怡。

二九 ○子曰、善人教民七年、亦可以即戎矣。

三〇 ○子曰、以不教民戰、是謂棄之。

憲問第十四

一 ○憲問恥。子曰、邦有道穀。邦無道穀恥也。

二 ○克伐怨欲不行焉、可以爲仁矣。子曰、可以爲難矣。仁則吾不知也。

三 ○子曰、士而懷《おもフ》居、不足以爲士矣。

四 ○子曰、邦有道、危《たかクシ》言危行。邦無道、危行言孫《したがフ》。

五 ○子曰、有徳者必有言。有言者不必有徳。仁者必有勇。勇者不必有仁。

六 ○南宮适《くわつ》問於孔子曰、羿《げいハ》善射、奡《がうハ》盪《うごカス》舟。俱不得其死然。禹・稷躬稼而有天下。夫子不答。南宮适出。子曰、君子哉若人《かくのごとキ》。尚《たつとブ》徳哉若人。

七 ○子曰、君子而不仁者有矣夫。未有小人而仁者也。

八 ○子曰、愛之能勿勞乎。忠焉能勿誨乎。

九 ○子曰、爲《つく》命、裨《ひ》諶《じん》草創之、世叔討論之、行人子羽脩飾之、東里子產潤色之。

一〇 ○或問子產。子曰、惠人也。問子西。曰、彼哉、彼哉。問管仲。曰、人《このひと》也、奪伯氏駢《へん》邑三百。飯疏《そ》食、沒《をはルマデ》齒《よはひ》無怨言。

一一 ○子曰、貧而無怨難。富而無驕易。

一二 ○子曰、孟公綽《しやく》爲趙・魏老則優。不可以爲滕《とう》・薛《せつ》大夫。

一三 ○子路問成人。子曰、若臧武仲之知、公綽之不欲、卞《べん》莊子之勇、冉求之藝、文《かざル》之以禮樂、亦可以爲成人矣。曰、今之成人者何必然。見利思義、見危授命、久要不忘平生之言、亦可以爲成人矣。

一四 ○子問公叔文子於公明賈。曰、信乎、夫子、不言、不笑、不取乎。公明賈對曰、以告者過也。夫子時然後言。人不厭其言。樂然後笑。人不厭其笑。義然後取。人不厭其取。子曰、其然、豈其然乎。

一五 ○子曰、臧武仲以防求爲後於魯。雖曰不要君、吾不信也。

一六 ○子曰、晉文公譎《いつは》而不正。齊桓公正而不譎。

一七 ○子路曰、桓公殺公子糾《きう》。召忽死之。管仲不死。曰、未仁乎。子曰、桓公九合諸侯、不以兵車、管仲之力也。如其仁。如其仁。

一八 ○子貢曰、管仲非仁者與。桓公殺公子糾、不能死。又相《たす》之。子曰、管仲相桓公、霸《は》諸侯、一匡《きやう》天下。民到于今受其賜。微管仲、吾其被髮左衽矣。豈若匹夫匹婦之爲諒《まこと》也、自經《くび》於溝瀆、而莫之知也。

一九 ○公叔文子之臣大夫僎《せん》、與文子同升《のぼ》諸公。子聞之曰、可以爲文矣。

二〇 ○子言衞靈公之無道也。康子曰、夫如是、奚而不喪。孔子曰、仲叔圉《ぎよ》治賓客、祝鮀治宗廟、王孫賈治軍旅。夫如是、奚其喪。

二一 ○子曰、其言之不怍《は》、則爲之也難。

二二 ○陳成子弑簡公。孔子沐浴而朝、告於哀公曰、陳恆《こう》弑其君。請討之。公曰《ク》、告《ゲヨト》夫《ノ》三子《ニ》。孔子曰《ク》、以《テ》吾從《ヘルヲ》大夫之後《しりへニ》、不《ル》敢《テ》不《ンバアラ》告《ゲ》也。君曰《ク》、告《ゲヨト》夫《ノ》三子者《ニ》。之《ゆキテ》三子《ニ》告《グ》。不可《きカ》。孔子曰《ク》、以《テ》吾從《ヘルヲ》大夫之後《ニ》、不《ル》敢《テ》不《ンバアラ》告《ゲ》也《ト》。

二三 ○子路問《フ》事《ヘンコトヲ》君《ニ》。子曰《ク》、勿《レ》欺《クコト》也。而《モ》犯《セト》之《ヲ》。

二四 ○子曰《ク》、君子《ハ》上達《シ》、小人《ハ》下達《ス》。

二五 ○子曰《ク》、古之學者《ハ》爲《ニシ》己《ガ》、今之學者《ハ》爲《ニス》人《ノ》。

二六 ○蘧《きよ》伯玉使《ヘス》人《ヲ》於孔子《ニ》。孔子與《ヘテ》之《ニ》坐《ヲ》而問《フ》焉。曰《ク》、夫子《ハ》何《ヲカ》爲《スト》。對《ヘテ》曰《ク》、夫子欲《スレドモ》寡《クセント》其《ノ》過《ヲ》、而未《ダ》能《ハ》也《ト》。使者出《ヅ》。子曰《ク》、使《ナルカナ》乎、使《ナル》乎《ト》。

二七 ○子曰《ク》、不《レバ》在《ラ》其《ノ》位《ニ》、不謀《ラ》其《ノ》政《ヲ》。

二八 ○曾子曰《ク》、君子《ハ》思《フコト》不出《デ》其《ノ》位《ヲ》。

二九 ○子曰《ク》、君子《ハ》恥《ヂテ》其《ノ》言《ヲ》、而過《すごス》其《ノ》行《ヲ》。

三〇 ○子曰《ク》、君子《ノ》道《ナル》者三。我《ハ》無《シ》能《クスル》焉。仁者《ハ》不憂《ヘ》、知者《ハ》不惑《ハ》、勇者《ハ》不《ト》懼《レ》。子貢曰《ク》、夫子自《ラ》道《いフ》也《ト》。

三一 ○子貢方《たくらブ》人《ヲ》。子曰《ク》、賜也賢《ナル》乎哉《カナ》。夫《レ》我《ハ》則《チ》不《ト》暇《アラ》。

三二 ○子曰、不患人之不己知。患其不能也。

三三 ○子曰、不逆《むかへ》詐、不億《はかラ》不信。抑亦先覺者、是賢乎。

三四 ○微生畝謂孔子曰、丘何爲是栖《せい》栖者與。無乃爲佞乎。孔子曰、非敢爲佞也。疾固也。

三五 ○子曰、驥不稱其力。稱其德也。

三六 ○或曰、以德報怨、何如。子曰、何以報德。以直報怨、以德報德。

三七 ○子曰、莫我知也夫。子貢曰、何爲其莫知子也。子曰、不怨天、不尤《とがメ》人。下學而上達。知我者其天乎。

三八 ○公伯寮愬《うつたフ》子路於季孫。子服景伯以告曰、夫子固有惑志於公伯寮。吾力猶能肆《さらサント》諸市朝。子曰、道之將行也與、命也。道之將廢《すたレント》也與、命也。公伯寮其如命何。

三九 ○子曰、賢者辟《さく》世。其次辟地。其次辟色。其次辟言。

四〇 ○子曰、作者七人矣。

四一 ○子路宿《やどル》二於石門《ニ》一。晨門《しん》曰《ク》、奚《いづれ》自《よりスト》。子路曰《ク》、自《リスト》二孔氏一。曰《ク》、是《レ》知《リテ》二其《ノ》不一レ可《ナルヲ》而爲《ス》レ之《ヲ》
者與《ト》。

四二 ○子擊《ツ》二磬《けいヲ》於衞《ニ》一。有《リ》下荷《ヒテ》レ蕢《きヲ》而過《グル》二孔氏之門《ヲ》一者上。曰《ク》、有《ル》レ心哉擊《ツ》レ磬《ヲ》乎《ヤト》。既《ニシテ》而曰《ク》、鄙《ナル》
哉硜《かう》硜乎《タリ》。莫《キ》二己《ヲ》知《ル》一也、斯已《ヤマン》而已《ノミ》矣。深《ケレバチ》則厲《れいシ》、淺《ケレバチ》則揭《スト》。子曰《ク》、果《ナル》哉。末《なシト》二之難《キコト》一矣。

四三 ○子張曰《ク》、書《ニ》云《フ》、高宗諒陰《りやうあん》三年不《トハ》レ言《ヘ》、何《ノ》謂《ゾ》也《ヤト》。子曰《ク》、何《ゾ》必《ズシモ》高宗《ノミナラン》。古之人皆
然《リ》。君薨《ズレバ》、百官總《すべテ》レ己《ヲ》、以《テ》聽《クコト》二於冢宰《ニ》一三年《ナリト》。

四四 ○子曰《ク》、上好《メバ》レ禮《ヲ》、則《チ》民易《キ》レ使《ヒ》也。

四五 ○子路問《フ》二君子《ヲ》一。子曰《ク》、脩《ムルニ》レ己《ヲ》以《テストヲ》レ敬《ヲ》。曰《ク》、如《キ》レ斯《ク》而已《ノミ》乎《カト》。曰《ク》、脩《メテ》レ己《ヲ》以《テ》安《シズトヲ》レ人《ヲ》。曰《ク》、如《キ》レ斯《ク》
而已乎《ト》。曰《ク》、脩《メテ》レ己《ヲ》以《テ》安《シズ》二百姓《ヲ》一。脩《メテ》レ己《ヲ》以《テ》安《シズルハ》二百姓《ヲ》一、堯舜《モ》其《レ》猶病《メリトヲ》レ諸。

四六 ○原壤夷《いシテ》俟《まツ》。子曰《ク》、幼《ニシテ》而不《ニ》レ孫弟《ナラ》、長《ジテ》而無《ク》レ述《ブル》焉、老《イテ》而不《セ》レ死。是《ヲ》爲《スト》レ賊《ト》。以《テ》レ杖《ヲ》叩《ツ》二
其《ノ》脛《はぎヲ》一。

四七 ○闕黨《ノ》童子將《おこなフヲ》レ命《ヲ》。或《ヒト》問《ヒテ》レ之《ヲ》曰《ク》、益者與《セントスルト》。子曰《ク》、吾見《ル》二其《ノ》居《ルヲ》於位《ニ》一也、見《ル》下其《ノ》與《ニ》二先
生一並《ビ》行《クヲ》上也。非《ザル》下求《ムル》レ益《ヲ》者《ニ》上也。欲《スル》二速《カニ》成《ラント》一者也《ト》。

論語卷之八

衞靈公第十五

一 ○衞《ノ》靈公問《フ》陳《ヲ》於孔子《ニ》。孔子對《ヘテ》曰《ク》、俎《そ》豆《とう》之事《ハ》、則《チ》嘗《テ》聞《ケリ》之《ヲ》矣。軍旅之事《ハ》、未《ダ》《ル》之《ヲ》學《バ》也《ト》。明日遂《ニ》行《さル》。在《リテ》陳《ニ》絕《ツ》糧《ヲ》。從者病《ミ》、莫《シ》能《ク》興《たツ》。子路慍《リテ》見《エテ》曰《ク》、君子《モ》亦有《ル》窮《スル》乎《ト》。子曰《ク》、君子固《ヨリ》窮《ス》。小人窮《スレバ》斯《ニ》濫《らんスト》矣。

二 ○子曰《ク》、賜也、女以《テ》予《ヲ》爲《ス》多《ク》學《ビテ》而識《しるス》之《ヲ》者《ト》與《ト》。對《ヘテ》曰《ク》、然《リ》。非《ナル》與《ト》。曰《ク》、非也。予一以《テ》貫《クト》之《ヲ》。

三 ○子曰《ク》、由、知《ル》德《ヲ》者《ハ》鮮《シ》矣。

四 ○子曰《ク》、無《クシテ》爲《ス》而治《マル》者《ハ》、其《レ》舜《ナル》也與。夫《レ》何《ヲ》爲《セル》哉《ヤ》。恭《シクシテ》己《ヲ》正《シク》南面《セル》而已矣。

五 ○子張問《フ》行《ハレンコトヲ》。子曰《ク》、言忠信《ニシテ》、行篤敬《ナラバ》、雖《モ》蠻貊之邦《ト》行《ハレン》矣。言不《ンバ》忠信《ナラ》、行不篤敬《ナラ》、雖《モ》州里《ト》行《ハレン》乎哉《ヤ》。立《テバ》則《チ》見《ル》其《ノ》參《まじはルヲ》於前《ニ》也。在《レバ》輿《ニ》則《チ》見《ル》其《ノ》倚《よルヲ》於衡《ニ》也。夫《レ》然《ル》後《ニ》行《ハレント》。子張書《ス》諸《ヲ》紳《ニ》。

六 ○子曰、直哉史魚。邦有道如矢、邦無道如矢。君子哉蘧伯玉。邦有道則仕、邦無道則可卷而懷之。

七 ○子曰、可與言而不與之言、失人。不可與言而與之言、失言。知者不失人、亦不失言。

八 ○子曰、志士仁人、無求生以害仁、有殺身以成仁。

九 ○子貢問爲仁。子曰、工欲善其事、必先利其器。居是邦也、事其大夫之賢者、友其士之仁者。

一〇 ○顏淵問爲邦。子曰、行夏之時、乘殷之輅、服周之冕、樂則韶舞、放《はなチ》鄭聲、遠佞人。鄭聲淫、佞人殆。

一一 ○子曰、人無遠慮、必有近憂。

一二 ○子曰、已矣乎。吾未見好德如好色者也。

一三 ○子曰、臧文仲其竊《ぬすむ》位者與。知柳下惠之賢、而不與立也。

一四 ○子曰、躬自厚、而薄責於人、則遠怨矣。

一五 ○子曰、不曰如之何如之何者、吾末如之何也已矣。

一六 ○子曰、羣居終日、言不及義、好行小慧。難矣哉。

一七 ○子曰、君子義以爲質、禮以行之、孫以出之、信以成之。君子哉。

一八 ○子曰、君子病無能焉。不病人之不己知也。

一九 ○子曰、君子疾沒世而名、不稱焉。

二〇 ○子曰、君子求諸己、小人求諸人。

二一 ○子曰、君子矜而不爭、羣而不黨。

二二 ○子曰、君子不以言擧人。不以人廢言。

二三 ○子貢問曰、有一言而可以終身行之者乎。子曰、其恕乎。己所不欲、勿施於人。

二四 ○子曰、吾之於人也、誰毀誰譽。如有所譽者、其有所試矣。斯民也、三代之所以直道而行也。

二五 ○子曰、吾猶及史之闕文也。有馬者借人乘之。今亡矣夫。

二六 ○子曰ク、巧言ハ亂ル德ヲ。小不レバ忍ビ則チ亂ル大謀ヲ。

二七 ○子曰ク、衆惡ムモ之ヲ必ズ察セヨ焉。衆好ムモ之ヲ必ズ察セヨ焉。

二八 ○子曰ク、人能ク弘ム道ヲ。非ズ道ノ弘ムルニ人ヲ。

二九 ○子曰ク、過チテ而不ル改メ、是ヲ謂フ過ト矣。

三〇 ○子曰ク、吾嘗テ終日不食ハ、終夜不寢ネ、以テ思フ。無シ益。不ル如カ學ブニ也。

三一 ○子曰ク、君子ハ謀リテ道ヲ不謀ラ食ヲ。耕ス也、餒《うゑ》在リ其ノ中ニ矣。學ブ也、祿在リ其ノ中ニ矣。君子ハ憂ヘテ道ヲ不憂ヘ貧ヲ。

三二 ○子曰ク、知及ブモ之ニ、仁不レバ能ハ守ル之ヲ、雖モ得ト之ヲ、必ズ失フ之ヲ。知及ビ之ニ、仁能ク守ルモ之ヲ、不レバ莊以テ涖《のぞマ》之ニ、則チ民不敬セ。知及ビ之ニ、仁能ク守リ之ヲ、莊以テ涖ムモ之ニ、動カスニ之ヲ不レバ以テセ禮ヲ、未ダ善ナラ也。

三三 ○子曰ク、君子ハ不シテ可カラ小知ス、而可キ大受ス也。小人ハ不シテ可カラ大受ス、而可キ小知ス也。

三四 ○子曰ク、民之於ケル仁ニ也、甚シ於水火ヨリ。水火ハ吾見ル蹈ミテ而死スル者ヲ矣。未ダ見ル蹈ミテ仁ヲ而死スル者ヲ也。

三五 ○子曰ク、當ツテハ仁ニ不讓ラ於師ニ。

三六 ○子曰、君子、貞ニシテ而不レ諒ナラ。

三五 ○子曰、事ニ君ニ、敬シテ其事ヲ而後ニス其食ヲ。

三四 ○子曰、有リテ敎無シ類。

三三 ○子曰、道不レ同ジカラ、不二相爲ニ謀一。

四〇 ○子曰、辭ハ達スル而已矣。

四一 ○師冕見ユ、及レ階ニ、子曰、階也ト、及レ席ニ、子曰、席也ト、皆坐ス、子告グ之ニ曰、某在リ斯ニ、某ハ在リ

斯ニ、師冕出ヅ、子張問ヒテ曰、與レ師言之道與。子曰、然リ、固相師之道也。

季氏第十六

一〇 季氏將ニ伐タントセン顓臾ヲ。冉有・季路見エテ於孔子ニ曰、季氏將ニ有ラントス事ヲ於顓臾ニ。孔子曰、求、無乃チ爾是過テル與。夫顓臾ハ、昔者先王以テ爲シ東蒙ノ主ト、且在リ邦域之中ニ矣。是社稷之臣也。何以テ伐フ爲ン。冉有曰、夫子欲ス之ヲ、吾二臣者皆不レ欲也。孔子曰、求、周任有リ言、曰、陳ベ力ヲ就キ列ニ、不レ能ザル者ハ止ム、危クシテ而不レ持セ、顚シテ而不レ扶ケ、則將ニ焉ンゾ用ヒン彼

相矣。且爾言過矣。虎兕《じ》出於柙《かふヨリ》、龜玉毀《やぶル》於櫝《とく》中、是誰之過與。冉有曰、今夫顓臾、固而近於費。今不取、後世必爲子孫憂。孔子曰、求、君子疾夫舍《おキテ》曰欲之、而必爲之辭。丘也聞、有國有家者、不患寡而患不均。不患貧而患不安。蓋均無貧、和無寡、安無傾。夫如是。故遠人不服、則脩文德以來《きたス》之。既來之、則安之。今由與求也、相夫子、遠人不服、而不能來也。邦分崩離析、而不能守也。而謀動干戈於邦內。吾恐季孫之憂、不在顓臾、而在蕭《せう》牆《しやう》之內也。

二 ○孔子曰、天下有道、則禮樂征伐自天子出。天下無道、則禮樂征伐自諸侯出。自諸侯出、蓋十世希不失矣。自大夫出、五世希不失矣。陪臣執國命、三世希不失矣。天下有道、則政不在大夫。天下有道、則庶人不議。

三 ○孔子曰、祿之去公室、五世矣。政逮《およブ》於大夫、四世矣。故夫三桓之子孫、微矣。

四 ○孔子曰、益者三友、損者三友。友直、友諒、友多聞、益矣。友便辟、友善柔、友便佞、損矣。

五 ○孔子曰、益者三樂《がう》、損者三樂。樂《ねが》節禮樂、樂道《い》人之善、樂多賢友、益矣。樂驕樂《らく》、樂佚遊、樂宴樂《らく》、損矣。

六 ○孔子曰、侍於君子有三愆《けん》。言未及之而言、謂之躁。言及之而不言、謂之隱。未見顏色而言、謂之瞽。

七 ○孔子曰、君子有三戒。少《わか》之時、血氣未定。戒之在色。及其壯也、血氣方剛《こわ》。戒之在鬪。及其老也、血氣既衰。戒之在得。

八 ○孔子曰、君子有三畏。畏天命、畏大人、畏聖人之言。小人不知天命而不畏也。狎大人、侮聖人之言。

九 ○孔子曰、生而知之者、上也。學而知之者、次也。困而學之、又其次也。困而不學、民斯爲下矣。

一〇 ○孔子曰、君子有九思。視思明、聽思聰、色思溫、貌思恭、言思忠、事思敬、疑思問、忿思難、見得思義。

一一 〇孔子曰《ク》、見《テハ》善《ヲ》如《クシ》不《ルガ》及《バ》、見《テハ》不善《ヲ》如《クス》探《ルガ》湯《ヲ》。吾見《ル》其《ノ》人《ヲ》矣。吾聞《ク》其《ノ》語《ヲ》矣。隱居《シテ》以《テ》求《メ》其《ノ》志《ヲ》、行《ヒテ》義《ヲ》以《テ》達《ス》其《ノ》道《ヲ》。吾聞《ク》其《ノ》語《ヲ》矣。未《ダ》見《ル》其《ノ》人《ヲ》也。

一二 〇齊《ノ》景公有《リ》馬千駟。死《スル》之日、民無《シ》德《トシテ》而稱《スル》焉。伯夷・叔齊、餓《ウ》于首陽之下《ニ》。民到《ルマデ》于今《ニ》稱《ス》之《ヲ》。其《レ》斯《レ》之《ヲ》謂《フ》與。

一三 〇陳亢問《ヒテ》於伯魚《ニ》曰《ク》、子《モ》亦有《ル》異聞《ト》乎。對《ヘテ》曰《ク》、未《ダシ》也。嘗《テ》獨《リ》立《ツ》。鯉趨《リテ》而過《グ》庭《ヲ》。曰《ク》、學《ビタルヲ》詩《ヲ》乎《ト》。對《ヘテ》曰《ク》、未《ダシト》也。不《レバ》學《バ》詩《ヲ》、無《シト》以《テ》言《フ》。鯉退《キテ》而學《ブ》詩《ヲ》。他日又獨《リ》立《ツ》。鯉趨《リテ》而過《グ》庭《ヲ》。曰《ク》、學《ビタルヲ》禮《ヲ》乎《ト》。對《ヘテ》曰《ク》、未《ダシト》也。不《レバ》學《バ》禮《ヲ》、無《シト》以《テ》立《ツ》。鯉退《キテ》而學《ブ》禮《ヲ》。聞《ケリトノ》斯二者《ヲ》。陳亢退《キテ》而喜《ンデ》曰《ク》、問《ヒテ》一《ヲ》得《タリ》三《ヲ》。聞《キ》詩《ヲ》、聞《キ》禮《ヲ》、又聞《ケリト》君子之遠《ザクルヲ》其《ノ》子《ヲ》也。

一四 〇邦君之妻《ヘ》、君稱《シテ》之《ヲ》曰《フ》夫人《ト》。夫人《ヘ》自《ラ》稱《シテ》曰《フ》小童《ト》。邦人《ヘ》稱《シテ》之《ヲ》、曰《フ》君夫人《ト》。稱《シテハ》諸《ヲ》異邦《ニ》、曰《フ》寡小君《ト》。異邦人《ヘ》稱《シテ》之《ヲ》、亦曰《フ》君夫人《ト》。

論語卷之九

陽貨第十七

一 ○陽貨欲見孔子。孔子不見。歸《おくル》孔子豚。孔子時其亡《なキヲ》也、而往拜之。遇諸塗《みちニ》。謂孔子曰、來、予與爾言。曰、懷其寶而迷其邦、可謂仁乎。曰、不可。好從事而亟《しばしば》失時、可謂知乎。曰、不可。日月逝矣、歲不我與《ともニせ》。孔子曰、諾、吾將仕矣。

二 ○子曰、性相近也。習相遠也。

三 ○子曰、唯上知與下愚不移。

四 ○子之武城、聞弦歌之聲。夫子莞爾而笑曰、割雞焉用牛刀。子游對曰、昔者偃《えん》也、聞諸夫子。曰、君子學道則愛人。小人學道則易使也。子曰、二三子、偃之言是也。前言戲之耳。

五 ○公山弗《ふつ》擾《ぜう》以費畔《そむク》。召《よブ》。子欲往。子路不說《よろこバ》曰、末《なキ》之《ゆク》也已。何必公山氏之之之也。子曰、夫召我者、而豈徒哉。如有用我者、吾其爲東周乎。

六 〇子張問仁於孔子。孔子曰、能行五者於天下爲仁矣。請問之。曰、恭・寬・信・敏・惠。恭則不侮。寬則得衆、信則人任焉、敏則有功、惠則足以使人。

七 〇佛《ひつ》肸《きつ》召。子欲往。子路曰、昔者由也聞諸夫子。曰、親於其身爲不善者、君子不入也。佛肸以中牟《ぼう》畔。子之往也如之何。子曰、然、有是言也。不曰堅乎、磨而不磷《うすろ》。不曰白乎、涅《くりに》而不緇《くろ》。吾豈匏瓜也哉。焉能繫而不食。

八 〇子曰、由也、女《なんぢ》聞六言六蔽矣乎。對曰、未也。居、吾語《つげ》女。好仁不好學、其蔽也愚。好知不好學、其蔽也蕩。好信不好學、其蔽也賊。好直不好學、其蔽也絞。好勇不好學、其蔽也亂。好剛不好學、其蔽也狂。

九 〇子曰、小子何莫學夫詩。詩可以興、可以觀、可以羣、可以怨。邇《ちか》之事父、遠之事君。多識於鳥獸草木之名。

一〇 〇子謂伯魚曰、女爲《まな》周南・召南矣乎。人而不爲周南・召南、其猶正牆面而立也與。

一一 ○子曰、禮云禮云、玉帛云乎哉。樂云樂云、鐘鼓云乎哉。

一二 ○子曰、色厲《はげシクシテ》而内荏《やはらカナルハ》、譬諸小人、其猶穿窬之盜也與。

一三 ○子曰、鄕原德之賊也。

一四 ○子曰、道聽而塗說、德之棄也。

一五 ○子曰、鄙夫可與事君也與哉。其未得之也、患得之。既得之、患失之。苟患失之、無所不至矣。

一六 ○子曰、古者民有三疾。今也或是之亡也。古之狂也肆。今之狂也蕩。古之矜《きようハ》也廉。今之矜也忿《ふん》戾《れい》。古之愚也直。今之愚也詐而已矣。

一七 ○子曰、巧言令色、鮮矣仁。

一八 ○子曰、惡紫之奪朱也。惡鄭聲之亂雅樂也。惡利口之覆邦家者。

一九 ○子曰、予欲無言。子貢曰、子如不言、則小子何述焉。子曰、天何言哉。四時行焉、百物生焉。天何言哉。

二〇 ○孺《じゅ》悲欲見孔子。孔子辭以疾。將《おこなフ》命者出戶。取瑟而歌、使之聞之。

二一　○宰我問、三年之喪、期已久矣。君子三年不爲禮、禮必壞。三年不爲樂、樂必崩。舊穀既沒《つキテ》、新穀既升《みのル》。鑽燧《きリテするヲ》改火。期可已矣。子曰、食夫稻、衣夫錦、於女安乎。曰、安。女安則爲之。夫君子之居喪、食旨不甘《うまカラ》。聞樂不樂。居處不安。故不爲也。今女安則爲之。宰我出。子曰、予之不仁也。子生三年、然後免於父母之懷。夫三年之喪、天下之通喪也。予也有三年之愛於其父母乎。

二二　○子曰、飽食終日、無所用心、難矣哉。不有博弈《えきトイフ》者乎。爲之猶賢乎已《やムニ》。

二三　○子路曰、君子尚《たつとブ》勇乎。子曰、君子義以爲上。君子有勇而無義、爲亂。小人有勇而無義、爲盜。

二四　○子貢曰、君子亦有惡乎。子曰、有惡。惡稱人之惡者。惡居下流而訕《そしル》上者。惡勇而無禮者。惡果敢而窒《ふさガル》者。曰、賜也亦有惡乎。惡徼《うかガヒテ》以爲知者。惡不孫以爲勇者。惡訐《あばイテ》以爲直者。

二五　○子曰、唯女子與小人爲難養也。近之則不孫。遠之則怨。

二六 ○子曰《ク》、年四十《ニシテ》而見《るルヘ》レ惡《マ》焉、其《ノ》終《ナル》也已《ノミ》。

微子第十八

一 ○微子《ハ》去《リ》レ之《ヲ》、箕《き》子《ハ》爲《リ》ニ之《ガ》奴《ト》一、比干《ハ》諫《メテ》而死《ス》。孔子曰《ク》、殷《ニ》有《リト》ニ三仁一焉。

二 ○柳下惠爲《リ》ニ士師《ト》一、三《タビ》黜《しりぞケラル》。人曰《ク》、子未《ダ》レ可《カラ》ニ以《テ》去《ル》一乎《ト》。曰《ク》、直《クシテ》レ道《ヲ》而事《ヘバ》レ人《ニ》、焉《クニ》往《クトシテ》而不《ラン》ニ三《タビ》黜《ケラレ》一。枉《まゲテ》レ道《ヲ》而事《ヘバ》レ人《ニ》、何《ゾ》必《ズシモ》去《ラント》ニ父母之邦《ヲ》一。

三 ○齊《ノ》景公待《スルニ》ニ孔子《ヲ》一曰《ク》、若《キハ》ニ季氏《ノ》一則《チ》吾不《ル》レ能《ハ》。以《テ》ニ季・孟之閒《ヲ》一待《セントヲ》レ之。曰《ク》、吾老《イタリ》矣。不《ル》レ能《ハ》レ用《フル》也《ト》。孔子行《さル》。

四 ○齊人歸《おくル》ニ女樂《ヲ》一。季桓子受《ケ》レ之《ヲ》、三日不レ朝《セ》。孔子行《ル》。

五 ○楚《ノ》狂接《せふ》輿《よ》歌《ヒテ》而過《ギテ》ニ孔子《ヲ》一曰《ク》、鳳《ヤ》兮鳳《ヤ》兮、何《ゾ》德之衰《ヘタルク》。往者《ハ》不レ可《カラ》レ諫《ム》。來《ル》者《ハ》猶可《シ》レ追《フ》。已《やミナン》而已而《ミナン》。今之從《フ》ニ政《ニ》一者《ハ》殆《あやふシト》而。孔子下《リ》、欲《ス》下與《ヘ》レ之言《ハント》上。趨《リテ》而辟《さク》レ之《ヲ》。不レ得《ニ》與《ヘ》レ之言《フヲ》一。

六 ○長沮《そ》・桀《けつ》溺《でき》耦《ぐうシテ》而耕《ス》。孔子過《ギ》レ之《ヲ》、使《ム》ニ子路《ヲシテヘ》問《ハ》レ津《しんヲ》焉。長沮曰《ク》、夫《かノ》執《ル》レ輿《ヲ》者《ハ》爲《スト》レ誰《ト》。

子路曰、爲孔丘。曰、是魯孔丘與。曰、是也。曰、是知津矣。問於桀溺。桀溺曰、子爲誰。曰、爲仲由。曰、是魯孔丘之徒與。對曰、然。曰、滔滔者天下皆是也。而誰以《ともニ》易之。且而《なんぢ》與其從辟人之士也、豈若從辟世之士哉。耰《いうシテ》而不輟《やメ》。子路行以告。夫子憮《ぶ》然曰、鳥獸不可與同羣。吾非斯人之徒與而誰與。天下有道、丘不與易也。

七　○子路從而後。遇丈人以杖荷蓧。子路問曰、子見夫子乎。丈人曰、四體不勤、五穀不分。孰爲夫子。植《たテテ》其杖而芸《くさぎル》。子路拱《きようシテ》而立。止子路宿、殺鷄爲《つくリテ》黍《しよヲ》而食之、見其二子焉。明日子路行以告。子曰、隱者也。使子路反見之。至則行《さレリ》矣。子路曰、不仕無義。長幼之節、不可廢也、君臣之義、如之何其廢之。欲潔其身而亂大倫。君子之仕也、行其義也。道之不行、已知之矣。

八　○逸民伯夷・叔齊・虞仲・夷逸・朱張・柳下惠・少連。子曰、不降其志、不辱其身、伯夷・叔齊與。謂柳下惠・少連、降志辱身矣。言中《あたり》倫、行中慮。其斯而已矣。謂虞仲・夷逸、隱居放言、身中清、廢中權。我則異於是。無可無不可。

九　〇大師摯《し》ハ適《ゆ》キ齊ニ、亞飯干ハ適キ楚ニ、三飯繚ハ適キ蔡ニ、四飯缺ハ適キ秦ニ、鼓方叔ハ入リ於河ニ、播鼗《たう》武ハ入リ於漢ニ、少師陽・撃磬《けい》襄ハ入ル於海ニ。

一〇　〇周公謂ヒテ魯公ニ曰ク、君子ハ不施《す》テ其ノ親ヲ。不使メ大臣ヲシテ怨マ乎不以《もち》ヒルヲ。故舊無ケレバ大故、則チ不棄テ也。無シト求ムル備ハルヲ於一人ニ。

一一　〇周ニ有リ八士。伯達・伯适《くわつ》・仲突・仲忽・叔夜・叔夏・季隨・季騧《くわ》。

論語卷之十

子張第十九

一 ○子張曰、士見危致命、見得思義、祭思敬、喪思哀。其可已矣。

二 ○子張曰、執德不弘、信道不篤、焉能爲有、焉能爲亡《なシト》。

三 ○子夏之門人、問交於子張。子張曰、子夏云何。對曰、子夏曰、可者與《くみシ》之、其不可者拒《こばメ》之。子張曰、異乎吾所聞。君子尊賢而容衆、嘉善而矜《あはれム》不能。我之大賢與、於人何所不容。我之不賢與、人將《はた》拒我。如之何其拒人也。

四 ○子夏曰、雖小道、必有可觀者焉。致遠恐泥《なづマン》。是以君子不爲也。

五 ○子夏曰、日知其所亡、月無忘其所能、可謂好學也已矣。

六 ○子夏曰、博學而篤志、切問而近思。仁在其中矣。

七 ○子夏曰、百工居肆以成其事。君子學以致其道。

八 ○子夏曰、小人之過也必文《かざル》。

九〇　子夏曰、君子ニ有リ三變。望ムレ之ヲ儼然。即ケバレ之ニ也溫。聽ケバ其ノ言ヲ也厲シ。

一〇〇　子夏曰、君子信ゼラレテ而後勞スレ其ノ民ヲ。未ダレ信ゼラレ則チ以テ爲スレ厲ト己ヲ也。信ゼラレテ而後諫ム。未ダレ信ゼラレ則チ以テ爲スレ謗ト己ヲ也。

一一〇　子夏曰、大德不レ踰エレ閑ヲ、小德出入スルモ可也。

一二〇　子游曰、子夏之門人小子、當リテレ洒掃應對進退ニ則チ可矣。抑末也。本ヅクレ之ヲ則チ無シ。如レ之ヲ何ゾ。子夏聞テレ之ヲ曰、噫、言游過テリ矣。君子之道、孰ヲカ先ヅ傳ヘ焉、孰ヲカ後ニ倦マン焉。譬フレバ諸草木ノ區以テレ別ツニ矣。君子之道、焉ゾ可ケンレ誣ル也。有リレ始メ有ルレ卒ヲバ者、其レ惟聖人乎ト。

一三〇　子夏曰、仕ヘテ而優ナレバ則チ學ビ、學ビテ而優ナレバ則チ仕フ。

一四〇　子游曰、喪ハ致シテレ乎哀ヲ而止ム。

一五〇　子游曰、吾ガ友張也、爲スレ難キヲレ能クシ也。然レドモ而未ダレ仁ナラ。

一六〇　曾子曰、堂堂乎タリ張也、難シレ與ニ並ビテ爲スレ仁ヲ矣。

一七〇　曾子曰、吾聞クレ諸ヲ夫子ニ、人未ダレ有ラレ自ラ致ス者也。必ズ也親ノ喪乎ト。

一八〇　曾子曰、吾聞クレ諸ヲ夫子ニ、孟莊子之孝也、其他ハ可レ能ク也。其不ルレ改メレ父之臣ト與父之政、是難能也。

一九 ○孟子使陽膚爲士師。問於曾子。曾子曰、上失其道、民散久矣。如得其情、則哀矜《きょうシテ》而勿喜。

二〇 ○子貢曰、紂之不善、不如是之甚也。是以君子惡居下流。天下之惡皆歸焉。

二一 ○子貢曰、君子之過也、如日月之食焉。過也人皆見之、更《あらたムレバ》也人皆仰之。

二二 ○衞公孫朝問於子貢曰、仲尼焉《いづくニカ》學。子貢曰、文武之道、未墜《おチ》於地在人。賢者識其大者、不賢者識其小者。莫不有文武之道焉。夫子焉不學。而亦何常師之有。

二三 ○叔孫武叔語大夫於朝曰、子貢賢《まさレリト》於仲尼。子服景伯以告子貢。子貢曰、譬之宮牆、賜之牆也及肩。窺見室家之好。夫子之牆數仞。不得其門而入、不見宗廟之美、百官之富。得其門者或寡矣。夫子之云、不亦宜《うべナラ》乎。

二四 ○叔孫武叔毀《そしル》仲尼。子貢曰、無以爲也。仲尼不可毀也。他人之賢者丘陵也。猶可踰也。仲尼日月也。無得而踰焉。人雖欲自絶、其何傷《やぶラン》於日月乎。多《まさニ》見其不知量也。

二五 〇陳子禽謂子貢曰、子爲恭也。仲尼豈賢於子乎。子貢曰、君子一言以爲知、一言以爲不知。言不可不愼也。夫子之不可及也、猶天之不可階而升也。夫子之得邦家者、所謂立之斯立、道之斯行、綏之斯來、動之斯和。其生也榮、其死也哀。如之何其可及也。

堯《げう》曰《えつ》第二十

一〇 〇堯曰、咨《あゝ》爾《なんぢ》舜、天之暦數在爾躬。允《まことニ》執其中。四海困窮、天祿永終。舜亦以命禹。曰、予《われ》小子履、敢用玄牡《ぼう》、敢昭告于皇皇后帝。有罪不敢赦。帝臣不蔽。簡《えらブ》在帝心。朕躬有罪、無以萬方。萬方有罪、罪在朕躬。周有大賚《たまもの》。善人是富。雖有周親、不如仁人。百姓有過、在予一人。謹權量、審法度、脩廢官、四方之政行焉。興滅國、繼絶世、擧逸民、天下之民歸心焉。所重民食喪祭。寛《ナレバ》則《チ》得レ衆《ヲ》、信《ナレバ》則《チ》民任《ツ》焉、敏《ナレバ》則《チ》有《リ》レ功、公《ナレバ》則《チ》說《ブト》。

二
○子張問《ヒテ》二於孔子《ニ》一曰《ク》、何如《ナルカ》斯《ニ》可《キト》二以《テ》從《フ》一レ政《ニ》矣。子曰《ク》、尊《ビ》二五美《ヲ》一、屛《しりぞクレバ》二四惡《ヲ》一、斯《ニ》可《シト》二以《テ》從《フ》一レ政《ニ》矣。子張曰《ク》、何《ヲカ》謂《フト》二五美《ト》一。子曰《ク》、君子惠《ニシテ》而不レ費《サ》、勞《シテ》而不レ怨《ミ》、欲《シテ》而不レ貪《ラ》、泰《ニシテ》而不レ驕《ラ》、威《アリテ》而不レ猛《カラ》。子張曰《ク》、何《ヲカ》謂《フト》二惠《ニシテ》而不《ト》一レ費《サ》。子曰《ク》、因《リテ》二民之所《ニ》一レ利《スル》而利《ス》レ之《ヲ》。斯《レ》不二亦惠《ニシテ》而不《ルナラ》一レ費《サ》乎。擇《ビテ》レ可《キヲ》レ勞《ス》而勞《ス》レ之《ヲ》。又誰《ヲカ》怨《ミン》。欲《シテ》レ仁《ヲ》而得レ仁《ヲ》。又焉《ゾ》貪《ラン》。君子《ハ》無《ク》二衆寡《ト》一、無《ク》二小大《ト》一、無《シ》二敢《テ》慢《あなどルレ》一。斯不二亦泰《ニシテ》而不《ルナラ》一レ驕《ラ》乎。君子《ハ》正《シクシ》二其衣冠《ヲ》一、尊《クシ》二其瞻《せん》視《ヲ》一、儼然《トシテ》人望《ミテ》而畏《ル》レ之《ヲ》。斯《レ》不二亦威《アリテ》而不《ルナラ》一レ猛《カラ》乎。子張曰《ク》、何《ヲカ》謂《フト》二四惡《ト》一。子曰《ク》、不《シテ》レ教《ヘ》而殺《ス》、謂《フ》二之《ヲ》虐《ト》一。不《シテ》レ戒《メ》視《ル》レ成《ヲ》、謂《フ》二之《ヲ》暴《ト》一。慢《ニシテ》レ令《ヲ》致《ス》レ期《ヲ》、謂《フ》二之《ヲ》賊《ト》一。猶《ひとシクレ》之與《フル》レ人《ニ》也。出《するを》納《たふ》之吝《やぶさかナル》、謂《フト》二之《ヲ》有司《ト》一。

三
○子曰《ク》、不《レバ》レ知《ラ》レ命《ヲ》、無《キ》二以《テ》爲《ル》一二君子《ト》一也。不《レバ》レ知《ラ》レ禮《ヲ》、無《キ》二以《テ》立《ツ》一也。不《レバ》レ知《ラ》レ言《ヲ》、無《キ》二以《テ》知《ル》一レ人《ヲ》也。

孔門弟子名字年齢表（五十音順）

（氏名）	（字）	（孔子より少きこと）
孔丘	仲尼	（七十四卒）
顔回	子淵	三十
顔無繇《いう》	路（回の父）	六
琴牢	子開（子張）	
言偃《えん》	子游	四十五
原憲	子思	三十六
高柴	子羔《かう》	三十
公西赤	子華	四十二
公冶《や》長	子長	
宰予	子我	
漆雕開	子開	十一
司馬耕	子牛	
冉《ぜん》求	子有	二十九
冉耕	伯牛	
冉雍	仲弓	二十九
顓《せん》孫師	子張	四十八
曾參	子輿	四十六
曾點	晳《せき》（參の父）	
澹臺滅明	子羽	三十九
端木賜	子貢	三十一
仲由	子路（季路）	九
南宮适《くわつ》	子容	
樊《はん》須	子遲	三十六
閔《びん》損	子騫《けん》	十五
巫《ふ》馬施	子旗（子期）	三十
宓《ひつ》不齊	子賤	四十九
卜商	子夏	四十四
有若	子有	十三

○孔子の七十四卒年は崔述の説に拠る。

監修者紹介　(2011年4月1日現在)

鈴木利定（すずき　としさだ）
学校法人昌賢学園理事長
群馬医療福祉大学学長
群馬医療福祉大学大学院学長
群馬医療福祉大学短期大学部学長
群馬社会福祉専門学校学園長

編著者紹介

中田勝（なかた　まさる）
学校法人昌賢学園理事
群馬医療福祉大学顧問教授
群馬医療福祉大学大学院顧問教授
群馬医療福祉大学短期大学部顧問教授
二松学舎大学名誉教授

注解　書き下し　論　語　全文〈付・原文〉

平成16年10月1日　初　版　発　行
令和7年4月10日　9　版　発　行

監修者　鈴　木　利　定
編著者　中　田　勝
発行者　株式会社　明　治　書　院
代表者　三　樹　蘭
印刷者　大日本法令印刷株式会社
代表者　田　中　達　弥
発行所　株式会社　明　治　書　院
〒169-0072
東京都新宿区大久保1－1－7
TEL03(5292)0117 FAX03(5292)6182

 ISBN978-4-625-70418-5

孔子所適《ゆく》図

孔子が列国を周遊した事跡を示す。
朱線はその経路、矢印はその方向、数字は孔子のその時の年齢である。

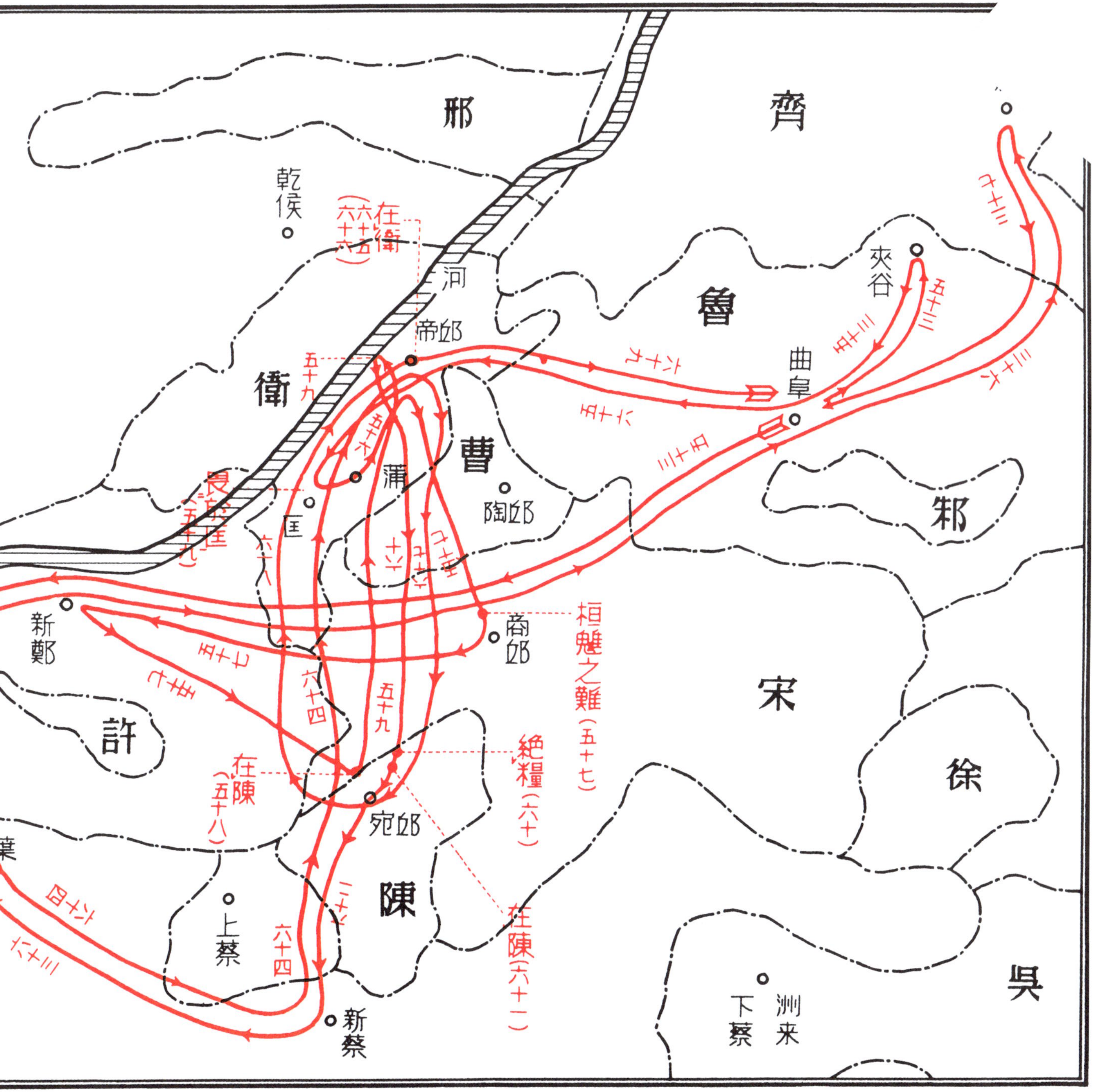

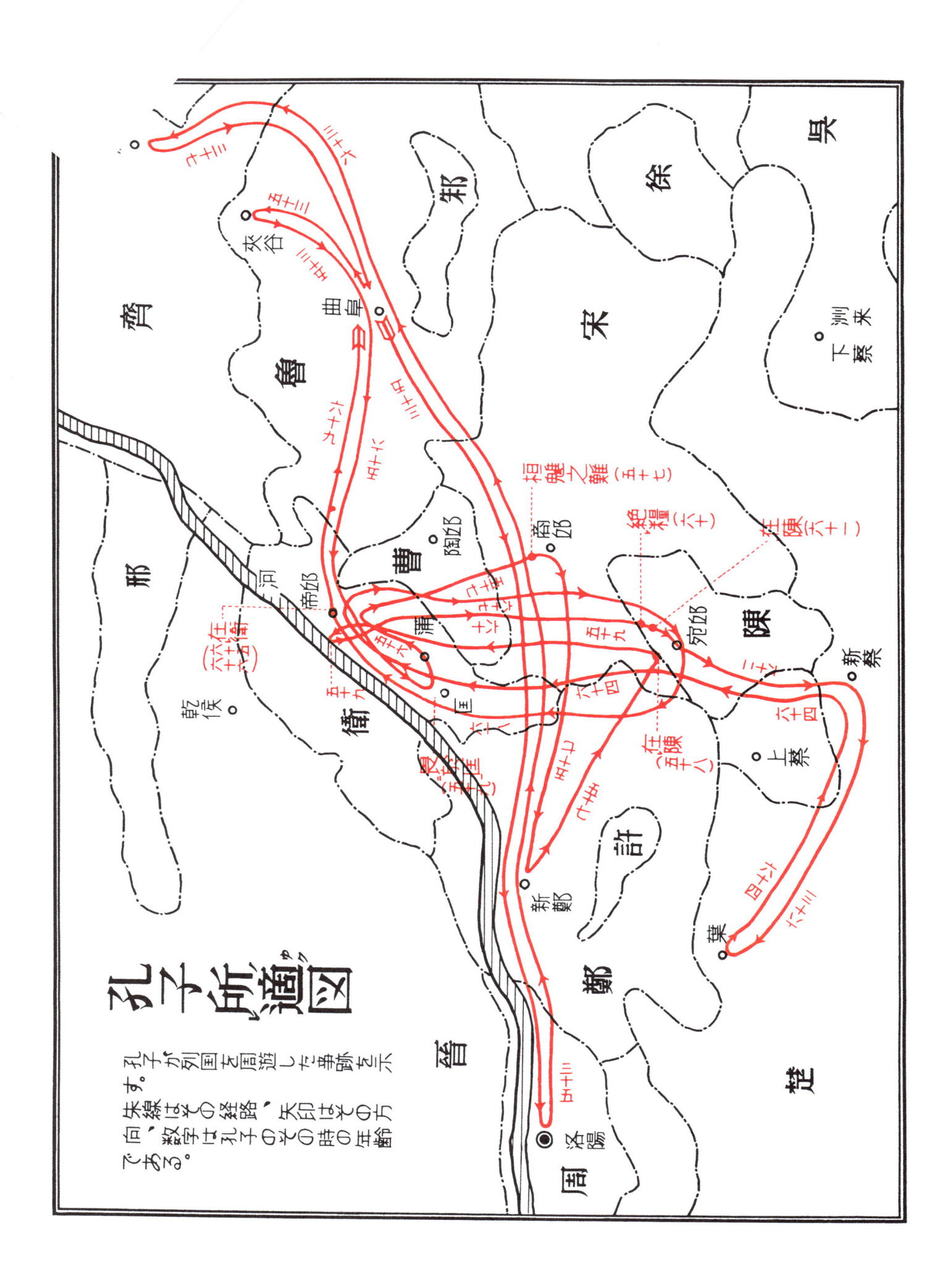